C000055139

Arto Paasilinna

Le cantique
de
l'apocalypse joyeuse

Traduit du finnois
par Anne Colin du Terrail

Denoël

Titre original :

MAAILMAN PARAS KYLÄ

Éditeur original: WSOY.

Arto Paasilinna est né en Laponie finlandaise en 1942. Successivement bûcheron, ouvrier agricole, journaliste et poète, il est l'auteur d'une vingtaine de romans dont *Le meunier hurlant, Le lièvre de Vatanen, La douce empoisonneuse* et, en 2003, *Petits suicides entre amis*, romans cultes traduits en plusieurs langues.

1

Le grand brûleur d'églises Asser Toropainen se préparait à mourir. C'était la quinzaine de Pâques, la veille du Vendredi saint.

Asser venait de fêter ses quatre-vingt-neuf ans. Il semblait à présent qu'il ne parviendrait pas vivant au terme de sa quatre-vingt-dixième année. Mais c'est ainsi, la mort finit par faucher même les plus solides.

Le vieillard était alité dans sa grande salle de ferme en bois gris, dans le hameau de Kalmonmäki, au cœur des forêts du sud du Kainuu. Une antique horloge à poids tictaquait dans son coffre en bouleau flammé, égrenant les derniers instants de son propriétaire. Les femmes de la famille, deux sœurs âgées et une nièce, ne marchaient plus qu'en chaussettes, sur la pointe des pieds. La semaine précédente, le médecin du centre de santé de Sotkamo était passé prendre la tension du malade. L'appareil de mesure avait explosé. C'était mauvais signe.

Avec ménagements, on avait laissé entendre au maître de maison que cet hiver risquait d'être son dernier, et suggéré de faire venir un pasteur à son chevet. Aux portes de la mort, mieux valait se mettre en règle avec le ciel. Un vieux communiste comme lui, au couteau entre les dents, avait intérêt à se repentir, ne serait-ce que pour le salut de son âme.

De son lit, Asser laissa échapper un râle. Il avait commis bien des péchés, si l'on peut dire, au cours de sa longue vie, inutile de le nier. Les temps avaient été troublés, pendant tout ce siècle. Et on pouvait en faire, en des dizaines d'années, des choses peu recommandables. Asser Toropainen avait participé à six guerres. Il avait défendu sa cause sur plusieurs continents, de Mourmansk à l'Alaska et du Ladoga à Vladivostok. Sa tête chenue tenta de se remémorer le passé. Des images et des bruits lui revinrent : des steppes enneigées, des chemins de fer brinquebalants, des fumées de feux de camp, des crépitements de mitrailleuses. Des radeaux de grumes craquant dans le grondement des rapides, des chars d'assaut en feu et des églises réduites en ruines fumantes. Des gratte-ciel et des paquebots. De la canne à sucre fauchée et du jupon culbuté dans les champs de maïs. Du bon et du mauvais, de la vie à la dure, du panache, mais aussi de la misère la plus noire. Le combat quotidien d'un communiste de base. Un baroud contre Dieu, les prêtres et l'Église. Voilà ce qu'était Asser Toropainen, un athée d'aujourd'hui. Le dernier bolchevik de la planète.

« Au nom du ciel, épargnez-moi les piaillements de cet ensoutané… amenez-moi plutôt un homme de loi. Je dois mettre mon testament à jour. »

On fit venir un notaire, qui prit note des dernières volontés du vieillard. Il rédigea par la même occasion les statuts de la Fondation funéraire d'Asser Toropainen pour l'édification d'une église. Le mourant griffonna sa signature au bas des documents. Il chargea le tabellion d'aller trouver son petit-fils Eemeli Toropainen et de lui demander de passer voir son grand-père. On avait besoin de lui pour l'exécution du testament.

L'aube du Vendredi saint se leva, grise et triste. Il pleuvait du grésil. Des corbeaux planaient au-dessus des noires sapinières du hameau de Kalmonmäki. La radio diffusait un office religieux. Le prédicateur dénonçait avec véhémence la mort cruelle du Christ, près de deux mille ans auparavant. On aurait dit qu'il tenait les Finlandais responsables de ce meurtre. Asser ordonna d'éteindre le poste. Il avait bien assez de soucis sans avoir besoin d'une crucifixion par là-dessus. Déjà qu'il devait lui-même mourir.

Vers midi, on vit arriver le petit-fils d'Asser,

Eemeli Toropainen, un costaud au teint vermeil âgé de quarante-cinq ans, ancien PDG de la société anonyme Grumes et Billots du Nord. Cette entreprise de taille moyenne, spécialisée dans la construction de chalets en rondins, avait fait faillite quelque six mois plus tôt, victime de la crise économique. D'une grande claque contre le fourneau de la salle, Eemeli fit tomber la neige mouillée de son bonnet en poil de raton laveur, puis alla serrer la main de son grand-père.

«Alors, le vieux! Tu lâches la rampe?

— Il paraît, d'après la juponnaille.»

Eemeli Toropainen secoua un moment la main d'Asser avant de la laisser retomber sur les couvertures. Il tira une bouteille de cognac des profondeurs de son manteau de fourrure et en fit boire un gorgeon au mourant. Ce dernier toussa.

«Merci, fiston.»

Les hommes se regardèrent, émus. Eemeli redressa les oreillers d'Asser. Le pauvre vieux était tout sec et ratatiné — lui qui avait été un meneur sans pitié, un travailleur infatigable, un homme d'affaires, un grand voyageur, toujours lancé à cent à l'heure. Chienne de vie!

«Le notaire m'a dit que tu avais créé une fondation religieuse, s'inquiéta Eemeli. Tu as trouvé la foi, ou tu as juste retourné ta veste comme ça?»

Le vieillard ordonna aux femmes de quitter la

pièce. Il avait à parler seul à seul avec son petit-fils d'affaires concernant sa fondation. Quand ses sœurs et sa nièce se furent de mauvais gré retirées, Asser tira de sous son oreiller la copie de son testament et d'autres papiers.

« Lis. »

Eemeli parcourut les documents. Il s'agissait de l'acte constitutif d'une fondation, rédigé en bonne et due forme, et d'un testament léguant à ladite fondation huit cents hectares de terrain et un peu plus de deux millions de marks de liquidités, ainsi que quelques titres, d'une valeur d'un million de marks environ. Des legs financiers conséquents étaient aussi prévus pour les parents collatéraux du testateur, deux sœurs et une nièce.

Les statuts de la fondation précisaient qu'elle avait pour objet la construction et l'entretien d'au moins une (1) église en bois.

L'ex-PDG des Grumes et Billots du Nord comprit que son grand-père avait l'intention de lui confier la mise en œuvre de la mission de la fondation.

Eemeli Toropainen posa un regard compatissant sur le futur défunt allongé dans son lit. Il avait sous les yeux un grand brûleur d'églises, un communiste actif et convaincu qui avait, au cours de son existence, parcouru bien des continents. Ses forces l'avaient maintenant abandonné. La vie humaine est courte, une petite centaine d'années tout au plus. Le cas d'Asser illustrait encore une fois son caractère transitoire.

«Alors comme ça, tu veux faire construire une église. Ça devrait pouvoir s'arranger.»

Le mourant sortit de sous ses draps un gros livre de photographies. Ses mains tremblaient, l'ouvrage faillit tomber par terre. Eemeli y jeta un coup d'œil : c'était une monographie d'Esa Santakari, intitulée *Kansanrakentajien puukirkot / The Wooden Churches of Finland*, qui présentait en détail un certain nombre de vieilles églises paysannes en bois. Des édifices harmonieux aux murs de madriers gris, de paisibles toits de bardeaux, d'émouvantes statues de mendiant, le nombril percé d'une fente pour les aumônes, au haut de marches menant à d'austères portails.

Eemeli Toropainen, un peu dérouté, regarda les illustrations. L'église de Kiiminki semblait plutôt accueillante. Celle d'Yläne, construite par Mikael Piimänen, avait l'air curieusement anguleuse, peut-être à cause de son toit escarpé. Les peintures de la voûte, à Keuruu, donnaient envie d'apprendre à veiner le bois.

Eemeli referma le livre. La mission était certes séduisante. Mais où le vieux voulait-il en venir ? Était-il devenu gâteux ? Le grand brûleur d'églises était-il tombé dans la religion ? Aux temps de sa jeunesse révolutionnaire, Asser avait incendié de nombreux sanctuaires, un peu partout dans le pays et dans le monde. Il avait voulu faire payer à Dieu la faim et la pauvreté du prolétariat. Mais voilà que sur son lit de mort il créait une fondation pour l'édification d'une église.

« Si je peux me permettre, tu n'aurais pas perdu la boule ? »

Le vieillard parut un instant désarçonné. Jamais auparavant on n'avait osé mettre en doute ses capacités mentales. Il expliqua d'une voix ténue qu'il voulait régler ses comptes avec le ciel, vu qu'il avait amassé pas mal d'argent au cours de son existence. Il ne croyait pas en Dieu, ni même trop en Jésus, mais il trouvait plaisant, en un sens, d'édifier une église. L'idée lui en était venue par pure malice.

« En souvenir, en quelque sorte. Et toi qui es dans le rondin, ça te donnerait du travail, pour changer. »

Le mourant ne voyait pas pourquoi son projet aurait dû être inspiré par un unique motif publiquement déclaré. Les gens construisaient des étables, des écoles, des usines, alors pourquoi pas des églises ? La nature du bâtiment importait peu, en fin de compte, il ne serait plus là pour le voir. Mais s'il finançait l'installation à Kalmonmäki d'une usine de contreplaqué, elle ferait sans doute faillite aussitôt après sa mort. Quel intérêt ?

« Une église, au moins, ça ne risque pas la banqueroute.

— Et si quelqu'un vient y mettre le feu ?

— Tant pis. Tu toucheras l'assurance et tu en construiras une autre. »

Eemeli Toropainen en vint aux détails. Il voulait savoir quel genre d'église son grand-père avait en tête. Où fallait-il la construire, dans quelle paroisse, et qui embaucherait-on comme pasteur ?

Le vieillard le renvoya aux statuts de la fondation. Il y était clairement stipulé que la présidence, autrement dit Eemeli Toropainen, avait toute latitude pour choisir à sa guise l'emplacement du bâtiment. Il pouvait même s'il voulait le construire à Tahiti. Il n'était pas non plus indispensable de fonder une paroisse. L'église suffisait.

« Prends exemple sur une de celles de ce livre. Je ne veux pas d'une de ces cages à lapins modernes, elles ne ressemblent à rien. »

Les femmes revinrent dans la salle afin de servir son potage à Asser. Il avait l'estomac en si mauvais état qu'il ne pouvait rien avaler de plus consistant. Eemeli alla s'asseoir à la grande table de ferme afin de choisir un modèle pour le projet de construction. Dans un silence religieux, on fit manger le vieillard à la cuiller. Derrière le fourneau, une souris domestique aux oreilles rondes et à la fourrure bleutée observait le spectacle. Elle espérait se glisser sous les couvertures d'Asser dès qu'il serait mort. Les souris ont un flair très sûr pour ce genre de choses.

Eemeli Toropainen lisait, installé à la table. On essuya la bouche du mourant, puis on le laissa se reposer en paix. Son petit-fils feuilletait l'ouvrage illustré avec intérêt, parfois même avec passion. Quand il tombait sur une belle église, il lançait une question vers le lit. Ne serait-il pas bon, par exemple, de construire un temple sur le modèle de celui de Keuruu ? Et que pensait son grand-père du sanctuaire de Petäjävesi ? Ou de ceux de Pietarsaari, Houtskari, Paltamo ? Du lit parvenaient des grognements approbateurs. Tous faisaient l'affaire.

Une bonne heure plus tard, après avoir examiné le livre de la première à la dernière page, Eemeli Toropainen conclut que l'église de Kuortane offrait un bon modèle.

Elle avait été construite par Antti Hakola en 1777. D'après la légende de la photographie, c'était l'œuvre la plus ambitieuse du célèbre charpentier. Elle comptait 1 200 places assises, ce qui n'était pas rien. Il s'agissait de la première église jamais édifiée sur un plan en croix grecque à coins coupés, ce qui signifiait que son contour présentait en tout vingt-quatre angles, rentrants ou sortants.

« Vingt dieux la belle église ! »

Enthousiasmé, Eemeli alla montrer sa trouvaille à son grand-père. Il était décidé à élever à sa mémoire un temple au moins aussi magnifique. S'il restait encore au vieillard quelques jours à vivre, il fallait en profiter pour aller prendre des mesures à Kuortane. Ne pourrait-on pas partir dès le lendemain matin ? Eemeli mit le livre sous les yeux du mourant afin qu'il puisse confirmer son choix.

C'est alors que la vieille horloge de parquet s'arrêta. La main inerte d'Asser Toropainen glissa du lit vers le sol. Dans ses yeux s'attardait un regard lointain, qui commençait doucement à s'obscurcir. Le grand brûleur d'églises était mort.

2

Asser Toropainen fut enterré la semaine suivante à Sotkamo. Il tombait une neige mêlée de pluie. On achemina le cercueil de la morgue au cimetière sur un traîneau tiré par un cheval finlandais à l'air triste qui marchait la tête basse, plongé dans ses pensées.

Eemeli Toropainen n'avait pas voulu que le défunt — un homme de la vieille école — soit conduit à la tombe dans un fourgon mortuaire. Le cheval d'emprunt avait été lavé et brossé, ses brancards badigeonnés de noir de goudron et le battant de sa clochette rendu muet, en signe de deuil, par une touffe de lichen.

Le cercueil était en pin rouge du Nord. À l'intérieur, il y avait une seconde caisse étanche, en tôle d'acier zinguée assemblée par soudure, capitonnée pour accueillir le long sommeil du défunt. Le corps de ce dernier avait fait l'objet d'un traitement anti-putride. Asser n'aurait pas pour dernière demeure le cimetière de Sotkamo mais le sien, une fois qu'il aurait été fondé. Le vieillard ayant décidé de faire construire une église après sa mort, il en découlait bien sûr automatiquement la création d'un enclos paroissial complet. Il semblait ainsi naturel qu'Asser soit par la suite inhumé dans son propre carré de terre consacrée, dès que le temple et ses dépendances seraient en état de l'accueillir. Il fallait donc que le défunt reste à peu près présentable jusqu'à son nouvel enterrement et le plus sûr, dans cette optique, était une bière en zinc. Eemeli Toropainen l'avait commandée à l'usine de Punkalaidun de la Maison de gros des pompes funèbres de Finlande. L'entreprise avait livré au croque-mort de Sotkamo non seulement le cercueil en tôle galvanisée, mais aussi celui en pin, le tout dans une caisse d'emballage. Le grand brûleur d'églises s'était trouvé de la sorte doté de trois bières, dont deux furent mises en terre ; quant à la caisse d'emballage, qui pouvait servir à ranger de petits objets, Eemeli Toropainen en fit don à la commune de Sotkamo pour ses ventes de charité.

Le cercueil en zinc avait coûté cher, près de 7 000 marks, mais c'était du beau travail. Les soudures avaient été réalisées avec soin. Une fois le corps d'Asser placé à l'intérieur, on avait solidement brasé le couvercle. Au niveau du visage, il y avait un petit hublot carré par lequel le défunt regardait dehors. La vitre était fixée au métal par du mastic silicone et des rivets aveugles. On pouvait espérer que le carreau ne laisserait pas passer les courants d'air pendant au moins quelques décennies. Même si son séjour dans la tombe provisoire du cimetière de Sotkamo devait se prolonger, les vers, tenus à distance par la caisse de zinc, n'auraient aucun moyen d'aller se goinfrer de la dépouille pécheresse du vieux brûleur d'églises. Les fluides corporels échappés des sépultures voisines ne poseraient pas non plus de problèmes.

Ce choix n'enthousiasmait guère le hongre, qui souffrait d'avoir à tirer dans les rues de Sotkamo le lourd traîneau dont les patins raclaient déjà par endroits l'asphalte nu. Sur les chemins de terre du reste du trajet, il dut mobiliser toutes ses forces pour aller de l'avant. Il aurait aimé pouvoir reprendre son souffle, mais Eemeli Toropainen, qui marchait à côté du traîneau, vêtu d'un manteau de loup noir, lui tenait fermement la bride, l'obligeant à poursuivre sa pénible route.

Bon nombre de curieux s'étaient massés sur les trottoirs pour voir passer le convoi mené par un grand hongre fumant, derrière lequel ronronnaient une demi-douzaine de voitures à la carrosserie lustrée. Dans la foule, il se murmurait qu'on portait enfin en terre le grand brûleur d'églises Asser Toropainen.

« Les temps changent… le siècle vieillissant marche vers la nuit du tombeau », soupira une gloire locale de la littérature en apercevant le convoi par la fente des rideaux de son bureau.

On conduisit directement le corps à sa sépulture. Là, il fut béni par un vicaire au teint blême auquel Eemeli Toropainen avait donné des instructions sommaires :

« Pas de longs discours, et aucun cantique, ce n'est qu'une inhumation provisoire. Nous avons l'intention de pleurer Asser avec plus de cérémonie quand nous l'enterrerons dans son propre cimetière. »

Personne ne contesta le testament, car le défunt n'avait pas d'héritiers directs susceptibles de l'attaquer. Ses deux sœurs dévouées et sa gentille nièce se contentèrent avec gratitude de l'argent qu'il leur avait laissé. L'acte constitutif de la Fondation funéraire d'Asser Toropainen pour l'édification d'une église fut homologué en toute discrétion.

Deux semaines plus tard, Eemeli Toropainen explorait à skis la zone du marais du Hibou, au sud de Sotkamo. Une sacoche pleine de plans cadastraux lui battait la hanche. Il avait inventorié les biens légués à la fondation et constaté que les terres de son grand-père s'étendaient à cheval sur trois départements, Oulu, Carélie du Nord et Kuopio. Le plus gros des parcelles, environ 500 hectares, se trouvait sur le territoire d'Oulu, au cœur du Kainuu, dans le canton de Sotkamo, mais le vieux possédait aussi quelques centaines d'hectares de forêt non loin de là, dans la commune de Valtimo, en Carélie du Nord, ainsi qu'un petit quelque chose à Sonkajärvi, dans le département de Kuopio. Au vu de la superficie totale de la propriété, on aurait pu croire qu'elle avait une valeur considérable, mais une grande partie des forêts avait été coupée à blanc, et les hectares de terre inculte se comptaient par dizaines.

Eemeli avait profité des dernières neiges du printemps pour parcourir à skis le domaine. Il avait évalué l'état des forêts et regardé le paysage, à la recherche d'un lieu idéal pour édifier l'église prévue par la Fondation funéraire d'Asser Toropainen.

Il avait auparavant pris contact avec les deux évêchés de la région, Oulu et Kuopio, et les avait sondés pour savoir s'ils n'avaient pas besoin d'un nouveau temple. Il s'était avéré qu'il n'y avait pas pénurie d'églises. Les actuelles suffisaient largement. Elles restaient vides, les paroisses manquaient de moyens et se plaignaient du montant élevé des frais d'entretien. Chacun des diocèses était cependant prêt à accepter de l'argent, si la fondation instituée par le défunt avait des ressources à investir. Ce n'étaient pas les presbytères à ravaler et les murs de cimetière à réparer qui manquaient. Eemeli avait froidement répondu que son organisation n'avait pas pour objet de pratiquer la charité. Le testament d'Asser Toropainen stipulait que le legs devait être utilisé pour l'édification d'une église, point final.

Eemeli Toropainen avait sillonné à skis de nombreux villages. Les forêts des trois cantons de la zone lui étaient devenues familières. Il avait repéré plusieurs endroits se prêtant à merveille à la construction d'une église. Du côté de Valtimo, il y avait par exemple les collines de Maaselkä, au bord du lac Iso-Siera, près du parc national de Tiilikka. Dans le département de Kuopio, il avait découvert un joli site aux abords de l'étang aux Loups. Les deux lieux se situaient sur les terres d'Asser Toropainen. Il se trouvait aussi à proximité suffisamment de forêts pour se fournir en bois de construction.

Eemeli se promenait maintenant dans le Kainuu, en bordure du marais du Hibou, d'où il slaloma jusque sur la glace toute proche du lac Ukonjärvi. Ce dernier, orienté nord-ouest - sud-est entre des rives abruptes, mesurait à peine un kilomètre de large sur près de quatre de long. Eemeli Toropainen se dirigea vers sa pointe nord-ouest, où s'élevait une colline couverte d'une belle pinède touffue. Les bords du lac étaient inhabités et l'on n'apercevait pas le moindre pêcheur sur son étendue glacée. Un vent printanier caressait agréablement le visage du skieur. Il se sentit soudain empli d'une étrange ferveur. Dans ce sanctuaire intouché régnait la paix dont avait besoin un homme fatigué par le rythme trépidant de l'existence. Peu avant d'arriver au bout du lac, Eemeli Toropainen croisa les traces d'un loup. La contrée était vraiment sauvage.

Parvenu sur les hauteurs de la rive nord-ouest, le skieur parcourut du regard le lac gelé qui s'étendait derrière lui, laissant ses yeux se reposer sur la neige vierge de ses berges, écoutant le vent dans la forêt. Une solide pinède séculaire bruissait sur le promontoire. Le soleil printanier avait fait fondre la neige au pied des plus grands arbres, découvrant un sol sablonneux, insensible au gel.

On ne pouvait rêver lieu plus idéal pour une église sylvestre.

Eemeli Toropainen vérifia sur les plans cadastraux que les alentours du lac faisaient bien partie du domaine d'Asser. Il alluma un cigare et déclara d'un ton solennel :

«Nom de Dieu! C'est ici que je construirai mon église.»

3

En compagnie du bedeau, Eemeli Toropainen prit les mesures de l'église de Kuortane. Il avait apporté un double décamètre à ruban et des plans de l'édifice qu'il s'était procurés au musée de l'Architecture.

Il vérifia les dimensions indiquées : les deux nefs en croix mesuraient respectivement 35,93 mètres dans le sens est-ouest et 36,02 mètres dans celui nord-sud. La largeur intérieure des bras était de 11,50 mètres. Le charpentier Antti Hakola avait réalisé des coins coupés aussi bien aux extrémités des nefs qu'à leur croisée. L'intérieur de l'église donnait ainsi une impression d'espace ; la chaire était visible même des bancs les plus reculés, et l'autel de presque partout.

En dépit de ses nombreux angles, la forme extérieure de l'église était empreinte de douceur, effet qu'accentuaient encore ses hauts toits en croupe et sa tour lanterne surmontée d'un bulbe recouvert de bardeaux, à la croisée du transept. Un ensemble harmonieux, et un modèle qu'Eemeli Toropainen jugeait parfait pour son propre projet architectural.

L'église de Kuortane était certes un peu grande pour un usage privé. Elle pouvait accueillir 1 200 fidèles. Eemeli Toropainen ne pensait pas avoir besoin d'un temple aussi vaste, d'autant plus qu'il ne disposait pour l'instant d'aucun paroissien. Un édifice de 800 places suffirait sans doute à satisfaire les dernières volontés d'Asser.

Eemeli photographia l'église au Polaroid. Suivi du bedeau, il en étudia la structure, tapota le revêtement de planches de la voûte pour déterminer le mode d'assemblage des madriers, la distance entre les fermes, la manière dont Hakola avait effectué, quelque deux cents ans plus tôt, ses calculs de résistance des matériaux.

« Vous dépendez de la Direction nationale des antiquités et des monuments historiques ? » demanda le bedeau à Toropainen, tandis que celui-ci rampait sous le plancher de la sacristie.

Eemeli expliqua qu'il n'était pas expert en architecture mais président d'une fondation chargée d'édifier une église. Il faillit ajouter qu'il avait commencé sa carrière comme chef de scierie et fini PDG des Grumes et Billots du Nord, mais il se reprit en songeant que son CV ne regardait pas le bedeau.

À son retour de Kuortane, Eemeli Toropainen installa un bureau d'études provisoire dans une des chambres de la maison mortuaire d'Asser, à Kalmonmäki. Lui-même avait habité ces derniers temps chez une femme au grand cœur dans un deux-pièces de location, à Vantaa, où la vague de faillites du secteur du bâtiment l'avait drossé. Son ex-épouse demeurait à Vääksy, à proximité de l'usine des Grumes et Billots du Nord, dans leur ancienne maison épargnée par la liquidation de la société car elle n'avait pas été hypothéquée en garantie de ses emprunts. Le divorce avait été prononcé, par un heureux hasard, la semaine même où l'entreprise avait déposé son bilan. Eemeli Toropainen avait économisé ses larmes : il avait encaissé d'un seul coup les chocs de sa faillite et de l'échec de son mariage. Lui et sa femme s'étaient malgré tout séparés en bons termes, et Eemeli ne gardait pas non plus rancune à l'industrie du bois.

Avec l'argent de la fondation, son président acheta quelques fournitures pour le bureau de Kalmonmäki : une tireuse de plans, du matériel de dessin, un classeur. Il plaça les plans de l'église de Kuortane sur une table lumineuse et les réduisit d'un tiers. Le bâtiment passa ainsi de 36 à 24 mètres et le nombre de places, en gros, de 1 200 à 800. La hauteur ne pouvait être diminuée dans les mêmes proportions, le plafond aurait été trop bas, et Eemeli ne la réduisit donc que d'un quart. Il appliqua le même rapport à la tour lanterne et à son bulbe.

Pour la construction d'origine, Antti Hakola avait monté les murs en dévers, dans le style ostrobotnien. Les façades étaient ainsi légèrement inclinées, juste assez pour flatter l'œil, avec un retrait de l'épaisseur d'un madrier environ entre le sommet et la base des murs. L'édifice s'évasait donc vers le haut. Eemeli Toropainen décida de bâtir sa propre église sans dévers — non qu'il n'eût pas confiance dans ses talents de charpentier, mais parce qu'il préférait les murs construits à la verticale plutôt qu'exprès de travers.

Une fois son dossier constitué, Eemeli Toropainen prit contact avec le président de la Commission des permis de construire de Sotkamo et l'invita à Kalmonmäki pour une soirée avec sauna. Ses collègues étaient aussi les bienvenus.

Trois représentants de la commission se rendirent à l'invitation. Le vieux sauna à fumée irradiait de chaleur, de la bière et des pirojki à la purée de pommes de terre attendaient dans la salle.

Au sortir du sauna, Eemeli Toropainen présenta son projet architectural, étala les plans sur la table de ferme et expliqua ses intentions. Il souhaitait l'aval des membres de la commission.

Ceux-ci virent tout de suite qu'il s'agissait d'élever une église à l'extrémité nord-ouest du lac Ukonjärvi.

Dans la demande de permis de construire elle-même, l'édifice était qualifié de «bâtiment à usage de communs d'assez grandes dimensions» et, dans le formulaire destiné aux statistiques de la construction, de «bâtiment en bois destiné à abriter des activités de loisirs».

«Ça ressemble fort à une église, à mon avis», fit remarquer le président de la commission Santeri Loikkanen. Ses collègues partageaient son point de vue.

Eemeli Toropainen concéda que ses plans pouvaient en effet faire penser à une église, si on cherchait la petite bête, mais ce n'en était pas une à proprement parler, en tout cas pas officiellement. Il s'agissait d'un projet élaboré par la fondation funéraire qu'il présidait dans le but de respecter les dispositions testamentaires de feu Asser Toropainen, récemment décédé.

Les membres de la commission n'étaient pas très au fait des détails du code de la construction, mais selon eux, édifier une église au milieu de nulle part n'était peut-être pas aussi simple que Toropainen se l'imaginait. En même temps, élever un temple ne pouvait guère être un bien grand péché.

Eemeli fit valoir que la demande de permis de construire était rédigée dans les règles de l'art et accompagnée de tous les documents et plans requis, en plusieurs exemplaires. Il représentait une fondation privée et celle-ci était en droit, selon la loi de la république de Finlande, d'exercer les activités de construction de son choix.

Les membres de la commission n'en revenaient pas. Bâtir une église! Jamais auparavant on ne leur avait soumis de dossiers de ce genre.

Eemeli Toropainen sentait la moutarde lui monter au nez. Il déclara que sa fondation pouvait envisager d'édifier son église où bon lui semblait, le lac Ukonjärvi et la commune de Sotkamo n'étaient pas seuls sur les rangs. La fondation possédait un vaste domaine, ce n'étaient pas les lieux adéquats qui manquaient dans les cantons voisins, à Sonkajärvi ou Valtimo.

«Ce projet pourrait avoir des conséquences considérables en termes d'emplois», avertit Toropainen.

Après quelques bières et autres alcools, les membres de la commission commencèrent à regarder le projet d'un œil plus clément et s'enhardirent à déclarer que si cela ne dépendait que d'eux, le permis de construire serait à coup sûr accordé.

Eemeli Toropainen remercia ses invités. Il expliqua avoir voulu évoquer cette affaire de permis, à titre préliminaire, afin d'éviter tout malentendu par la suite, lors de l'examen de la demande. De tels contacts avec les élus et les fonctionnaires étaient chose courante dans les provinces les plus prospères du pays, il ne s'agissait pas de distribuer des pots-de-vin ou de graisser des pattes, au sens péjoratif du terme, mais de discuter, au préalable, afin de trouver un terrain d'entente et de parvenir à un authentique consensus.

Dans l'enthousiasme général, l'accord fut scellé. L'église devait bien sûr s'élever au bord du lac Ukonjärvi. Les membres de la Commission des permis de construire de Sotkamo n'étaient pas du genre à couper les cheveux en quatre. Et presque tous étaient bon chrétiens.

Le lendemain matin, Eemeli Toropainen reconduisit ses invités en voiture à Sotkamo et déposa par la même occasion sa demande de permis au Bureau communal de la construction. L'âme en paix, il rentra à Kalmonmäki, prêt à mettre le projet en route.

Deux jours plus tard, Eemeli Toropainen se trouvait déjà au mont de l'Ogre, à une demi-douzaine de kilomètres au nord du lac Ukonjärvi, en compagnie d'un technicien de la Commission générale des forêts et d'une équipe de bûcherons, en train de marquer les arbres à abattre. Le chant des tronçonneuses s'éleva bientôt dans les airs, suivi du fracas des pins tombant sur le sol. Cinq hommes transformaient les troncs en grumes qu'ils empilaient, prêtes pour le débardage. Un tracteur se chargeait ensuite de les remorquer jusqu'à la colline de l'église d'Ukonjärvi. Eemeli Toropainen embaucha sur le nouveau chantier de construction des charpentiers de son ancienne usine, au chômage depuis sa faillite. Ils se mirent aussitôt à équarrir les grumes pour en faire des madriers.

Une bonne odeur de résine flottait sur la colline. Plus bas, l'étendue gelée du lac commençait à s'assombrir sous les rayons printaniers du soleil. Le soir, on perçait la glace dans le but de pêcher des brochets pour la soupe. Afin d'héberger les hommes, deux tentes de l'armée avaient été plantées derrière l'aire d'équarrissage. Et le sauna de la ferme voisine, Matolampi, était à la disposition de l'équipe.

Les fondations furent coulées la semaine suivante. Le sol était sablonneux et ne risquait donc pas de geler, mais Toropainen ordonna malgré tout au conducteur de la pelleteuse de creuser des trous de deux mètres de profondeur à chaque angle de l'église, soit vingt-quatre au total, et de les relier par des tranchées d'un mètre de haut. Puis on coffra les excavations, avant de les garnir de kilomètres de ronds à béton crénelés. Dans la foulée, on commanda à Sonkajärvi quelques dizaines de mètres cubes de béton prêt à l'emploi. Une fois la masse liquide versée dans les banches, on y plongea les pervibrateurs. À l'emplacement de l'autel, on coula un bloc de béton muni en son centre d'une cavité destinée à accueillir la première pierre du temple.

On y plaça un seau en zinc russe contenant des quotidiens régionaux du jour, ainsi que quelques exemplaires de l'acte constitutif de la Fondation funéraire d'Asser Toropainen pour l'édification d'une église et la dernière chapka du défunt. Puis le maire de Sotkamo prononça un discours et jeta dans le trou quelques truellées de ciment. Eemeli Toropainen en ajouta une pelletée, puis on combla le reste avec le contenu d'une brouette. Quelqu'un suggéra que l'on chante un cantique, vu qu'il s'agissait de fonder une église. L'initiative tourna court, car aucun des hommes présents ne fut capable de se rappeler la moindre parole de psaume, et encore moins une mélodie. On tenta de persuader la mère Matolampi d'entonner un chant religieux, mais elle était trop timide pour se produire en public.

À l'occasion de la cérémonie, la presse locale interviewa Eemeli Toropainen, qui insista longuement sur la compétence et l'efficacité de son équipe.

Après avoir terminé leur travail au mont de l'Ogre, les bûcherons rejoignirent le chantier d'Ukonjärvi pour y scier des planches et des bastings. Pendant toute une semaine, la scie circulaire vrombit sur la colline de l'église, n'emportant sous sa lame qu'un seul petit doigt. Mais l'assurance accident indemnisa largement le maladroit pour cette perte !

Fin avril, les fondations étaient terminées, le bois de construction scié et le tiers des madriers équarris. Eemeli Toropainen congédia une partie des hommes et partit avec les autres fêter le 1ᵉʳ Mai à Nurmes. Dans cette petite ville provinciale, ils trouvèrent largement de quoi s'occuper. Et joyeusement, même. Eemeli prit une cuite, les charpentiers une biture.

Deux jours plus tard, ils retournèrent à leurs outils. Toropainen avait dormi dans le meilleur hôtel de Nurmes, ses hommes en cellule.

Dans la première semaine de mai, Eemeli Toropainen commanda à la Fonderie de statues et de cloches de Seinäjoki SARL un bourdon de 220 kilos pour l'église sylvestre d'Ukonjärvi. Le directeur technique de la société lui assura que le tintement d'un bronze de cette taille s'entendait par beau temps à dix kilomètres au moins. Eemeli Toropainen jugea cela suffisant. La fonderie promit de livrer la cloche avant l'automne.

4

Construire une église à plan en croix grecque n'est pas tout à fait aussi simple que bricoler un sauna au bord de l'eau en empilant des rondins taillés en tête de chien. Eemeli Toropainen bénéficiait toutefois de l'aide de charpentiers expérimentés ayant déjà travaillé pour lui dans son ancienne usine. Ils maîtrisaient tous les types d'assemblage. Il fut décidé d'utiliser pour les madriers une liaison bloquante complexe, en queue-d'aronde. Avec un édifice doté de vingt-quatre angles, saillants ou rentrants, les charpentiers avaient de quoi faire. Ils tentèrent pour commencer de s'aider d'une tronçonneuse, mais constatèrent vite qu'ils obtenaient des assemblages plus solides et plus nets en taillant le bois à la main, avec une doloire, même s'il fallait y passer un peu plus de temps.

Eemeli Toropainen se rappelait avoir lu dans un livre qu'Antti Hakola avait jadis réussi à bâtir des églises en l'espace d'un été. Il avait certes été épaulé par des hommes venus des quatre coins du canton, mais la cadence semblait malgré tout infernale. À moins que Dieu lui-même eût prêté la main aux charpentiers ? Toujours est-il qu'Eemeli décida de s'en tenir à ce rythme. Si l'on était parvenu, deux siècles plus tôt, à construire un temple en un été, on devait pouvoir en faire autant aujourd'hui, avec les méthodes modernes.

L'équipe, forte de cinq charpentiers et d'un apprenti, s'activait du matin au soir. Deux hommes maniaient la doloire, deux autres procédaient aux assemblages, l'apprenti courait de l'un à l'autre et le bâtisseur d'église Eemeli Toropainen dirigeait le chantier, aidait à hisser les madriers au haut des murs, prenait des mesures ou faisait rouler les grumes aux pieds des doleurs. Le printemps était beau et frais, le temps idéal pour travailler. Les glaces du lac débâclèrent, des plongeons vinrent nicher sur l'une de ses rives, des centaines de grues passèrent au-dessus de la colline de l'église, se dirigeant vers le nord. Les oiseaux au long cou craquetaient à gorge déployée en survolant le chantier.

Comme l'on utilisait du bois de construction encore vert, Eemeli Toropainen décida de ne clouer le plancher qu'en dernier, afin que les vents du printemps et de l'été puissent librement souffler sur l'édifice. Le plus âgé des charpentiers, Severi Horttanainen, avait expliqué que si les madriers des murs n'avaient pas le temps de sécher avant la pose du plancher et du toit, ils risquaient de pourrir ou de vriller et ensuite de grincer et gémir par mauvais temps. En plein hiver, l'édifice ferait un bruit si dantesque que personne n'oserait y entrer, surtout la nuit.

Eemeli Toropainen décida de ne pas fabriquer sur place les bardeaux du toit. Il n'avait pas sous la main de bardeautiers expérimentés, ni assez de bois sec. La Direction nationale des antiquités et des monuments historiques lui conseilla d'en commander à Åland, où l'on en fabriquait encore pour la rénovation des vieilles églises. On n'en trouvait plus nulle part ailleurs en Finlande. Pour couvrir son église sylvestre, Eemeli Toropainen commanda donc à Lumparland, peu avant la Saint-Jean, 5 000 bardeaux traités au goudron de pin. À 2 dollars le paquet, le prix n'avait rien d'excessif.

Les derniers madriers furent posés avant le solstice. Les murs de bois blanc de l'église brillaient fièrement à la pointe nord-ouest du lac. On voyait déjà qu'il ne s'agissait pas de n'importe quel bâtiment, d'une station-service ou d'un motel en rondins, mais d'un temple aux formes harmonieuses, bien qu'encore dépourvu de toit et de tour lanterne. Le plus gros de la sacristie était aussi terminé, sur le flanc est de l'édifice ; Eemeli Toropainen la recouvrit d'une bâche contre la pluie, installa un lit de camp à l'intérieur et y transporta ses pénates pour le reste de l'été.

Dans la semaine précédant la Saint-Jean, le directeur du Bureau communal de la construction de Sotkamo, Aimo Räyhänsalo, quarante-cinq ans, vint visiter le chantier. Eemeli Toropainen l'accueillit à bras ouverts, on lui apportait enfin son permis de construire! Sa joie fut de courte durée. Räyhänsalo déclara d'un ton officiel que la demande avait été rejetée. Il était venu à Ukonjärvi annoncer la nouvelle et exiger par la même occasion l'arrêt des travaux.

Eemeli Toropainen descendit du faîte de son mur, la hache à la main. Il entraîna son visiteur dans la sacristie pour discuter de la situation.

Räyhänsalo expliqua que la commune avait donné un avis favorable à la délivrance d'un permis de construire pour un «bâtiment à usage de communs d'assez grandes dimensions», mais en voyant qu'il s'agissait d'une église, même privée, on avait demandé par précaution l'avis de l'archevêché et du ministère de l'Environnement. Tous deux s'étaient opposés au projet, et la commune se voyait donc contrainte de rejeter la demande d'Eemeli Toropainen. Il fallait interrompre les travaux et demander une autorisation spéciale, qu'il n'y avait guère d'espoir d'obtenir.

«Vous devriez créer une paroisse, trouver un

pasteur et obtenir du chapitre du diocèse, ou de je ne sais quelle instance ecclésiastique, qu'il s'occupe de ces affaires de permis», conseilla le directeur du Bureau de la construction.

Eemeli Toropainen explosa.

« Vingt dieux! J'ai autre chose à faire que fonder des paroisses et embaucher des prêtres. »

En tout état de cause, une fondation privée ne pouvait pas comme si de rien n'était construire sans autorisation sa propre église en pleine forêt. Même la Commission communale des sites s'était prononcée contre le projet. Le temple était non seulement illicite, mais offensant, selon elle, car il avait été commandité par le grand brûleur d'églises Asser Toropainen. Son édification pouvait même être considérée comme un sacrilège, en dépit du fait que son auteur était déjà mort et enterré.

Eemeli Toropainen demanda d'un ton sec à Räyhänsalo s'il y avait dans le code de la construction des articles spécifiquement consacrés au sacrilège.

« Pas exactement, et de toute façon ce n'est pas la question, mais quand même. Si vous n'interrompez pas les travaux, je devrai faire appel à la police », expliqua le directeur du Bureau de la construction en reculant prudemment vers la porte de la sacristie. Eemeli Toropainen le raccompagna à sa voiture, la doloire toujours à la main. Räyhänsalo quitta le chantier dans un démarrage digne d'une spéciale de rallye.

On vit peu après arriver un taxi, d'où descendit l'ex-épouse d'Eemeli Toropainen, Henna, née Leskelä. Elle trouva son mari passablement énervé. Après avoir sorti quelques bagages du coffre, elle s'approcha pour le saluer. Elle lui donna un baiser timide et le serra dans ses bras. Puis elle lui suggéra de poser sa hache.

Eemeli lui demanda ce qu'elle faisait à Ukonjärvi. Trouvait-elle le temps long à la maison, à Vääksy?

«C'est toi qui m'as téléphoné, le 1er Mai, pour m'inviter à venir voir ton chantier à la Saint-Jean. Et comme c'est demain, me voilà. Mais je peux m'en aller, si on me menace avec une hache.»

Un semblant de souvenir brumeux effleura le cerveau d'Eemeli Toropainen. Le 1er Mai, à Nurmes, avait été… comment dire? Il ne se rappelait pas grand-chose de l'événement. Alors comme ça, il avait téléphoné à son ex-femme? Eh bien soit, qui commande paie.

Eemeli Toropainen ordonna à l'apprenti Taneli Heikura de porter les valises de Henna dans la sacristie. Elle s'y installa sans autre forme de procès, déplia des draps sur un lit de camp et rangea sa trousse de maquillage et ses autres affaires personnelles dans l'armoire à chasubles qui occupait le mur du fond. Elle tira de son sac à main un miroir de poche qu'elle posa sur l'appui de fenêtre. D'un geste sûr, elle rectifia son rouge à lèvres, se repoudra les pommettes et sortit admirer le travail de son époux.

Il la conduisit jusqu'au bord du lac, à cent mètres de là, afin qu'elle puisse embrasser du regard l'ensemble du nouvel édifice dans toute sa splendeur. Il attira son attention sur les détails de la construction et lui parla du charpentier ostrobotnien Antti Hakola, sur qui il avait pris modèle pour dessiner les plans de son église.

« Elle est un peu plus petite que celle de Kuortane, mais avec des murs plus droits. »

Les hommes travaillèrent d'arrache-pied jusqu'au soir, mais s'arrêtèrent ensuite pour fêter la Saint-Jean et la pose des derniers madriers de la maison du Seigneur. Seigneur qui n'était autre, en l'occurrence, que le défunt du printemps passé, Asser Toropainen.

5

Pour la Saint-Jean, les charpentiers allumèrent au bord du lac Ukonjärvi un gigantesque bûcher constitué de copeaux d'équarrissage et autres déchets de construction. De nombreux habitants des forêts du Kainuu étaient venus des villages voisins, par curiosité, voir le nouvel édifice et se joindre à la fête. Les hauts murs blancs de l'église se reflétaient à la surface immobile des eaux, le feu grondait, projetant ses étincelles haut dans le ciel clair de la nuit d'été. Et avant même que le bûcher ne se soit effondré en braises, le soleil tôt levé vint dorer les cimes séculaires des pins de la colline.

Dès le lendemain, l'épouse du président Toropainen quitta le chantier, de fort mauvaise humeur. Peut-être son départ avait-il été hâté par la rumeur selon laquelle la femme qui hébergeait provisoirement Eemeli à Vantaa avait l'intention de venir voir à Ukonjärvi comment se portait son locataire. D'où ce bruit provenait-il? Comment les rumeurs

43

naissent-elles, grandissent-elles, voyagent-elles, agissent-elles? La médisance est comme un virus qui se transmet d'une personne à une autre, infectant chacune de ses cibles avant de poursuivre sa route. Comme un malheur qui ferait boule de neige et dont chaque victime accroîtrait la force et la vitesse en tentant de s'en débarrasser, jusqu'à ce qu'enfin les on-dit prennent des dimensions si insensées que plus personne n'y croie.

Cette fois, la rumeur était fondée: peu après la Saint-Jean, Mme Taina Korolainen, quarante ans, divorcée et mère de deux enfants adultes, chef du personnel du nettoyage ferroviaire, prit en charge la cantine du chantier. Elle expliqua être en vacances, et avoir pris en plus un congé sans solde pour tout l'été, afin d'entourer la rude vie forestière d'Eemeli de sa sollicitude féminine. Les charpentiers ne purent que s'en féliciter.

Tout au long de l'été, les forêts du sud du Kainuu résonnèrent des cris et des coups de hache des vaillants constructeurs, tandis que s'élevait la charpente du toit de l'église. On posa les entraits, on assembla les arbalétriers, on vérifia l'aplomb des pannes faîtières couronnant les fermes — et Dieu sait s'il y en avait!

Des animaux sauvages venaient épier le chantier, surtout la nuit: des renards inquiets se faufilaient dans le soubassement de pierre de l'église, de petits levreaux de juillet broutaient en toute innocence l'oseille de l'aire d'équarrissage. Compagnons confiants et peu exigeants des charpentiers, des mésangeais voletaient en silence dans les hauteurs bruissantes du faîtage. C'était un plaisir de travailler auprès d'eux du matin au soir, et même souvent la nuit, au délicat ouvrage.

Deux ou trois fois, une ourse des forêts de Kuhmo étendit ses voyages d'exploration jusqu'au chantier d'Ukonjärvi. Elle venait de nuit comme sur une charogne, contemplait avec des yeux ronds la lumineuse construction au parfum de résine, humait l'odeur de la sueur et les appétissants arômes de conserves de porc et de bœuf qui flottaient autour des tentes des charpentiers. Dressée sur ses pattes de derrière, elle tentait de savoir s'il y avait quelque chose de comestible dans le camp assoupi. Elle poussa même l'effronterie jusqu'à regarder, avec cependant la plus extrême prudence, par la fenêtre de la sacristie, où Toropainen et sa cantinière dormaient à poings fermés. La reine de la forêt n'était toutefois pas assez hardie pour se ruer en pleine nuit à l'intérieur, la silhouette velue de Toropainen ronflant dans la pénombre avait quelque chose de trop effrayant, même pour une ourse. La fesse blanche de Taina Korolainen, sous le coin relevé de la couverture, lui mettait certes l'eau à la bouche, et elle y aurait volontiers planté les crocs, mais elle préféra, dans sa sagesse, abandonner l'inspection du chantier de l'église et se retirer sur ses terres, du côté de Valtimo.

Sa curiosité était satisfaite, mais pas sa faim. L'ourse y remédia en transformant en chair à pâté le guichetier retraité du bureau de poste de Valtimo, qui cueillait des myrtilles dans la tourbière propice au meurtre de Rimminkorpi. La diablesse mit sa proie à mariner dans l'eau du marécage et s'en délecta pendant près de trois semaines. Un vrai régal! La seule chose qui lui fit faire la grimace fut la semelle en caoutchouc des chaussures de sport du petit fonctionnaire, qu'elle recracha avec autant de soin qu'un amateur de vendaces les arêtes de sa friture.

Par les plus chaudes journées d'été, les nuages se massaient au-dessus de la ligne de partage des eaux du Kainuu, connue pour la violence de ses tempêtes : les cieux se déchiraient, le char d'Ukko, le dieu de l'Orage, cavalcadait sur le toit du monde. Les éclairs illuminaient le paysage assombri par les noires nuées. Ukonjärvi — le lac d'Ukko — méritait bien son nom. Des trombes d'eau s'abattaient sur les incendies de forêt allumés par la foudre et, sur le lac démonté, les gerbes d'éclaboussures atteignaient un mètre de haut. Mais, au plus fort de la tourmente, il se produisait chaque fois un phénomène étrange, un miracle : pas une goutte de pluie ne tombait sur le chantier de l'église sylvestre d'Ukonjärvi, ni sur la colline, ni même à l'emplacement du futur cimetière, alors que les vagues se brisaient sur la rive, blanches d'écume, et qu'il dégringolait plus d'eau que la muraille de nuages ne semblait pouvoir en porter. Le ciel en soit témoin.

Un jour d'août, alors qu'Eemeli Toropainen et ses hommes étaient en train de poser les derniers entraits de la base de la tour lanterne, à la croisée du transept, et qu'un camion venait de livrer d'Åland les bardeaux goudronnés de frais commandés pour la toiture, des nouvelles inquiétantes parvinrent jusqu'au chantier de l'église sylvestre d'Ukonjärvi : le président de l'Union soviétique avait été renversé et assigné à résidence au bord de la mer Noire ; l'armée yougoslave avait imposé sa loi inique à la petite Croatie ; et le Bureau communal de la construction de Sotkamo avait officiellement appelé la police à la rescousse.

En Russie, le coup d'État échoua avant de dégénérer en bain de sang, mais en Yougoslavie et dans le Kainuu les opérations se poursuivirent. Le chef de la police rurale de Sotkamo engagea l'action coercitive que l'on attendait de lui. Dans son véhicule de service, il se rendit à Ukonjärvi, avec une mallette de documents, des armes de poing et des outils, afin de mettre fin «sur l'heure» à la construction illicite de l'église.

L'escouade mobilisée comprenait un brigadier et un brigadier-chef. Ce dernier, Sulo Naukkarinen, était un homme de quarante-cinq ans, pesant cent kilos, qui avait été trois fois aux Baléares et pouvait se vanter de connaître le monde. Son plus haut fait d'armes était d'avoir, en 1977, arrêté à mains nues, en les battant à la course et à la lutte, quatre détenus évadés de la prison de Sukeva. Seul un des malfaiteurs avait été blessé au point de ne plus jamais pouvoir envisager de fuir, ni de se déplacer, d'ailleurs, sans son fauteuil roulant.

Eemeli Toropainen se trouvait à cet instant précis en train de percer des trous pour les chevilles d'assemblage de la charpente de la tour lanterne, du côté ouest de l'église, à plus de quinze mètres du sol. Les autorités lancèrent un ultimatum vers les nues, exigeant «l'arrêt immédiat de tous travaux de construction en cours et l'exécution des sanctions encourues du fait des activités illégales exercées à ce jour».

Eemeli Toropainen ordonna à ses charpentiers de le rejoindre, munis du matériel prévu pour la circonstance: grosses chaînes de bonne longueur, cadenas, solides pitons en ferraille crénelée et maillet.

On planta rapidement les pitons dans les pannes faîtières et chacun s'enchaîna à la sienne avec détermination. L'apprenti avala l'unique clef ouvrant tous les cadenas.

La presse était présente — une timide stagiaire des *Nouvelles du Kainuu*, le rédacteur en chef en personne de *La Carélie du Nord* et quelques autres. La journée était belle, idéale pour des photos.

On tenta en vain de négocier. Les hors-la-loi campaient sur leurs positions, entravés dans les hauteurs, aussi inébranlables que de vieux staliniens en grève sauvage.

Mais l'État finlandais ne recule devant rien pour appliquer sa loi dans toute sa rigueur. En l'espèce, ce fut au brigadier-chef Sulo Naukkarinen qu'il échut de représenter la puissance publique, et il s'acquitta avec zèle de sa mission.

Sans se soucier de ses cent kilos, il grimpa par les échafaudages jusque dans les hauteurs vertigineuses de la charpente, équipé d'une scie sauteuse spécialement acquise pour ce genre d'interventions ; pendant ce temps, le chef de la police rurale et le brigadier mirent en marche le groupe électrogène prévu pour fournir du courant à l'outil. Les forces de maintien de l'ordre de Sotkamo disposaient de ce type de matériel depuis les grandes manifestations écologistes de la réserve naturelle de Talaskangas.

« Président Toropainen ! Vous n'avez pas honte,

vous, un ancien industriel et un pionnier du commerce extérieur, de vous exhiber enchaîné comme ça, et dans une église, en plus!» aboya le chef de la police.

Pas de réponse.

Le brigadier-chef Naukkarinen, qui était arrivé entre-temps au faîte de l'église sylvestre, saisit Eemeli Toropainen aux épaules, par-derrière, tenant d'une main la scie reliée par un câble au générateur qui ronflait en bas.

Les tourbières entourant la prison de Sukeva offrent un terrain plat sur lequel même un homme corpulent peut accomplir son devoir. Mais entre ciel et terre, veiller au respect de la loi n'est pas si simple. L'intrépide Naukkarinen dérapa et bascula dans le vide du sommet de l'église, fendant l'air de son outil, atterrit dans un bruit de mauvais augure sur l'auvent abritant la réserve de bardeaux, glissa à vive allure sur une pile de planches destinées à revêtir la voûte et termina sa course dans le futur cimetière. Le fémur cassé.

Tandis qu'on le hissait sur un brancard, il déclara, soulagé, à la presse:

«J'imagine que ça me vaudra une retraite maladie anticipée et que j'aurai ma photo dans le journal. Enfin je suppose.»

6

Dès que les journalistes eurent fini de photographier l'héroïque brigadier-chef Naukkarinen, on l'emmena à l'hôpital. Les autres représentants de la loi rassemblèrent leurs outils et quittèrent eux aussi les lieux. En partant, le chef de la police rurale promit de revenir. La presse prit des clichés des charpentiers vissés aux pannes faîtières et cria des questions vers les hauteurs de l'église. Les interviews furent bientôt bouclées, les reporters s'en allèrent et la foule des curieux retourna à son travail.

Eemeli Toropainen, toujours attaché avec ses hommes à la charpente en construction, ne pouvait se remettre tout de suite à son chantier. La clef avait été avalée et il faudrait un moment pour qu'elle ressorte des entrailles de l'apprenti et que l'on puisse ouvrir les cadenas. La chef du personnel du nettoyage ferroviaire Taina Korolainen estimait que cela prendrait au moins vingt-quatre heures, en fonction de la vitesse de digestion de l'apprenti, voire plusieurs jours s'il avait tendance à la constipation. Le garçon, le rouge au front, ne fit aucun commentaire.

Le temps paraît long à qui attend, et plus encore à qui est enchaîné. Eemeli Toropainen n'avait pas pour habitude de rester à ne rien faire. Mais toute l'équipe était maintenant condamnée à se tourner les pouces au sommet de la charpente, sans rien pouvoir entreprendre d'utile. Les hommes essayèrent d'abord de blaguer pour se distraire, mais les plaisanteries se firent vite forcées et la conversation retomba. Un des ouvriers demanda à Eemeli s'il comptait leur payer les heures perdues à attendre la clef. À son avis, séjourner sur le faîtage de l'église était un travail aussi dur qu'un autre. Eemeli promit de payer. Il fit remarquer que ceux qui ne trouvaient pas la besogne plaisante étaient libres de partir. Personne ne revint sur le sujet.

L'apprenti eut une idée : le moment n'était-il pas bien choisi pour fêter la pose de la dernière poutre ? On avait atteint, au sens propre, le faîte de la charpente, et l'équipe était sur place pour un bon moment. On pouvait même boire un peu, personne ne risquait de tomber.

Pourquoi pas. Eemeli Toropainen ordonna d'inviter les gens des fermes voisines à une fête du bouquet. Taina Korolainen mit une marmite de soupe aux pois sur le feu et inventoria les réserves d'alcool du camp : elle trouva quelques caisses de bière et autres bouteilles.

À la tombée du soir, la cérémonie en l'honneur de la pose de la dernière poutre put commencer. La chef du personnel du nettoyage ferroviaire grimpa dans la charpente avec sa marmite de soupe aux pois, de la bière et du schnaps. Le service exigeait des gestes précis, car il fallait, pour atteindre les convives, jouer à l'équilibriste sur les pannes faîtières. Quand chacun eut reçu sa part, Eemeli Toropainen souhaita chaleureusement la bienvenue à toutes les personnes présentes, en son nom et en celui de la Fondation funéraire d'Asser Toropainen.

En bas dans l'église, les invités, une vingtaine d'habitants des environs, joignirent les mains et marmonnèrent le bénédicité, compte tenu de la nature de l'édifice.

On attaqua le potage. Taina Korolainen était bonne cuisinière, on l'en félicita. La bière était agréablement fraîche, l'hôtesse avait mis les boissons à refroidir dans la rivière d'Ukonjärvi avant le repas. Les charpentiers évoquèrent leurs précédentes fêtes du bouquet. Il leur était arrivé de manger la traditionnelle soupe aux pois offerte par le maître de l'ouvrage dans les profondeurs d'un abri antiatomique, sur le sol en béton d'un silo à grains ou dans le haut-fourneau d'une aciérie. Mais c'était la première fois que l'on fêtait cette importante étape de la construction dans les airs, enchaînés aux pannes faîtières d'une église. On imagine souvent le métier des ouvriers du bâtiment comme une dure et monotone besogne, mais il a son pittoresque.

La soupe avalée, Eemeli, en sa qualité de commanditaire, remercia les ouvriers pour la qualité de leur travail et souhaita que leur collaboration se poursuive à l'avenir sous d'aussi heureux auspices.

Le doyen des charpentiers, le maître doleur Severi Horttanainen, prit la parole au nom de ses camarades. Il évoqua l'intéressant défi que représentait la construction de l'édifice dont on venait de poser la dernière poutre. Un bon esprit d'équipe régnait sur le chantier, on n'y avait pas vu de briseurs de grève, la paie était supérieure au tarif syndical, le maître d'œuvre ne faisait pas d'histoires pour des broutilles.

En tant que responsable du ravitaillement, la chef du personnel du nettoyage ferroviaire Taina Korolainen remercia tous les protagonistes pour leur comportement plutôt correct, auquel elle était certaine qu'ils ne dérogeraient pas en ce jour de fête, d'autant plus qu'ils s'étaient volontairement enchaînés à l'ouvrage qu'ils avaient construit.

Iisakki Matolampi, propriétaire de la ferme du même nom, adressa aux constructeurs les félicitations des habitants des alentours à l'occasion de cette fête du bouquet. La tête levée vers les nues, il déclara entre autres :

« Nous aut'bons chrétiens d'Ukonjärvi, ça nous fait ben plaisir d'avoir une toute nouvelle église dans not'forêt. Pu b'soin d'aller l'dimanche à Sotkamo ou Valtimo, écouter ces pasteurs sans foi qu'ils élèvent en batterie à la capitale. C't'un jour historique. Merci et qu'Dieu bénisse l'président et les ouvriers d'la Fondation funéraire. »

Le père Matolampi aurait bien aussi invité les héros de la fête du bouquet à se baigner dans son sauna s'ils n'en avaient pas été provisoirement empêchés.

Le soir tomba, puis la nuit, mais, dans l'impossibilité de quitter les lieux, on continua de prendre du bon temps. Dans la pénombre, on fredonna de nostalgiques chansons populaires entrecoupées de quelques refrains plus gaillards. On tint des discours, on se jura amitié. Une indulgente obscurité enveloppa les convives de son voile. Taina Korolainen cessa peu à peu de servir à boire.

Dans la nuit, le vent se leva sur le lac. Les vagues vinrent battre les rochers, les cimes des arbres ployèrent. Des nuages noirs bouchèrent le ciel nocturne. Dans les hauteurs résonnaient des bruits de chaînes et de puissants ronflements de vigoureux Finlandais.

Vint le matin. Les héros de la fête se réveillèrent

peu à peu, les membres engourdis, accrochés aux pannes faîtières de l'église. La clef réapparut enfin, expulsée par voie naturelle. L'apprenti alla la laver dans le lac. Les charpentiers furent bientôt libres. On se rendit au sauna de Matolampi et l'on ne reprit le travail que dans l'après-midi. Personne n'avait envie de grimper dans les combles. Eemeli Toropainen ordonna à ses hommes de bornoyer le cimetière. Ils passèrent le reste de la journée à creuser les fondations d'un muret de pierre.

L'enclos était prévu pour contenir un millier de tombes. Un premier défunt, Asser Toropainen, attendait déjà d'être transféré de Sotkamo. Il faudrait s'en procurer d'autres, songea Eemeli. Cela faisait un peu pauvre, et vain, de fonder un cimetière pour un seul mort, même si Asser, de son vivant, avait valu plusieurs hommes.

Mais où trouver des gens à enterrer ? Il meurt certes beaucoup de monde, là n'est pas le problème. Eemeli craignait cependant que les familles ne soient trop attachées aux corps de leurs proches pour les céder à des fins privées, surtout gratuitement.

Le maître doleur Severi Horttanainen suggéra qu'en l'absence de macchabées, et faute de mieux, on ensevelisse dans le nouveau cimetière des mannequins de taille humaine. On pourrait sans doute obtenir à bas prix dans des magasins de vêtements des modèles passés de mode ou un peu cabossés qui ne faisaient plus l'affaire pour présenter les dernières tendances du prêt-à-porter mais remplaceraient avantageusement les défunts aux inhumations. On pourrait par exemple en acheter une centaine d'un coup et organiser un enterrement de masse, à l'allemande.

Horttanainen ajouta que si les mannequins coûtaient trop cher au goût d'Eemeli, il pourrait s'occuper, à ses heures perdues, de bricoler des épouvantails en forme d'homme. On leur fabriquerait des cercueils et on organiserait de belles funérailles.

«On tiendrait des discours de deuil et on pleurerait comme des veaux.»

Eemeli Toropainen pria le maître doleur de la fermer, les lendemains de fête se prêtaient mal à la plaisanterie. Il lui fit aussi remarquer qu'il avait son honneur, question cimetière. Il se refusait à enterrer des mannequins de mode en terre consacrée, sans même parler d'épouvantails.

Trouver des morts n'était d'ailleurs pas le principal problème du jour. Le plus urgent était d'achever la construction de l'église hors la loi.

7

Sur le chantier de la Fondation funéraire d'Asser Toropainen, les travaux se poursuivaient à un rythme accéléré. Le temps pressait : l'automne était là, mais aucun permis de construire n'avait encore été officiellement délivré et l'on pouvait craindre que les autorités tentent à nouveau de mettre fin à l'entreprise. C'est ce qu'avait laissé entendre le chef de la police rurale de Sotkamo lorsqu'il avait apporté sur le chantier une liasse d'ordonnances d'amende sanctionnant l'expulsion d'un fonctionnaire de police (le brigadier-chef Naukkarinen) du lieu d'exercice de sa mission (la charpente de l'église) ainsi que l'infliction audit fonctionnaire d'une blessure non négligeable à la cuisse. Eemeli Toropainen avait été condamné à trente jours-amende et les charpentiers à dix chacun, à part l'apprenti Taneli Heikura, qui en avait écopé de quinze pour s'être rendu coupable, en avalant spontanément la clef, de recel d'un objet métallique ayant servi à la perpétration d'un délit.

Les médias commentaient avec passion la construction de l'église sylvestre clandestine d'Ukonjärvi. Les émissions d'actualité nationale des chaînes de télévision, les quotidiens et même quelques magazines suivaient l'avancement du projet architectural de Toropainen. Les curieux affluaient sur le chantier, au point de gêner parfois la besogne. La nouvelle des amendes collectives, lorsqu'elle se répandit, amena sur place plus d'une centaine de militants écologistes, équipés de chaînes ayant prouvé leur efficacité dans de nombreuses manifestations. Ils plantèrent leurs tentes derrière le nouveau cimetière, jurant de s'attacher à l'église et au muret de l'enclos si la police manifestait la moindre intention de venir interrompre les travaux. Et ils tinrent parole : le 24 octobre, un jeudi qui se trouvait être la Journée des Nations unies, les forces de l'ordre débarquèrent encore une fois à Ukonjärvi. Les écolos firent pacifiquement front, le visage tourné vers les photographes de presse et les caméras de télévision, et s'enchaînèrent d'une main experte à l'église. Il y avait là une bonne centaine de jeunes végétariens aguerris, endurcis par les intempéries. Plus d'une dizaine se cadenassèrent aux combles maintenant terminés de l'édifice, deux des plus téméraires au faîte du toit et quelques-uns à la charpente de la tour lanterne. Chacun des vingt-quatre angles du bâtiment était occupé par deux, voire trois résistants. Par haut-parleur, ils firent connaître leurs revendications : on devait avoir dans ce pays la liberté de bâtir des églises, elles ne polluaient ni la nature ni l'esprit des hommes ; c'était aussi une question de liberté religieuse.

Tous les édifices cultuels de Finlande pouvaient-ils d'ailleurs se targuer d'avoir des autorisations en règle ? On avait fait des recherches : le permis de construire de l'église de Temppeliaukio semblait avoir été délivré en bonne et due forme, de même que ceux de beaucoup d'autres de ses sœurs modernes. Mais il en allait autrement des sanctuaires plus anciens. Le dossier de la cathédrale de Turku était en déshérence, sans parler des innombrables églises paysannes en bois. Les Finlandais, toujours cabochards, avaient au fil des siècles couvert leur belle patrie de temples, sans la moindre autorisation.

Fallait-il démolir la cathédrale de Turku ? Devait-on brûler une centaine de vieilles églises en bois ? demandèrent les écolos en invoquant la liberté de conscience.

Les autorités étaient impuissantes face à cette résistance organisée. Elles se retirèrent sans faire de vagues de la colline de l'église d'Ukonjärvi, considérant qu'il n'y avait pas lieu de recourir à la force. Le bâtiment en madriers construit dans la forêt ne portait au bout du compte préjudice à personne. Il était certes hors la loi, mais toutes les autres activités de ce monde étaient-elles toujours parfaitement régulières ?

Les écolos restèrent sur place pour apporter leur aide au projet de la Fondation funéraire. Ils n'étaient guère doués pour le métier de charpentier, mais s'occupaient avec ardeur d'évacuer les déchets de construction et de ramasser des pierres pour le muret du cimetière. Ils trouvaient magnifiques les grandes forêts du Kainuu, où ils se promenaient à humer le vent d'automne ou cueillir des airelles et des champignons.

Avec les premières gelées, leur nombre se réduisit ; il ne resta plus à Ukonjärvi qu'une vingtaine d'obstinés. Iisakki Matolampi commenta crûment cette débandade :

« Nos amis d'la nature ont dû avoir froid, la nuit dernière sous la tente. Les p'tits gars d'la ville rêvent vite de chauffage central, à s'geler l'cul dans la bruyère. »

Les écolos restants n'en étaient que plus déterminés. Ils demandèrent à Eemeli Toropainen l'autorisation de construire sur les terres de la Fondation funéraire un petit chalet en rondins. Ils avaient repéré un emplacement de rêve à quatre kilomètres de là, dans un superbe paysage, sur l'abrupt versant ouest du mont de l'Ogre, qui surplombait de sa masse rocheuse le lac du même nom. On avait abattu du bois pour la construction de l'église, au printemps, de l'autre côté du mont, mais les rives du plan d'eau étaient intouchées.

Eemeli Toropainen n'était pas très chaud pour céder des parcelles à bâtir à des tiers. Il doutait d'ailleurs de la possibilité d'obtenir un permis de construire pour leur chalet. Les écolos lui firent remarquer qu'il ne s'était guère soucié, jusque-là, des questions d'autorisation. Et sans leur aide, tinrent-ils à lui rappeler, le chantier de la fondation aurait sans doute été interrompu.

On alla d'un commun accord délimiter une parcelle. Eemeli Toropainen donna des outils aux écolos, leur expliqua dans les grandes lignes comment construire une cabane en rondins et les laissa se débrouiller. Bientôt un premier pin s'abattit sur le chantier du mont de l'Ogre. Il resta encroué dans les branches de son voisin.

La neige fit son apparition. Il gelait la nuit. On acheva la tour lanterne de la croisée du transept. Pour finir, on recouvrit le toit de l'église de bardeaux. C'était un travail dangereux et délicat. Tout se passa bien. Début novembre, la toiture était terminée et l'on put s'attaquer aux aménagements intérieurs. On posa des dormants dans l'embrasure des fenêtres, puis des vitres. On installa un câble pour amener l'électricité de la ferme d'Iisakki Matolampi à la sacristie et on y brancha un chauffage électrique. Les charpentiers démontèrent leurs tentes, derrière le cimetière, pour les installer à l'intérieur de l'église. On entreprit d'isoler le plancher et d'y clouer des lattes de pin. Le matin, l'eau des rives du lac était couverte d'une fine pellicule de glace.

La construction du refuge du mont de l'Ogre n'avançait guère. Sur la vingtaine d'écolos, il n'en restait plus que dix. Dès le premier jour, l'un d'eux avait été blessé par la chute du pin encroué. Deux côtes cassées. Une semaine plus tard, un deuxième accidenté clopina jusqu'à Ukonjärvi. Le malheureux s'était entaillé la jambe avec une doloire. Deux malades terrassés par la fièvre se traînèrent également vers la civilisation. Inquiet de voir arriver des éclopés à un rythme aussi soutenu, Eemeli Toropainen partit voir avec ses hommes comment les écolos s'en sortaient.

Sur place, ils découvrirent un triste chantier : les murs de la cabane étaient à peine hauts de quelques madriers, et le bois était taché de noir à force d'avoir été manipulé sans soin. La neige autour du camp était piétinée et verglacée, çà et là gisaient des arbres abattus que l'on avait essayé d'écorcer, mais tout était en plan, les rondins semblaient avoir été trop lourds à soulever. Les assemblages d'angle bâillaient misérablement, la hache avait souvent raté sa cible. Un peu plus loin sur la pente rocheuse du mont de l'Ogre, une demi-douzaine de garçons à la barbe en broussaille, le visage couvert de suie, se chauffaient les mains autour d'un maigre feu de bois vert, tremblant de froid dans la bise de ce début d'hiver, l'air orphelin et la mine grave, marquée par la souffrance. Sur une souche neigeuse était posée une casserole en aluminium aux flancs noircis, à demi pleine de bouillon de légumes gelé. Toute la scène traduisait un touchant désir de réussir et un pitoyable échec. Le noyau dur des écolos évoquait un petit groupe d'explorateurs égarés quelque part dans la toundra, voués à la mort, abandonnés par le sort et ayant perdu tout espoir.

Eemeli Toropainen prépara un bon café et distribua du pain et du lard. Les stricts végétariens ne se firent pas prier. Puis le président de la Fondation funéraire prit le maître doleur Severi Horttanainen à part et lui confia une mission :

« Écoute. Tu vas rester ici, sur ces pentes. Construire un vrai refuge pour ces garçons. »

Eemeli et les autres charpentiers retournèrent travailler à l'aménagement intérieur de l'église. Au mont de l'Ogre, Severi Horttanainen prit les choses en main : il mit sa tronçonneuse en marche et abattit le jour même une centaine de pins propres à servir de matériau de construction. Il ordonna aux écolos d'écorcer les grumes. Il dispersa le précédent empilage, tout juste bon à son avis à faire du bois de chauffage, et récupéra les pierres angulaires pour la nouvelle construction. Avant la tombée de la nuit, il avait assemblé les premiers madriers.

Dès l'aube, on reprit le travail. À midi, Taina Korolainen apporta sur le chantier un plein bidon de soupe de viande, quelques miches de pain de seigle et de la bière de ménage. Le soir venu, la nouvelle cabane en était à hauteur de fenêtre. Une semaine plus tard, Horttanainen monta la charpente et isola le plancher en y pelletant quelques mètres cubes de matériau arraché à des fourmilières. Il cloua des plançons pour maintenir le toit en écorce de bouleau et maçonna dans un coin du refuge un fourneau flanqué d'un conduit en tôle. Une fois les vitres et la porte posées, le maître doleur termina l'ouvrage en fixant au mur du fond de la grande salle deux longs bat-flanc superposés pouvant accueillir au moins vingt dormeurs, voire trente, dans le cas de maigres écolos. Quand le chalet fut prêt, Severi Horttanainen s'offrit une cuite monumentale et ordonna qu'on le porte à Ukonjärvi.

8

La chef du personnel du nettoyage ferroviaire Taina Korolainen avait fait œuvre utile tout au long de l'automne : elle avait cueilli des dizaines de kilos de mûres jaunes et d'airelles et rempli d'innombrables bocaux de champignons salés. On avait acheté au père Matolampi une longue barque étroite, facile à manier. Taina avait posé des filets dans le lac Ukonjärvi afin de se procurer du poisson pour l'hiver. Elle avait pris quantité de brochets, de perches et de lavarets. Elle avait aussi piégé des écrevisses dans la roselière de l'étang de Matolampi. Toute cette pêche avait été soigneusement salée et entreposée dans la cave qu'Eemeli Toropainen avait creusée derrière le cimetière, au flanc de la colline de l'église. L'endroit pourrait plus tard être utilisé comme morgue, quand on se mettrait sérieusement en quête de défunts.

Eemeli avait aussi occupé ses soirées à construire un solide sauna sur la rive nord-est du lac. Il se dressait sur le terrain du futur presbytère, à deux cents mètres environ de l'église, séparé d'elle par la rivière d'Ukonjärvi. On avait jeté au-dessus de ses rapides, qui s'échappaient de l'extrémité du lac vers le nord, un pont en épais madriers. C'était sur la colline qui s'élevait de l'autre côté qu'Eemeli Toropainen avait l'intention, au printemps suivant, d'édifier le presbytère. Il en fallait bien un, maintenant qu'il y avait un temple. Mais nul besoin de pasteur pour l'instant.

Courant novembre, la Fonderie de statues et de cloches de Seinäjoki SARL livra le bourdon promis. Le camion se gara en marche arrière derrière l'église. La cloche pesait plus de 200 kilos et il fallut imaginer un dispositif spécial pour la hisser jusqu'à l'espace aménagé pour elle dans la tour lanterne. On échafauda sur le toit une chèvre de levage équipée d'un palan avec lequel on hala le lourd bourdon, fixé à un câble d'acier. Un vent vif soufflait de la direction du lac, agitant la cloche au bout de son fil. Tandis qu'elle s'élevait dans les airs, elle se mit à carillonner, d'une belle voix portant loin. Elle eut le temps de sonner six coups avant d'atteindre son logement. Puis elle se tut.

Début décembre, l'église était prête. Les charpentiers avaient déjà depuis un certain temps démonté leurs tentes pour s'installer avec les écolos au refuge du mont de l'Ogre. Ils avaient près de quatre kilomètres à parcourir pour se rendre sur le chantier, mais ce n'était pas un problème. Ils descendaient à bicyclette jusqu'au lac de l'Ogre, qui ne mesurait que quelques centaines de mètres de large, et le traversaient en barque.

Eemeli Toropainen abandonna la sacristie pour aller habiter avec Taina Korolainen dans la pièce à vivre du sauna qu'il avait construit sur la rive opposée du lac. L'église resta vide, on put évacuer les derniers déchets de construction, balayer le plancher et vernir les larges lattes de parquet. Le temple trouva une paix conforme à sa destination première : dans ses entrailles, plus personne ne ronflait, ne mangeait, ne rêvait, ne menait la sale vie des hommes.

On décida d'attendre l'été pour peindre l'extérieur, les bises glacées de l'hiver achèveraient d'ici là de sécher les madriers. Pour la couleur, Eemeli Toropainen voulait du rouge. C'est dans cette teinte qu'étaient peintes la plupart des vieilles églises en bois de Finlande.

Le sanctuaire comptait 800 places assises. Les bancs et leurs dossiers étaient en solides planches de pin. Les pupitres à psautier, au revers, furent poncés au papier de verre et laqués.

Des fleurs de givre décoraient les fenêtres, l'air sentait le vernis frais, la vaste nef respirait le calme et le propre.

L'intérieur semblait encore bien nu. Il n'y avait ni

orgue, ni autel, ni chaire. Eemeli hésitait à en installer. Le testament d'Asser Toropainen était muet sur les fins auxquelles l'église était destinée. Il suffisait qu'elle soit construite. Le défunt lui-même était plutôt athée. Aurait-il voulu que l'on consacre le temple à un usage religieux ? Le diable seul pouvait le savoir, maintenant qu'Asser était mort avant d'avoir pu finir de discuter du projet.

Dans son for intérieur, Eemeli conclut qu'il devait malgré tout meubler l'église, quoi que l'on décide par la suite. Il ne supportait pas le travail à moitié fait. Il fallait une chaire, un autel, un retable et peut-être aussi, ici ou là sur les murs et la voûte de bois, des peintures à motif biblique. Au cas où l'on voudrait un jour célébrer l'office, il fallait bien sûr aussi prévoir dans la sacristie des chasubles, des cierges, des linges liturgiques, des psautiers, des calices et une quantité raisonnable de vin rouge de qualité correcte. Peut-être d'autres fournitures seraient-elles nécessaires, Eemeli ne s'y connaissait pas assez en cérémonies religieuses pour pouvoir faire au débotté la liste des outils de travail du pasteur et du bedeau.

Le maître doleur Severi Horttanainen s'occupa de construire l'autel, placé à l'extrémité est de la nef, près de la porte de la sacristie. Il tailla en même temps une grande croix en pin rouge qu'il cloua sur le mur du fond, derrière l'autel. Elle suffisait à ses yeux à orner le chevet, au moins le temps qu'on trouve un retable.

La chaire devait s'élever à l'angle des bras est et sud de l'église. Eemeli Toropainen s'attaqua à sa construction en compagnie de Severi Horttanainen. Ils choisirent pour matériau du pin raboté et décidèrent d'installer le perchoir du prédicateur à deux mètres du sol, au haut d'un escalier muni d'une rampe. On adopta pour la cuve un plan polygonal. Sur chacune de ses faces, Horttanainen réalisa des caissons décoratifs entourés de moulures. Sur le plus grand côté, il sculpta sa vision du monde : un globe terrestre, des nuages et, derrière le tout, Dieu en personne. Sa conception du Très-Haut était d'un classicisme convenu : un vieillard aux cheveux longs, barbu, tenant à la main une sorte de sceptre. Aux pieds du Seigneur, Severi tailla l'image d'un inquiétant barbichu à l'œil torve dont on devinait qu'il représentait le Malin.

Eemeli en profita pour exécuter sur le panneau directement situé devant le prédicateur, à l'endroit d'où sa voix tonnait le plus fort au-dessus de l'assistance, un portrait de son ex-épouse Henna Toropainen. Le couteau de l'artiste dérapa plusieurs fois, mais il réussit malgré tout à capter dans son œuvre quelque chose de l'original. Sur le bas-relief, Henna se tenait la bouche ouverte et le doigt levé.

On laissa à l'apprenti Taneli Heikura le soin d'orner le haut de la cuve d'une frise de brins de muguet et de myosotis. Il fut payé en heures supplémentaires, 25 marks par muguet, 10 par myosotis. Il en tira une jolie somme, car la chaire était plutôt grande et les fleurs nombreuses.

Quand les écolos du mont de l'Ogre virent le travail de l'apprenti, ils le félicitèrent pour la précision naturaliste de ses motifs. Ils se proposèrent pour décorer de même le rebord inférieur de la cuve en y sculptant quelques plantes locales — des raretés. On abandonna l'idée après leur avoir laissé faire un essai : le bois s'était fendu, et il fallut remplacer toute la pièce.

Une semaine avant Noël, on joncha le perron de l'église d'épais branchages de sapin. À l'intérieur, on accrocha au plafond des lustres à chandelles en bouleau flammé. On recouvrit l'autel d'une nappe de lin blanc. On décora les appuis de fenêtre de vases dans lesquels les écolos disposèrent des rameaux d'airelle et d'odorants bouquets de genévrier. Taina Korolainen et la mère Matolampi tressèrent des couronnes de paille que l'on suspendit aux lustres.

Le nouveau temple sylvestre était splendide, aussi bien au-dehors qu'au-dedans. Il n'avait certes pas été consacré et était à bien des égards hors la loi et rebelle en religion, mais il y régnait une profonde sérénité. Eemeli Toropainen avait le sentiment que c'était précisément là ce que son grand-père recherchait sans le savoir : le grand brûleur d'églises aspirait sans doute à racheter ses incendiaires péchés de jeunesse.

Dommage qu'Asser ne puisse pas voir le résultat de son testament. L'église était assez belle pour soutenir le regard de Dieu en personne. Et si le Très-Haut existait, il était sans doute passé jeter un coup d'œil au nouveau sanctuaire — ne fût-ce que par curiosité, car il devait bien en avoir aussi un peu.

Le soir de Noël, après le sauna, on réveillonna dans la salle de ferme de Matolampi : gratin de rutabagas, jambon, salade de pommes de terre aux harengs, lavaret, sandre, vendaces en croûte. La bière de ménage brassée par Taina était excellente. Dans la nuit, on alla illuminer l'église de chandelles. Les femmes chantèrent un cantique. Tous en étaient d'accord, il convenait à présent de trouver un pasteur.

En partant, on alluma deux torchères au haut des marches de l'entrée principale, côté ouest. Le reflet des flammes dansait dans la nuit d'hiver sur la glace miroitante du lac. La chaude lumière des chandelles éclairant la nef se reflétait dans les vitres décorées de fleurs de givre. Au bas de la colline, tous se retournèrent une dernière fois pour embrasser d'un regard heureux le merveilleux spectacle du temple assoupi sous le ciel étoilé. Il était temps d'aller se coucher, les charpentiers et les écolos retournèrent à skis au mont de l'Ogre, les villageois rentrèrent chez eux, Taina et Eemeli regagnèrent le sauna du presbytère.

Pendant que les hommes dormaient, une petite souris domestique se glissa dans l'église illuminée par l'entrebâillement de la porte de la sacristie. C'était la même créature à oreilles rondes qui, le jour de la mort d'Asser à Kalmonmäki, l'épiait par une fente du mur. Elle avait, peu après, installé ses pénates sous les couvertures du défunt. Quand on avait emporté le corps, elle s'était approprié tout le lit mortuaire. Et quand on avait ôté les couvertures pour les laver et les ranger au grenier, elle avait fait son nid dans la vieille chapka d'Asser. C'était dans ses replis qu'elle avait voyagé de Kalmonmäki à Ukonjärvi. La petite souris avait bien failli se retrouver coulée dans le béton quand on avait scellé le bonnet de fourrure d'Asser sous la première pierre de l'église. Plus tard, en toute discrétion, elle avait cohabité avec Eemeli et Taina dans la sacristie, où elle régnait en maître depuis leur départ. Elle trottinait maintenant dans les deux nefs croisées de l'église : après avoir levé les yeux vers les hauteurs de la voûte, elle escalada un appui de fenêtre, croqua de ses petites dents quelques miettes de chandelle, courut essayer la chaire. On vit ses oreilles rondes dépasser un instant au-dessus du rebord. Elle avait sur le museau la même expression qu'un pasteur s'apprêtant à prêcher. Mais, timide comme elle était, elle n'ouvrit pas la bouche.

Dehors, la nature dormait : les tétras-lyres se renfouissaient sous la neige, les écureuils étaient blottis les uns contre les autres dans leurs nids tapissés d'usnée et l'ourse qui régnait sur les forêts de Valtimo sommeillait en rêvant à ses festins de l'arrière-saison, aux mûres jaunes se balançant sur leur tige parmi les touffes de sphaignes et au délectable guichetier de la poste.

9

Dans la nuit du nouvel an 1992, on sonna pour la
première fois la cloche de bronze de l'église sylvestre
d'Ukonjärvi. L'apprenti Taneli Heikura, encouragé
par quelques pintes de bière, grimpa dans la tour
lanterne et, à minuit précis, tira sur la corde. On
apprit plus tard que l'on avait entendu le bourdon
jusqu'à Kalmonmäki, à plus de dix kilomètres à
vol d'oiseau.

Dans son enthousiasme, le garçon sonna la cloche
pendant plus d'une heure avant qu'on réussisse à le
faire descendre. À l'Épiphanie, il se plaignait encore
d'avoir les oreilles qui tintaient. On lui promit le
poste de bedeau d'Ukonjärvi, si l'on mettait un jour
l'église en service et qu'il faille un sonneur.

La chef du personnel du nettoyage ferroviaire
Taina Korolainen reprit début janvier le chemin
de Vantaa, où son travail l'appelait. Quelques jours
plus tard, l'ex-épouse d'Eemeli Toropainen, Henna,
fit son apparition à Ukonjärvi. Elle avait reçu une

carte de Noël de Taina, dans laquelle celle-ci lui faisait part de ses projets de voyage. Henna emballa les affaires de la chef du personnel du nettoyage ferroviaire dans des cartons qu'elle rangea au fond de la pièce à vivre du sauna et installa les siennes à la place. Eemeli ne fit aucun commentaire. Au bout du compte, cela ne changeait pas grand-chose, une autre femme, un style de cuisine un peu différent, mais un ordre du jour à peu près identique. Henna déclara qu'elle retournerait dans le Sud quand Taina reviendrait dans le Kainuu. Au printemps, peut-être.

Il y avait donc dans le sauna les bagages de deux dames. On commençait à manquer de place. Henna suggéra qu'il était peut-être temps de construire un presbytère, maintenant qu'on avait une église.

Il semblait difficile de se lancer en plein hiver dans la construction d'une grande maison. Il aurait fallu ouvrir un nouveau chantier de bûcheronnage quelque part du côté du mont de l'Ogre, écorcer des grumes — un travail ardu et pénible, dans le froid. Et si l'on trouvait quelque part un vieux bâtiment que l'on puisse démonter et transporter au bord du lac en guise de presbytère?

Severi Horttanainen et ses hommes en avaient assez de se prélasser au mont de l'Ogre en compagnie des écolos. Maintenant que la construction de l'église s'achevait, il n'y avait plus de travail pour eux. Le maître doleur fit une proposition à Eemeli Toropainen :

« Prenons la maison mortuaire d'Asser, à Kalmonmäki, et remontons-la à Ukonjärvi. Elle ne sert à rien, abandonnée là-bas, et elle a la bonne taille. »

Mais bien sûr ! La ferme de Kalmonmäki était maintenant vide. Les sœurs d'Asser s'étaient acheté des appartements dans une résidence pour personnes âgées, à Nurmes. Chauffer et entretenir cette vaste demeure, avec sa grande salle et ses nombreuses chambres, était au-dessus de leurs forces.

Eemeli Toropainen et Severi Horttanainen allèrent vérifier l'état de la maison. Longue de vingt mètres et large de plus de dix, elle avait été construite au tournant du siècle en épais madriers qui avaient plus tard été recouverts de planches. Les murs de pin rouge étaient sains : frappés avec le renfort d'une doloire, ils résonnaient d'un bruit franc.

On creusa les fondations du presbytère de biais face à l'église, de l'autre côté de la rivière d'Ukonjärvi, sur la berge nord-est du lac. On coffra les tranchées et on les bâcha dans l'attente d'une journée sans gel permettant d'y couler du béton. Pendant ce temps, une partie de l'équipe s'occupa de démonter la maison mortuaire d'Asser et de charger les madriers sur des remorques de tracteur. Une fois transportés jusqu'à la colline du presbytère, on les réassembla. Seuls deux ou trois des bastings inférieurs, un peu vermoulus, durent être remplacés. On retailla aussi la face extérieure des pièces de bois pour donner à la construction un aspect aussi pimpant que l'église flambant neuve. Ses madriers vieux de près d'un siècle arboraient juste une teinte plus rougeâtre. Ils étaient secs et légers, et les assembler était un jeu d'enfant.

On changea les fermes de la charpente et bien sûr la couverture du toit, ainsi que les portes et les fenêtres. On ponça les larges lattes de l'ancien plancher avant de les remettre en place. En deux mois d'efforts, le presbytère fut achevé. On creusa un puits, sur le versant de la colline, et l'on amena une canalisation jusqu'au coin cuisine de la salle. Henna s'empressa de déménager ses affaires du sauna dans le grand presbytère. C'était presque comme épouser une nouvelle fois Eemeli. Elle s'en voulait un peu d'avoir demandé le divorce, mais la faillite des Grumes et Billots du Nord avait été un coup dur pour leur couple.

Henna laissa les bagages de Taina dans le sauna. Avant de fermer la porte, elle leur lança un regard venimeux.

Durant l'été précédent, des visiteurs de toutes sortes s'étaient pressés à Ukonjärvi : villageois curieux de voir comment avançait le chantier de l'église, voyageurs venus de plus loin, représentants de l'autorité, journalistes, touristes. À l'automne, le flot s'était un peu tari, mais au cours de l'hiver et du printemps il n'avait fait que croître. La construction de l'église et du presbytère avait été abondamment commentée. Les écolos du mont de l'Ogre avaient été interviewés par de nombreux organes de presse et s'étaient exprimés sur la protection des forêts du Kainuu. On comptait chaque semaine de cent à deux cents personnes, parfois, qui regardaient sous le nez l'église, le presbytère et le président de la Fondation funéraire. Il s'agissait là d'un afflux conséquent de touristes, provoqué par la médiatisation de l'endroit. Plus le temps se radoucissait, avec l'avancée du printemps, et plus il y avait de monde. Les gens se garaient dans le cimetière et sur la colline, les bas-côtés des routes étaient pleins de voitures et les caravanes entravaient le passage. Des troupeaux de visiteurs contemplaient l'église avec des yeux ronds, entraient et examinaient l'intérieur, ramenant de la neige et de la boue à la semelle de leurs chaussures. Eemeli Toropainen se trouvait sommé de répondre à une foule de questions idiotes :

«Votre grand-père avait-il l'esprit dérangé ?

— Sérieusement, combien d'églises Asser Toropainen a-t-il incendiées dans sa vie ?

— Quand le chef de la police rurale va-t-il vous traîner en justice ?

— À combien revient, de nos jours, la construction d'une église ?

— Est-ce que la religion est un business rentable, aujourd'hui, avec la crise?

— Ne pensez-vous pas avoir attiré sur vous la colère de Dieu en bravant la loi pour construire ce temple? N'avez-vous pas peur?»

Eemeli tentait de comprendre la curiosité des gens. Il évitait pourtant autant que possible les journalistes, car quoi qu'il dise, les articles publiés étaient en général truffés d'erreurs ou avides de sensationnel. Les touristes gênaient les ouvriers, se fourraient dans leurs pattes, encombraient les routes et jetaient des peaux de saucisson dans le cimetière.

En février, Eemeli Toropainen et Severi Horttanainen eurent une altercation avec un importun. Il s'agissait du doyen du chapitre de Kuopio, Anselmi Leskelä, un vieil ecclésiastique rondouillard. Il arriva sur les lieux dans sa voiture de fonction noire, avec son épouse et son gendre. Il entra tout de go visiter la nouvelle église, laissa son regard errer sur l'élégante nef, monta dans la chaire, tapota l'autel de la main, jeta un coup d'œil à la sacristie et nota ses observations dans un petit calepin. De retour à sa voiture, derrière le cimetière, il eut la surprise de découvrir que son idiot de gendre l'avait garée dans la neige fraîche et ne parvenait plus à l'en dégager. Leskelä dut se résoudre à demander l'aide d'Eemeli Toropainen.

Celui-ci, aidé de Severi Horttanainen, entreprit

au moyen d'un tracteur de tirer le véhicule de son enlisement. Quand les sauveteurs rampèrent dans la neige pour attacher un câble au pare-chocs de la voiture du doyen du chapitre, ce dernier ne put s'empêcher de critiquer l'impiété d'Ukonjärvi. Il était sacrilège, à ses yeux, de construire une église privée sans autorisation de l'évêché ni réelle nécessité religieuse.

Severi Horttanainen pointa du doigt l'épais bonnet de fourrure d'Eemeli et déclara :

«C'est qu'ici, à Ukonjärvi, nous obéissons à un porteur de chapka et pas à un porteur de mitre.»

Leskelä fit remarquer qu'il était d'usage de commencer par fonder une paroisse, à qui il revenait ensuite de s'occuper des lieux de culte. Ici, il y avait une église, mais pas de prédication de la parole de Dieu, pas de paroisse, et encore moins de pasteur. Le doyen du chapitre bougonna que l'église de Toropainen méritait en toute équité d'être dépouillée de ses symboles chrétiens, croix et retable, qui offensaient au plus haut point le regard des fidèles. Il croyait aussi savoir que l'on avait sonné sans autorisation la cloche de l'église d'Ukonjärvi, le premier de l'an.

«Le Malin est à l'œuvre», conclut le doyen du chapitre.

Face à ces insultes, les sauveteurs commençaient à la trouver saumâtre. Mais le moment semblait mal choisi pour se quereller et Eemeli Toropainen tenta de calmer le jeu :

« La Fondation funéraire pourrait très bien envisager d'établir une paroisse, si on en discutait sans a priori », assura-t-il.

Cela ne fit qu'accroître la colère de Leskelä. Il expliqua que des profanes ne pouvaient pas créer comme ça des paroisses. L'initiative ne pouvait venir que de l'évêque ou du chapitre du diocèse. Une demande devait ensuite être soumise à l'archevêché, et ce n'était pas tout, car une fois acquis son avis favorable, la requête devait encore être examinée et tranchée en Conseil des ministres. Une fondation privée n'avait donc aucun droit d'établir une paroisse, c'était aux autorités ecclésiastiques et, en dernière instance, au gouvernement finlandais au grand complet d'en décider.

Eemeli Toropainen vissa la manille au câble de remorquage et grimpa dans la cabine du tracteur. Au passage, il grommela :

« Si c'est aussi compliqué, tant pis. Nous essaierons de nous débrouiller avec notre propre foi, à Ukonjärvi, sans l'aide de l'évêché. »

Le véhicule de fonction s'arracha à la poudreuse. Toropainen le traîna à cinquante mètres de là, le capot vers le village. Il détacha le câble et ouvrit la portière arrière au doyen du chapitre, qui arrivait au trot. Quand il fut monté en voiture, son épouse lui reprocha de s'énerver pour rien et lui rappela qu'il devait surveiller sa tension. La portière claqua, le gendre de Leskelä appuya sur l'accélérateur et la grosse auto noire s'éloigna en cahotant, emportant le dignitaire ecclésiastique bouillant d'un juste courroux.

Une semaine plus tard, alors qu'Eemeli Toropainen et ses hommes transportaient de Kalmonmäki à Ukonjärvi un plein chargement de bûches, ils se trouvèrent nez à nez, près du pont du ruisseau du Hibou, avec la voiture d'une équipe de télévision. La route était étroite et bordée de hautes congères, impossible de se croiser. Le chauffeur du car régie cria au tracteur de reculer ou de se garer dans la neige, lui ne pouvait pas. Et il était pressé. Il fallait encore enregistrer plusieurs bobines de l'émission «Aujourd'hui chez vous».

Avec son chargement de bûches, Eemeli Toropainen ne pouvait pas reculer. Il tenta de se mettre sur le bas-côté en se frayant un passage à travers la congère. Il y réussit d'ailleurs, mais la remorque se renversa dans la manœuvre et une vingtaine de stères de bûches de bouleau sèches roulèrent dans la neige. Les hommes assis sur le chargement furent projetés dans la forêt.

Quand les membres de l'équipe de tournage se rendirent compte qu'ils venaient de voir se répandre le bois de chauffage du constructeur d'église Eemeli

Toropainen en personne, ils s'empressèrent de déballer leur matériel de prise de vues : on déroula des câbles sur la route enneigée, le preneur de son accrocha au bout d'une perche un micro protégé d'une bonnette, le cadreur cala sa caméra contre son épaule, prêt à tourner. La journaliste courut sur le bas-côté, héla Toropainen et commença à lui poser des questions d'ordre religieux pour « Aujourd'hui chez vous ».

Eemeli Toropainen abandonna ses bûches, pataugea jusqu'à la chaussée, épousseta la neige de sa chapka contre le flanc du car régie et, le visage empourpré, fit à l'intention des téléspectateurs une déclaration si musclée que la journaliste se mit à reculer à mesure que l'interviewé avançait, pour finir par se réfugier dans la voiture. On rembobina les câbles à la hâte, et le car disparut derrière un tournant de la route.

Il fallut deux heures aux Ukonjärviens pour rempiler les bûches dans la remorque. La nuit était tombée quand ils arrivèrent épuisés dans la cour de Matolampi, à l'heure des informations du soir. La fermière, Helvi, sortit sans manteau sur le perron et cria :

« Entrez vite voir la télé ! »

Sur l'écran tremblotant, on vit le visage cramoisi d'Eemeli Toropainen déverser un flot d'amères récriminations ponctuées de jurons. L'interviewé sou-

84

leva quelques questions de rhétorique sur la liberté de construire des églises et le droit des vieillards en fin de vie de rédiger des testaments originaux. Il fustigea la curiosité des gens, qu'il assimila à une violation de la vie privée. La Fondation funéraire s'efforçait de remplir sa mission sans nuire à personne et n'admettait pas que des tiers se mêlent de ses activités. Pour finir, Eemeli Toropainen menaça de flanquer de ses propres mains une raclée à quiconque viendrait encore sans motif légitime troubler la tranquillité d'Ukonjärvi.

L'effet de la diatribe fut immédiat : de ce jour, il se pressa à Ukonjärvi une foule de curieux plus dense que jamais. Dès le samedi suivant, on compta plus de cinq cents visiteurs, et le dimanche près de mille.

10

Il fallait contenir l'invasion. Eemeli fit mettre des barrières cadenassées sur les voies privées conduisant à Ukonjärvi et au mont de l'Ogre. On en dressa trois, au total, une sur le chemin de l'église et les autres sur celui du mont, près duquel passaient deux routes, l'une sur la rive ouest du lac de l'Ogre et l'autre plus à l'est. Elles encadraient le plan d'eau, le mont et le lieu-dit de Verte-Colline, comme on appelait maintenant, par allusion aux convictions de ses habitants, le hameau écolo qui s'était développé sur le versant ouest de la butte. Au fil du printemps, de nouveaux défenseurs de la nature s'étaient joints aux premiers, et les charpentiers de Toropainen leur avaient construit des chalets neufs, qui avaient fini par former une petite agglomération. Le premier écovillage du monde, qui sait ?

On édifia auprès de chaque barrage une guérite en rondins. Les écolos se chargèrent d'y assurer une permanence. Ils faisaient payer un droit d'entrée aux touristes avant de les laisser passer. Sur la colline d'Ukonjärvi, derrière l'église, on construisit un kiosque en bois abritant une boutique. On y vendait aux visiteurs du gibier, du poisson, des baies et d'autres produits locaux, accommodés de diverses manières. À côté, les pique-niqueurs pouvaient faire griller des lavarets au barbecue. Le commerce marchait bien.

Entre eux, les gens se mirent à désigner les terres appartenant à la Fondation funéraire, à Kalmonmäki, au mont de l'Ogre et à Ukonjärvi, sous le nom de « Parc d'attractions du vieux Toropainen ». Par rapport à d'autres sites touristiques du même genre financés par l'aide au développement des régions rurales, celui-ci avait l'avantage de pouvoir se passer de publicité. C'était pourtant, dans sa catégorie, le plus apprécié de Finlande.

Les vacances d'été furent bientôt là. Les estivants se promenaient dans la forêt, canotaient sur le lac et visitaient l'écovillage dont les habitants vivaient en quasi-autarcie, faisant sécher des herbes aromatiques, pêchant, ramassant des champignons. La principale curiosité de l'endroit était cependant l'église sylvestre hors la loi.

Les visiteurs s'étonnaient de ne pas y voir d'orgue. Il y avait une chaire, un autel et même une croix sur le mur du fond, mais pas d'instrument de musique. Qu'est-ce que c'était que cette église où ne résonnait jamais le son de l'orgue, se plaignaient les touristes, et leur avis était partagé par les charpentiers, les habitants de Verte-Colline et surtout Henna Toropainen, d'accord sur ce point avec la chef du personnel du nettoyage ferroviaire Taina Korolainen, revenue de Vantaa.

Eemeli Toropainen demanda si quelqu'un savait jouer de l'orgue et, Severi Horttanainen s'étant vanté d'en être capable, se résolut à en acheter un. Les dons musicaux du maître doleur s'avérèrent par la suite assez limités. Il était capable de jouer, plus ou moins faux, de l'accordéon, et s'était une fois risqué, pris de boisson, à grimper à la tribune d'orgue de l'église de Hollola, où il avait réussi à actionner le pédalier et faire mugir les tuyaux jusqu'à ce qu'on l'empêche de continuer à profaner la maison du Seigneur.

Eemeli Toropainen contacta l'Église luthérienne de Finlande pour savoir s'il ne se trouvait pas à vendre dans quelque paroisse un orgue d'occasion, de préférence mélodieux. Le doyen du chapitre de Kuopio, Anselmi Leskelä, opposa une fin de non-recevoir au projet; il n'avait toujours pas digéré la construction de l'église rebelle d'Ukonjärvi. Aucun autre évêché n'accepta d'aider Toropainen à dénicher un orgue. Pas un temple consacré n'avait d'instrument en surnombre, fit-on valoir.

Un cousin de la chef du personnel du nettoyage

ferroviaire avait été quelques années maître de chœur à Kerava. Il avait entendu dire que l'on trouvait des orgues au Danemark, car du côté d'Århus, en tout cas, on installait de nouveaux instruments dans les églises. À l'issue d'un bref échange de lettres, on apprit que dans le petit village de Trustrup, on restaurait la vieille église et qu'à cette occasion elle serait aussi dotée d'un nouvel orgue. L'ancien était encore en excellent état, aux dires des Danois, et le prix n'était pas inintéressant. Eemeli Toropainen ne voulait pas investir de trop grosses sommes dans cet achat. La Fondation funéraire avait certes encore des réserves et de l'argent frais rentrait dans les caisses grâce aux touristes, mais il y avait des projets plus importants. Il fallait niveler et consacrer le cimetière, construire une étable au mont de l'Ogre et de nouvelles maisons à Ukonjärvi. Ce n'étaient pas les occasions de dépenser de l'argent qui manquaient. Sans compter que les talents d'organiste de Horttanainen ne justifiaient guère l'acquisition d'un instrument de toute première jeunesse.

Direction le Danemark, donc. Severi Horttanainen aurait bien aimé être lui aussi du voyage. Il fit valoir qu'il était le seul à s'y connaître en orgue et qu'il voulait mettre ses compétences au service d'Eemeli Toropainen. Ce dernier refusa cependant son offre de services, pour des questions de coût. Et puis on avait besoin de Severi en Finlande. Il devait superviser le creusement des fondations de l'étable de Verte-Colline. Les écolos avaient l'intention de faire paître des vaches dans la prairie de l'Ogre, de l'autre côté du mont.

Dans l'avion de Copenhague, Eemeli Toropainen se trouva assis à côté d'une femme séduisante et bien élevée, dont l'âge était difficile à deviner. D'après sa voix, elle aurait pu avoir cinquante ans, d'après son apparence, vingt de moins. En même temps, elle avait des rides aux mains et au cou.

Elle se présenta : Soile-Helinä Tussurainen, experte en savoir-vivre. Au cours de la conversation à bâtons rompus qui s'engagea, elle apprit à Eemeli qu'elle avait suivi dans les années soixante les cours du célèbre institut de beauté et de maintien Poudre aux yeux, dont elle était diplômée. D'après elle, il y avait hélas dans le secteur de la civilité bon nombre d'amateurs sortis du fin fond de leur brousse sans rien savoir des manières et du comportement à observer dans les salons.

« Le savoir-vivre est en un sens une activité trans-artistique et polyscientifique. Je pourrais vous citer d'innombrables exemples de situations où un diplôme est indispensable, mais je ne voudrais surtout pas vous ennuyer avec mes histoires », gazouilla Soile-Helinä Tussurainen.

Elle expliqua que les experts en savoir-vivre maîtrisaient à la perfection aussi bien les aspects intérieurs qu'extérieurs de la personnalité et étaient donc, si l'on peut dire, à la fois psychologues et cosmétologues.

Eemeli Toropainen, qui se contentait d'habitude de tête-à-tête avec sa hache dans les forêts du Kainuu, sentit son cœur chavirer. Bien qu'il s'en tînt en général à ses principes — le travail d'abord, la gaudriole ensuite —, il s'accorda cette fois un léger écart. À l'aéroport de Kastrup, il offrit à sa compagne de voyage de partager avec lui une galantine de saumon et un verre de vin blanc, et, pour finir, un dîner à Copenhague. La soirée fut délicieuse. Eemeli Toropainen engrangea de nombreuses recommandations en matière de savoir-vivre. Soile-Helinä était une femme du monde exquise ; Eemeli, songeant par comparaison à son ex-épouse Henna et à la chef du personnel du nettoyage ferroviaire Taina Korolainen, avait l'impression de s'être jusque-là totalement fourvoyé dans sa vie amoureuse et sexuelle.

Il passa finalement la nuit à Copenhague. Soile-Helinä était au Danemark pour affaires, mais rien ne pressait. Elle avait bien sûr du temps à consacrer au président d'une fondation religieuse. Toropainen se montra franc et honnête, parlant ouvertement de ses affaires et de ses projets. Un homme bien élevé ne cache rien à une femme.

«Tu as un charme inné, ce n'est pas donné à

tout le monde. Pour ce qui est de la galanterie, tu es de toute évidence un autodidacte pragmatique, un miracle de la nature. Cette animatrice de télévision, Linuta, a tort de dire que tous les hommes d'affaires finlandais sont des culs-terreux. Si elle te voyait, elle en resterait médusée! »

Ainsi minaudait l'experte en savoir-vivre. Elle traita au passage Linuta de harpie plus ridée et osseuse qu'une vieille mule, qui aurait mieux fait de laisser ses émissions entre les mains de professionnels plus compétents.

Tard dans la nuit, Soile-Helinä dévoila aussi à Eemeli le secret de sa jeunesse. Elle avait cinquante ans, mais grâce à de nombreuses et minutieuses interventions de chirurgie esthétique, elle ne présentait aucun signe de vieillissement malvenu. Soile-Helinä expliqua avoir fait rectifier son double menton et rehausser ses seins aux États-Unis. Et au lieu de se contenter d'une simple et primitive réfection plastique, elle s'était adressée à une clinique privée où l'on pratiquait des greffes de tissus et d'organes.

« Je pense que l'on a intérêt à investir en priorité dans sa propre personne, dans son corps. En fin de compte, c'est le seul bien qui vous accompagne dans la tombe, en plus de votre âme. »

Eemeli Toropainen rétorqua que d'après ce qu'il savait, après la mort, le corps pourrissait et tombait en poussière, comme toute matière vivante. Il ne voyait pas en quoi sa beauté ralentirait le processus.

« Un beau corps contient une belle âme! Et un corps moins joli une âme plus laide, c'est évident. Le plus affreux, dans la mort, ce que je crains le plus, c'est que l'âme s'écrase quand on jette dessus deux mètres de terre froide. Je me demande parfois si on ne pourrait pas enterrer les beaux dans des tombes moins profondes que la normale, sous un mètre de terre seulement, par exemple. Songer que l'âme puisse être broyée, c'est forcément doulou-reux », soupira Soile-Helinä d'un air pénétré.

11

Deux jours plus tard, Eemeli Toropainen, aidé d'un bedeau danois, chargea dans une camionnette le vieil orgue de la petite église du village de pêcheurs de Trustrup. L'instrument avait été démonté, les tuyaux et la mécanique emballés dans des caisses en bois. Eemeli avait l'intention de transporter les colis jusqu'au port où l'on devait les embarquer à bord d'un cargo ; à l'arrivée, à Oulu, on les dédouanerait avant de les acheminer dans le Kainuu, à Ukonjärvi. Tout semblait en ordre.

Soile-Helinä Tussurainen avait vaguement parlé de faire un saut à Trustrup pour y rencontrer Eemeli. Celui-ci l'attendit deux jours à l'auberge locale avec son orgue, mais elle n'avait apparemment pas trouvé le temps de se déplacer. Il reçut par contre la visite inattendue de quatre Américains. Ces derniers venaient de la part de leur partenaire commerciale nordique, lady Tussurainen, qui leur avait recommandé le président Toropainen. Il s'agissait de projets communs qu'ils avaient en Finlande.

Les hommes, d'âge moyen, étaient bien habillés et inspiraient confiance. Deux d'entre eux déclarèrent être chirurgiens, le troisième se présenta comme un avocat et le dernier comme le chef du groupe. Ils possédaient au Mexique une clinique privée spécialisée dans les greffes. Les Américains se vantèrent de leur savoir-faire médical : la transplantation d'organes internes exigeait un professionnalisme à toute épreuve. C'était leur cas.

Ils étaient bien renseignés sur Eemeli et sur la Fondation funéraire d'Asser Toropainen pour l'édification d'une église. Ils avaient obtenu la plupart de leurs informations de Soile-Helinä Tussurainen, grâce à qui ils avaient aussi effectué quelques vérifications auprès de correspondants finlandais. Le quatuor se déclara très flatté de pouvoir faire la connaissance d'un homme d'affaires aussi entreprenant que Toropainen. Ils avaient besoin pour leur projet de quelqu'un de sa trempe.

Les Américains soulignèrent qu'ils souhaitaient négocier dans la plus grande confidentialité et comptaient sur Eemeli Toropainen pour agir dans le même esprit. Ils savaient qu'il avait eu des heurts avec les autorités finlandaises. Il avait même été condamné pour ce motif. L'évêché de Kuopio et l'Église de Finlande se méfiaient aussi de lui.

Aux yeux des Américains, tout cela plaidait en sa faveur.

Avant de faire à Toropainen une offre de coopération ferme, ils souhaitaient quelques renseignements complémentaires sur la communauté d'Ukonjärvi. À quelle distance se trouvait-elle de la frontière russe ? À combien de kilomètres de Mourmansk ? Et d'Arkhangelsk ? Y avait-il à proximité des hôpitaux ou des cabinets médicaux privés ? Où siégeaient les autorités les plus proches, commissariat de police et direction des affaires sanitaires ? Y avait-il dans la région des forêts inhabitées où trouver refuge, au besoin ? Quel était le niveau d'hygiène du pays ?

Bien qu'un peu étonné par la nature de ces questions, Eemeli y répondit. Il n'avait rien à cacher, après tout. Et ces informations accessibles au public n'avaient rien de secret.

On en vint aux négociations. Les Américains mirent sur la table une proposition sans détour : ils souhaitaient ouvrir à Ukonjärvi, sur les terres de la Fondation funéraire, une clinique privée spécialisée dans les greffes d'organes. Tous les frais seraient à leur charge. Les patients viendraient en partie d'Europe de l'Ouest, en partie de Russie, de Pologne et peut-être même d'Albanie. On n'aurait besoin pour l'établissement que de deux ou trois pavillons. Le courant serait fourni par un groupe électrogène.

Il faudrait bien sûr une amenée d'eau, ainsi qu'un incinérateur de tissus organiques et autres déchets hospitaliers. Un environnement chirurgical stérile devait être assuré. On n'embaucherait que peu de personnel, un seul bâtiment d'habitation suffirait. La clinique étant privée et vouée à la chirurgie de pointe, elle devait être dissimulée aux regards et solidement gardée. Dans ce domaine aussi, les Américains affirmèrent disposer de l'expertise nécessaire.

Eemeli Toropainen était tenté : avec une église et deux hameaux en plein développement, en plus de Kalmonmäki, des services de santé autonomes seraient les bienvenus. Il expliqua que l'on n'avait guère besoin, dans sa communauté, de chirurgie de pointe, si ce n'est peut-être pour les varices de la mère Matolampi. Il serait donc bon que l'établissement soigne aussi des maladies plus ordinaires : appendicites, coups de hache dans la jambe et autres. Les Américains s'engagèrent volontiers à s'occuper de tous les patients locaux, gratuitement qui plus est.

L'accord relatif à l'établissement à Ukonjärvi d'une clinique dirigée par les Américains fut conclu verbalement. On topa là, et on rédigea au nom d'Eemeli Toropainen un chèque certifié d'un montant de 100 000 dollars. On lui en promit d'autres, ce n'était qu'un début. Puis on commanda un plantureux dîner dans l'arrière-salle de l'auberge danoise. Assis dans un vieux fauteuil en cuir, Eemeli trouvait la vie belle et l'humanité chaleureuse. Peut-être existait-il encore dans ce monde de grandes âmes désintéressées, songea-t-il. C'était à tort qu'on reprochait aux Américains d'être durs en affaires. Ils espéraient certes gagner de l'argent, qui ne le voudrait pas, mais si c'était en poursuivant un aussi noble but, pourquoi pas. Les dollars n'étaient qu'un instrument, rien de plus, soulignèrent ses interlocuteurs.

La soirée se passa à bavarder aimablement. Vers onze heures, les médecins demandèrent la permission de se retirer. Le chef du quatuor, déjà passablement éméché, resta tenir compagnie à Eemeli. Il lui demanda si la police finlandaise se laissait facilement acheter. Toropainen avait-il dans son équipe des hommes capables de se servir d'une arme ? Trouvait-on en Finlande des chiens dressés pour la guerre ? Leur importation risquait d'être difficile. Combien coûterait, selon lui, la construction d'une prison privée ? Il était en effet parfois nécessaire de garder assez longtemps les donneurs d'organes sous clef avant les opérations. Laissés en liberté, ils risquaient de regretter les contrats qu'ils avaient conclus et de prendre la fuite. C'était inacceptable. Faire traverser la frontière à un lot de Russes de Mourmansk ou d'Arkhangelsk, par exemple, revenait cher. Il fallait utiliser des avions, des véhicules tout-terrain, des circuits clandestins. Tout était hors de prix, de nos jours.

Eemeli Toropainen resta un instant estomaqué. Puis il comprit : il s'agissait d'activités criminelles abjectes, de trafic d'organes. De pauvres diables vendaient des parties essentielles de leur corps à de riches malades incurables. Des gangsters sans foi ni loi, pour qui l'argent comptait plus que la vie, servaient d'intermédiaires et de charcuteurs.

L'Américain, complètement soûl, expliqua à Eemeli le principe de fonctionnement de la clinique :

« On ouvre un crève-la-faim d'un coup de scalpel et on récupère son rein dans une cuvette. Puis on le recoud et on lui flanque un coup de pied au cul. Mais nous ne sommes pas des scélérats, nous lui donnons en général la moitié de l'argent promis, ou le quart, ça représente de quoi vivre pendant des années, pour ces miséreux. S'ils ne meurent pas de complications, bien sûr. La chirurgie de pointe est un secteur à risque. »

12

Eemeli Toropainen entra dans une colère noire. Il déclara d'un ton sec que jamais il ne coopérerait à un projet aussi monstrueux. Il n'y avait pas péché plus mortel, à ses yeux, que tirer profit de la détresse des gens et détruire la vie de malheureux déshérités.

L'heure n'était plus à la négociation. L'Américain stupéfait tenta de minimiser le problème et rappela à Toropainen qu'il était lui aussi en froid avec les autorités. Rien n'y fit. Eemeli menaçait de dénoncer les gangsters à la police danoise.

Il s'ensuivit une belle échauffourée. Les fauteuils de cuir de l'arrière-salle de l'auberge valsèrent, un lourd chandelier posé sur la cheminée roula sur le parquet. Les chirurgiens et l'avocat américains sortirent en force de leurs chambres. Toropainen se battit un moment, seul contre quatre, jusqu'à ce qu'on lui injecte un tranquillisant dans la fesse. On le porta discrètement dehors derrière l'auberge, où on le jeta à l'arrière de la camionnette qu'il avait lui-même louée, avec ses tuyaux d'orgue. Celui qui s'était présenté comme le chef du groupe s'apprêtait à bourrer la victime groggy de coups de pied, mais les médecins s'interposèrent.

« Ne l'abîme pas ! Ce type est en bonne santé, on va pouvoir le débiter en pièces détachées. »

Les chirurgiens auscultèrent Toropainen en experts. Ils constatèrent que l'on pourrait prélever sur son corps toutes sortes d'organes utiles. Son cœur, son foie, ses poumons et ses reins semblaient sains. À condition de le découper proprement en morceaux et de mettre soigneusement de côté tout ce qui était intéressant, il représentait une valeur marchande inestimable. Heureusement, il n'était plus tout jeune et l'on pourrait sans problème transplanter ses organes dans le corps de richissimes vieillards. Un rein prélevé sur un individu trop jeune a souvent du mal à s'acclimater quand l'organisme du receveur a quelque soixante ans de plus que le greffon lui-même. C'est un peu comme un mariage dans lequel un des époux a vingt ans et l'autre près de quatre-vingts. Ce genre d'union n'est pas en général d'une gaieté folle. Le plus jeune rejette le plus vieux.

Pendant cette macabre conversation, Eemeli Toropainen avait commencé à se réveiller. Il comprit qu'il était étendu à l'arrière de son camion.

Quatre individus s'affairaient autour de lui. On tâtait ses organes. Ils semblaient en bon état. La nouvelle ne le réjouit pas particulièrement.

Les hommes descendirent de l'arrière de la camionnette et claquèrent les portières. Le véhicule s'ébranla, roula un petit moment, s'arrêta. Eemeli Toropainen entendit des portes s'ouvrir, puis on entra dans un hangar. Malgré son état semi-comateux, Eemeli réussit à s'asseoir et à voir à travers la vitre qu'il s'agissait d'une sorte d'usine. D'un hall avec des transporteurs et des cuves en acier inoxydable. Une laiterie, apparemment. Eemeli Toropainen songea que c'était peut-être là qu'on le tuerait pour l'emporter en pièces détachées. L'idée le révulsait. Il n'avait pas l'intention de se laisser faire. Il avait heureusement à portée de main une masse de tuyaux d'orgue de différentes tailles.

Eemeli Toropainen en prit deux en main et, quand les portières arrière de la camionnette s'ouvrirent, frappa à la tête le premier homme qu'il vit. Le tuyau résonna d'un bruit flûté, le gangster s'effondra. Eemeli se munit d'armes de deux ou trois tons plus graves et sauta sur le sol de la laiterie pour faire face à ses agresseurs. Dans un concert d'orgue, l'enfer se déchaîna dans la laiterie. Les Américains purent apprécier la facture des instruments de musique danois et la puissance des coups d'un constructeur d'église finlandais aguerri par le bûcheronnage. Quand l'un des gangsters réussit à lui arracher un tuyau des mains, il se rua dans la camionnette et revint équipé de basses.

Eemeli Toropainen poursuivit ses assaillants jusque dans la salle de production, où il les battit presque à mort. Il jeta l'un des médecins dans une grande cuve de lait caillé et allait flanquer sur la tête de l'avocat un plein quartaut de beurre quand les portes de la laiterie s'ouvrirent sous la poussée d'une escouade de policiers danois arrivés au galop sous la conduite du patron de l'auberge. Eemeli Toropainen fut arrêté. On ramassa les Américains aux quatre coins de la laiterie pour les mettre sur des civières en attendant l'ambulance. Ils ne donnaient que de faibles signes de vie. L'un d'eux avait le haut du corps couvert de beurre, un autre baignait dans le petit-lait. Des tuyaux d'orgue tordus et cabossés jonchaient le carrelage.

Il s'ensuivit un procès, à l'issue duquel Eemeli Toropainen fut condamné à quatre ans d'emprisonnement pour coups et violences graves sur trois personnes et homicide involontaire. L'un des Américains, hélas, avait en effet succombé à ses blessures peu après son rapatriement aux États-Unis.

Le procès dura deux mois, pendant lesquels Eemeli resta détenu à la maison d'arrêt d'Århus. Après sa condamnation, il fut transféré à la prison départementale, qui se trouvait dans la même ville.

Devant les juges, il tenta de dénoncer les Américains pour trafic d'êtres humains et transplantation illicite d'organes, mais il manquait de preuves pour étayer ses accusations. Ces actes n'avaient de toute façon pas été commis au Danemark mais au Mexique et aux États-Unis, et la justice danoise ne s'estimait donc pas compétente. On transmit certes les déclarations de Toropainen aux autorités américaines et mexicaines, mais rien de plus. Les affirmations de l'accusé furent cependant prises en compte à titre de circonstances atténuantes, ce qui lui permit d'être condamné pour homicide involontaire et non pour meurtre.

C'est ainsi que le président de la Fondation funéraire d'Asser Toropainen pour l'édification d'une église dut passer trois longues années au Danemark, à moisir dans la prison départementale d'Århus. La peine prononcée était certes de quatre ans, mais elle fut réduite d'un quart au vu de la bonne conduite du détenu.

On plaça Eemeli Toropainen dans une cellule individuelle. Il fut autorisé à bricoler à son gré dans l'atelier de chaudronnerie de la prison. Au fil des ans, il remit en état le mécanisme de l'orgue de l'église rurale de Trustrup ; il redressa et polit les tuyaux abîmés dans l'échauffourée de la laiterie. Quand il fut enfin libéré au cours de l'hiver 1995, après trois ans de détention dans les geôles du Danemark, il put emporter en Finlande un orgue rutilant, entièrement remis à neuf. Peut-être le meilleur des pays nordiques.

Pour un établissement pénitentiaire danois, la cellule d'Eemeli Toropainen était austère : à peine plus de dix mètres carrés, avec un lit de fer et une table boulonnée au mur de béton, une cuvette de W.-C. dans un coin et une petite étagère pouvant accueillir des livres et quelques objets personnels. La fenêtre était munie d'une vitre blindée d'un centimètre d'épaisseur, la porte doublée de tôle d'acier équipée d'un petit vantail mobile où s'ouvrait un œilleton, non pas destiné au prisonnier mais aux gardiens, afin qu'ils puissent regarder de l'extérieur dans le cachot.

La vie en prison fut toutefois au début relativement supportable. Dans la journée, les détenus pouvaient se déplacer librement dans leur quartier, cantiner, regarder la télévision et jouer au ping-pong. Eemeli ne comprenait pas grand-chose aux émissions en danois et le tennis de table, trop infantile à son goût, ne l'inspirait pas.

Les détenus bénéficiaient de temps à autre de permissions, et Eemeli profita une fois de deux jours qui lui étaient accordés pour prendre le chemin d'Ukonjärvi. Hélas, les hôtesses de l'air et les stewards de SAS avaient débrayé et il ne put faire le voyage. Il avait prévu de prendre un vol de Finnair pour Kajaani, via Helsinki, mais tout l'aéroport de Kastrup était en grève, par solidarité, et le trafic bloqué. Eemeli Toropainen passa ses brèves vacances à regarder d'un œil morne le grouillement de la foule de Copenhague.

Ses femmes, l'ancienne et la nouvelle, vinrent lui rendre visite à la prison départementale d'Århus. Elles avaient le teint vermeil et l'air florissant, et leurs deux ventres arrondis présageaient d'heureux événements. Eemeli les regarda d'un air songeur. Henna et Taina lui avaient apporté en cadeau des galettes d'orge du Kainuu et du fromage de chèvre de Verte-Colline, grillé au feu de bois, ainsi que des livres en finnois et bien sûr quelques journaux récents.

Le premier hiver, Severi Horttanainen fit aussi le déplacement. Il bambocha d'abord quelques jours à Copenhague, avant de se rappeler le but principal de son voyage et de faire un saut à Århus. Il apprit à Eemeli que depuis qu'il purgeait sa peine, le pouvoir était passé dans des mains féminines, à Ukonjärvi. Pour le reste, les choses n'allaient pas trop mal, on avait construit au mont de l'Ogre une étable qui abritait déjà une vingtaine de vaches laitières et des bouvillons destinés à servir de bêtes de trait. À l'automne, on avait abattu douze élans et pêché au filet des quantités raisonnables de vendaces, à présent salées pour l'hiver. Les services du fisc de Sotkamo avaient envoyé des lettres de rappel comminatoires, les écolos n'avaient paraît-il jamais payé aucun impôt.

« Mais comment le pourraient-ils, ils n'ont pas un sou. Ils ont proposé à la commission des impôts de payer leur dû en herbes aromatiques séchées, mais personne n'en a voulu. »

Eemeli avait purgé deux ans de sa peine quand il fut contraint de partager sa cellule avec un autre détenu. C'était un Russe d'une trentaine d'années, Igor Sverdlov, qui avait été arrêté alors qu'il franchissait clandestinement la frontière maritime du Danemark. Il était arrivé en canot pneumatique, à la pagaie, de la base navale russe de Zelenogradsk, sur la côte est de la Baltique. Il avait été, ces dernières années, quartier-maître de 2e classe sur le contre-torpilleur *Rossia*. Le navire menaçait de couler, faute d'entretien. La marine manquait à ce point d'argent que même le ravitaillement n'était plus assuré. Le voyage en mer d'Igor avait duré deux semaines, au cours desquelles son poids était passé de 70 à 45 kilos.

À la même époque, le Danemark et toute l'Europe occidentale avaient été envahis par des millions de réfugiés venus de l'Est, surtout de Russie, mais aussi en grand nombre d'Ukraine, de Biélorussie, de Pologne, de Roumanie et de Bulgarie. On n'acceptait plus nulle part de déplacés et tous ceux qui franchissaient illégalement les frontières étaient internés dans les prisons locales. Igor y compris, à sa plus grande joie. Les geôles danoises étaient pour lui un net progrès. Il n'avait plus à craindre pour sa vie, et les repas étaient copieux.

Peu après l'arrivée d'Igor, cependant, les autorités pénitentiaires danoises avaient durci les conditions de détention des étrangers. Eemeli Toropainen en subit lui aussi les effets. Alors qu'il y avait auparavant eu au menu du pain, du beurre, du lait ordinaire ou caillé, deux plats chauds au choix, une entrée et même un dessert, on ne servait plus qu'un bol de soupe épaisse, le plus souvent de cabillaud. On distribuait aussi du pain, mais plus de beurre, et il fallait se contenter comme boisson de lait écrémé ou d'eau. Les prisonniers étrangers n'étaient plus autorisés à écrire à leur famille ni à écouter la radio ou lire les journaux. Ils en étaient réduits à quémander des nouvelles du monde extérieur à leurs codétenus danois, qui n'étaient pas toujours fiables.

Eemeli obtint malgré tout quelques informations sur la situation en Finlande. Le pays avait connu d'importants mouvements de grève, ainsi que des émeutes dans les grandes villes. L'économie s'enfonçait dans une crise sans précédent, de nombreuses banques avaient été nationalisées, de puissants groupes industriels forestiers avaient fait faillite ou avaient été rachetés par des étrangers. Les chômeurs se comptaient par centaines de milliers. Beaucoup de fonctionnaires ne touchaient plus que la moitié de leur traitement.

Les choses n'allaient guère mieux ailleurs. L'Union européenne était en proie à une crise monétaire déclenchée en majeure partie par l'effondrement du mark allemand, lui-même dû à des difficultés imprévues sur le front de la reconstruction de l'ancienne RDA et à l'afflux de réfugiés de l'Est, qui avait pris la dimension d'un véritable exode.

À l'automne 1994, il y eut une alerte générale à la prison : on ouvrit les cellules et on ordonna aux détenus de se rendre au pas de course, en rang par deux, dans la cour entourée de murs et, de là, dans un abri antiaérien exigu. Des centaines d'hommes s'entassèrent dans l'obscurité du bunker de béton, où ils restèrent trois jours. On ne leur fournit aucune nourriture, juste de l'eau croupie. L'air empestait, on pouvait à peine respirer, il fallait rester couché immobile à même le sol de pierre et espérer que la situation s'améliore. Toutes sortes de folles rumeurs circulaient parmi les prisonniers. On imaginait déjà qu'une guerre avait éclaté, mais quand on put enfin sortir, le troisième jour, on apprit qu'une centrale nucléaire avait explosé près de Saint-Pétersbourg. Le nuage contaminé s'était étendu jusqu'au Danemark, c'était pour cette raison que l'on avait enfermé les détenus sous terre. Plus tard, les relevés effectués un peu partout en Europe montrèrent que les retombées radioactives avaient pollué non seulement de vastes zones proches de Saint-Pétersbourg, mais aussi les terres les plus fertiles du sud de la Finlande et, le vent ayant tourné, le centre de l'Europe, la Pologne, l'Allemagne et une partie de la France. On calcula que sur le continent, environ 30 % des champs seraient incultivables pendant des années. Il y avait eu des centaines de morts, et l'on pensait devoir comptabiliser au fil du temps des milliers, sans doute même des dizaines de milliers de victimes.

Il en résulta une hausse vertigineuse du prix des céréales partout dans le monde, car au même moment le Middle-West américain connaissait sa troisième année de sécheresse. Pour les détenus d'Århus, la catastrophe se traduisit par de nouvelles restrictions alimentaires. Eemeli Toropainen perdit près de dix kilos au cours de sa dernière année de captivité. Igor lui-même ne trouvait plus très plaisant son séjour au Danemark. Il se mit à dresser des plans pour s'évader de prison, et y songeait encore quand Eemeli fut libéré, à la fin de l'hiver 1995, après avoir purgé sa peine.

Direction Ukonjärvi. Il était plus que temps.

13

Par un matin de mars, assis près du pont du ruisseau du Hibou sur le couvercle d'une caisse d'emballage pleine de tuyaux d'orgue, le président de la Fondation funéraire d'Asser Toropainen pour l'édification d'une église contemplait la sapinière bleu-noir qui bordait le cours d'eau. Le temps était printanier, une douce brise agitait les arbres, faisant tomber des branches des paquets de neige mouillée qui creusaient de gros trous dans le manteau blanc du sol. Tout respirait la paix et la liberté. Rien ne pressait, bien que le voyage ne fût pas terminé.

Eemeli Toropainen avait été libéré une semaine plus tôt de la prison d'Århus. Il avait veillé au chargement des caisses à bord d'un bateau et à leur débarquement à Oulu. Un camion venait maintenant de les déposer ici, à l'entrée du pont du ruisseau du Hibou. La route déneigée s'arrêtait là, le semi-remorque ne pouvait pas aller plus loin. La Finlande n'avait plus les moyens de déblayer les chemins vicinaux. Le chasse-neige ne passait que sur les voies principales et, même pour elles, le sel manquait. Les cantonniers étaient déjà bien contents d'en avoir assez pour leur soupe. En cet hiver 1995, le chômage atteignait des sommets. Un million de personnes pointaient à l'Agence pour l'emploi. L'État n'avait plus de quoi leur verser la totalité de leurs indemnités. Les arriérés de salaire des fonctionnaires s'accumulaient. On murmurait que des gens mouraient de faim. On avait paraît-il trouvé à Loimaa deux enfants ayant péri d'inanition et le phénomène gagnait du terrain dans les maisons de retraite.

Des clochettes tintèrent. Un hongre bai surgit au trot sur la route, mené par l'apprenti Taneli Heikura, debout dans son traîneau.

«Alors, quelles nouvelles du royaume du Danemark?»

L'apprenti était curieusement habillé pour un cocher. Il portait une longue houppelande noire à épaulettes et col de velours amidonné, dont le bas et les manches étaient ornés de rubans jaunes. Il tenait à la fois du moine et du laquais. Eemeli Toropainen fixa son accoutrement avec des yeux ronds. La mode vestimentaire des jeunes avait bien changé, en trois ans.

Ils chargèrent les caisses dans le traîneau. L'apprenti donna à Eemeli des nouvelles d'Ukonjärvi et du mont de l'Ogre. Il ne s'était rien passé de bien particulier. Quelques difficultés financières. Les salaires n'avaient pas été payés. Severi Horttanainen était parti s'installer à Kalmonmäki à la suite de démêlés avec l'experte. Toropainen avait maintenant deux fils. De deux mères différentes. L'un né à l'automne dernier, l'autre au printemps précédent. Ils n'avaient pas encore de nom, on attendait l'avis du père sur la question.

« Pourquoi est-ce qu'on ne m'a rien dit ? demanda Eemeli Toropainen abasourdi.

— Ces dames voulaient te faire une heureuse surprise quand tu sortirais de prison. Elles avaient peur que tu te fasses du mauvais sang, là-bas au Danemark. À cause de ces fichus problèmes d'argent. On ne mange que des patates et des herbes de chez les écolos. J'ai perdu six kilos. Une vraie chierie. »

Eemeli Toropainen était donc père, et par deux fois. Mieux valait prendre les choses calmement. Tandis que le traîneau filait avec son chargement sur la route enneigée d'Ukonjärvi, Eemeli Toropainen réfléchit à la question. Il n'était pas mécontent d'avoir des enfants, tout bien considéré. C'était juste une sacrée surprise. Dire que même son ex-épouse s'y était mise, à quarante ans. Et la chef du personnel du nettoyage ferroviaire Taina Korolainen n'était guère plus jeune.

En arrivant sur la colline d'Ukonjärvi, Eemeli

Toropainen constata que l'église n'était toujours pas peinte. Elle avait pris avec les années une banale teinte grise. De l'autre côté du lac, les murs du presbytère et de son sauna étaient tout aussi dépourvus de badigeon. Eemeli demanda pourquoi les travaux avaient été laissés en plan.

« On était bien partis pour les peindre et faire toutes sortes d'autres choses, mais tu t'es retrouvé en prison… et puis cette experte en savoir-vivre ou je ne sais quoi s'est pointée. Elle a dit qu'elle venait de ta part et elle s'est installée au presbytère. Elle a commencé à nous donner des cours de maintien, d'abord à Verte-Colline et ensuite à l'église. Elle nous a fait faire des espèces de caftans. Et pour moi cette houppelande à traîne. J'avais honte, au début, de me promener attifé comme ça, mais elle m'a obligé. Elle a dit que si on lui désobéissait, elle emploierait la manière forte. »

Eemeli se fit conduire au presbytère. Il courut vers la maison. Sur le perron, deux femmes l'attendaient, Henna et Taina. La première avait un bébé dans les bras, un bambin d'un an s'accrochait aux jupes de la seconde.

Saisi d'émotion, Eemeli Toropainen s'approcha. Le petit garçon se montra un peu intimidé par son père, le nourrisson se contenta de plisser les lèvres et de bâiller largement. On entra. L'apprenti fit claquer ses rênes sur la croupe du hongre et repartit vers l'église avec son chargement de tuyaux d'orgue.

La salle du presbytère était noire de monde. Tous portaient de longs caftans aux ourlets brodés de différentes couleurs. Autour de la table, on lisait une sorte de livre saint, intitulé *Sauve qui peut — pour une nouvelle exégèse de la vie spirituelle*. Eemeli compta qu'il y avait là une bonne vingtaine d'ensoutanés. L'air sentait le renfermé. Il y avait aussi des gens dans les autres pièces de la maison, toutes étaient pleines. Au beau milieu de la journée, des adultes ânonnaient des sornettes d'inspiration religieuse. Personne ne semblait travailler, ce qui aurait d'ailleurs été difficile dans cette tenue.

Henna Toropainen et Taina Korolainen avaient dû abandonner les plus beaux appartements du presbytère pour s'installer avec leurs enfants dans une petite pièce donnant sur la forêt. On y avait aussi préparé un lit pour le maître de maison libéré de prison.

Eemeli Toropainen regarda la chambre, puis ses femmes, qui commencèrent à lui raconter d'une seule voix ce qui s'était passé à Ukonjärvi depuis son départ. Tout allait à vau-l'eau. Il fallait se rendre tous les jours à l'église pour prier et assister à des cérémonies bizarres où Soile-Helinä Tussurainen tenait de longs discours du haut de la chaire. En cas de rébellion, on s'exposait à de terribles menaces.

115

L'experte en savoir-vivre avait prévenu qu'elle était en relations avec l'organisation américaine qui avait fait jeter Eemeli Toropainen en prison. Le même sort attendait tous ceux qui ne se plieraient pas à sa volonté.

« Et vous avez été assez bêtes pour la croire ? s'effara Eemeli Toropainen.

— Elle nous a montré des photos épouvantables. D'une clinique, avec des patients découpés en morceaux, des chairs sanguinolentes, des organes prélevés sur des gens, quelque chose d'indescriptible. On a décidé de t'attendre, en espérant que tu réussisses à la chasser d'ici. Elle a tout de suite entortillé le chef de la police et ses hommes, elle les a invités au sauna et elle les a massés. On n'a rien pu faire. On n'osait pas. »

Henna et Taina ajoutèrent que le seul qui avait essayé de s'opposer à la nouvelle femme forte était Severi Horttanainen. Mais même lui en avait vite eu assez de se battre, il avait claqué la porte et était parti vivre à Kalmonmäki.

On apporta à manger à Eemeli. La nourriture s'était faite rare : il y avait du bouillon clair et deux tranches de pain sec. Avec de l'eau comme boisson. On servit aussi de la salade, des pousses et des raves. Eemeli grignota sans entrain. Puis il jeta son manteau de loup sur ses épaules, envoya chercher l'apprenti et se fit conduire en traîneau au mont de l'Ogre.

La même apathie régnait à Verte-Colline. Les écolos traînaient chez eux, vêtus de caftans, à feuilleter sans enthousiasme des ouvrages religieux. Les hommes avaient la barbe hirsute. Il y avait du pain sur la table, de l'eau dans les verres. Dégoûté, Eemeli Toropainen quitta les lieux et ordonna à l'apprenti de l'emmener à Kalmonmäki.

Severi Horttanainen s'était installé dans une dépendance de l'ancienne maison d'Asser Toropainen. Il avait l'air plutôt décati. Les retrouvailles furent cependant joyeuses.

«Te voilà enfin! Je commençais à avoir peur qu'ils te gardent sous les verrous jusqu'à la fin de tes jours.»

Severi ne portait pas de caftan, mais le costume ordinaire d'un ouvrier, pantalon de travail, veste, bottes en caoutchouc et chapka sur la tête. Il n'était pas du genre à se laisser influencer par la nouvelle secte de l'experte en savoir-vivre. C'était un Finlandais pur jus.

«On va à Ukonjärvi, déclara Eemeli Toropainen avec détermination.

— Nettoyer l'église, tu veux dire?

— Exactement.»

Le hongre les emmena d'un trot tranquille.

Et ce jour-là, Eemeli Toropainen, Severi Horttanainen et l'apprenti Taneli Heikura vidèrent l'église
sylvestre d'Ukonjärvi de la racaille, des mercantis
et des adeptes du savoir-vivre qui s'y nichaient. Les
plus récalcitrants durent être chassés du temple à
coups de fouet. On assit de force la grande prêtresse
Soile-Helinä Tussurainen dans le traîneau et on la
conduisit jusqu'au pont du ruisseau du Hibou, où
elle réussit à échapper à ses gardes. Elle courut dans
la forêt et escalada un grand pin dressé au bord
de l'eau. Parvenue au sommet, elle manifesta son
opinion de manière spectaculaire : elle ôta tous ses
vêtements et les jeta au pied de l'arbre. Heureusement, le froid n'était pas trop vif. On tenta en vain
de la convaincre de descendre. Il fallut que Severi
Horttanainen aille chercher une tronçonneuse, la
mette en marche et menace d'abattre le pin pour
que l'experte en savoir-vivre quitte son perchoir.
On couvrit sa nudité d'un caftan et on la fourra
dans un taxi avec ses plus proches disciples. Son
flot acrimonieux de menaces et de malédictions ne
s'interrompit que quand Severi Horttanainen lui
claqua la portière de la voiture au nez. L'apprenti
resta en sentinelle au pont du ruisseau du Hibou
afin de veiller à ce que ces canailles ne reviennent
pas. Il avait quitté sa livrée de laquais pour sa tenue
habituelle.

Eemeli retourna au presbytère. Il ordonna qu'on

se débarrasse des caftans et houppelandes pour revenir à un style vestimentaire plus normal. On pouvait aussi ranger au grenier les livres religieux. Dès le lendemain, on reprendrait le travail. Le message devait aussi être porté au mont de l'Ogre.

« Fini de se tourner les pouces. »

14

À peine un homme s'absente-t-il trois ans, se plaignit Eemeli Toropainen à Severi Horttanainen, que tout tombe en quenouille. Il était temps de remettre de l'ordre. Assez fainéanté, il fallait reprendre le travail. On commencerait par peindre l'église et le presbytère et par construire de nouvelles maisons. Les gens vivaient beaucoup trop à l'étroit.

« Mais où vas-tu trouver l'argent ? » s'inquiéta Severi Horttanainen.

Toropainen lui confia que la Fondation funéraire n'était pas dépourvue de ressources. L'experte en savoir-vivre n'avait pas pu mettre la main dessus, car personne ne pouvait accéder aux avoirs bancaires de la fondation sans l'autorisation de son président.

Eemeli fit aussi remarquer qu'il se trouvait avoir conservé le chèque de 100 000 dollars des Américains ; il l'avait encaissé au Danemark et avait déposé l'argent sur le compte de la Fondation funéraire, où il était à l'abri.

« Pas de souci, ce ne sont pas les liquidités qui manquent. Nous aurions même de quoi fonder une petite commune rurale. Ukonjärvi est une des zones les plus riches du canton de Sotkamo. »

La situation financière d'Ukonjärvi était donc satisfaisante, ce qui était loin d'être le cas dans le reste du monde. L'unité de compte européenne, l'écu, s'était effondrée depuis longtemps, entraînée par la crise partie d'Allemagne, le yen avait pris le même chemin, suivi par d'autres monnaies plus modestes. Des mécanismes exceptionnels avaient été mis en place afin de protéger l'économie : les comptes bancaires des particuliers pouvaient être liés à l'étalon-or, ce qui impliquait de renoncer aux intérêts mais constituait une garantie contre l'inflation. Les malheureux dont les économies n'étaient pas indexées sur l'or s'étaient appauvris ces derniers temps : plus de 70 % de la valeur de l'argent s'était évaporée.

Comme ailleurs dans le monde, des millions de pauvres et de chômeurs avaient été jetés sur les routes d'Europe, la Finlande n'était pas la seule à connaître la crise. Pour couronner le tout, plusieurs guerres faisaient rage depuis déjà des années dans le sud de la Russie. La radio, la télévision et les journaux ne parlaient guère que de ça. Les médias réfutaient l'existence d'une censure officielle mais dissimulaient ou édulcoraient bon nombre d'informations afin d'éviter les émeutes. On murmurait qu'il y avait eu des centaines de milliers de morts en Russie, bien plus que pendant les guerres civiles yougoslaves.

À Ukonjärvi, on ne se laissait pas abattre pour autant. Les charpentiers qui avaient quitté le village pendant que Toropainen était en prison furent rappelés d'urgence. En mai, il y eut à nouveau sur place une demi-douzaine d'hommes de métier. Eemeli Toropainen nomma Severi Toropainen chef de chantier. On entreprit de préparer du badigeon rouge pour peindre l'église.

Le maître doleur en avait une recette : sulfate de fer, saumure de harengs, grésillon de seigle, eau bouillante. On mit les ingrédients à cuire, derrière l'église, dans un chaudron sous lequel on entretenait un feu constant. C'était une tâche délicate, il ne fallait pas laisser le mélange attacher, mais pas non plus trop refroidir. Obtenir l'épaisseur idéale exigeait du doigté et de l'expérience. On fabriquait à chaque fois cent litres de badigeon, qui suffisaient pour deux jours. Au total, on couvrit les murs de six cents litres de rouge. On peignit les petits-bois des vitrages et le rebord du toit en blanc, le dormant des fenêtres en noir, de même que la porte de l'église et les volets de la tour lanterne.

Alors qu'il maniait le pinceau au haut de cette dernière, l'apprenti Taneli Heikura ne put se retenir de sonner un peu la cloche, malgré l'interdiction de carillonner sans raison. Voyant les autres ouvriers grimper pour l'empêcher de continuer, il tenta de s'échapper par le toit. Jouant au funambule sur le faîte de l'église, il parvint à l'extrémité ouest du transept. Ne pouvant aller plus loin, il s'engagea sur les tuiles de bois glissantes pour tenter d'atteindre la gouttière et de là l'échafaudage, mais perdit pied et dévala la pente, prenant de la vitesse. Dans un raffut épouvantable, l'apprenti fut précipité au bas de l'édifice, emportant au passage deux ou trois bardeaux. Sa chute fut un instant ralentie par la gouttière à laquelle il s'agrippa dans sa détresse. Il en arracha quelques mètres qu'il garda serrés dans ses bras, poursuivit en hurlant son vol plané et s'écrasa au sol au pied du soubassement de pierre de l'église. Les hommes et les femmes qui se trouvaient là se précipitèrent affolés au secours du malheureux sonneur de cloche. Henna Toropainen, qui s'affairait autour du chaudron de badigeon rouge, fut la première à arriver ; elle souleva entre ses mains la tête du garçon inanimé et laissa échapper dans son émoi :

« Ne meurs pas, Taneli, que deviendrait notre bébé… »

Du sang coulait de la bouche de l'apprenti. En lui palpant le corps, on constata qu'il n'avait pas d'os brisés. Peut-être une ou deux côtes enfoncées. Au bout d'un moment, il reprit conscience et regarda étonné autour de lui. Dans les bras maternels de Henna, il commençait déjà à se sentir mieux.

On s'empressa de porter l'accidenté au presbytère, où on le mit au lit. On lui enroula un drap humide autour du torse et on lui fit boire de l'eau, avec une gorgée de gnôle. Henna resta à son chevet.

À la suite de cette dangereuse aventure, tous surent qui était en réalité le père de l'enfant de l'ex-épouse de Toropainen. On n'en fit pas toute une histoire. Eemeli déclara simplement que quand l'apprenti serait guéri et aurait retrouvé ses forces, il n'aurait qu'à s'installer avec Henna et le bébé au mont de l'Ogre. Il pourrait y construire une maison pour abriter sa famille. Horttanainen et les autres charpentiers lui donneraient un coup de main.

« La Fondation funéraire paiera les matériaux de construction », promit Eemeli Toropainen.

Là-dessus, on finit de peindre l'église, puis le presbytère, pour lequel on choisit du jaune. Traditionnellement, cette couleur était considérée en Finlande comme un peu plus raffinée que le rouge et le bâtiment, paré de sa nouvelle teinte, avait presque des allures de manoir.

On agrandit les chalets en rondins de Verte-Colline et l'on en recouvrit plusieurs d'un revêtement de planches que l'on badigeonna de rouge. Ainsi peint, le petit village entouré de verdure, sur sa colline reflétée par le lac, offrait sous le soleil d'été un spectacle particulièrement charmant.

Il y avait des maisons sang-de-bœuf, mais pas de traditionnels carrés de pommes de terre. Les écolos ne cultivaient que des herbes aromatiques et quelques raves. Ils ne semblaient pas vouloir comprendre qu'on ne peut pas survivre sans patates. Jusque-là, ils avaient acheté les leurs dans le commerce. Mais la coopérative de Kalmonmäki avait mis la clef sous la porte et le magasin le plus proche se trouvait à Sotkamo. Il était difficile d'aller y faire ses courses, en l'absence de moyens de transport ; c'était trop loin pour s'y rendre en voiture à cheval, et le tracteur était en panne.

Eemeli Toropainen ordonna aux écolos de biner un champ et de planter des pommes de terre hâtives. L'été était déjà bien avancé, on pouvait espérer qu'elles seraient assez grosses à l'automne. Il fallait aussi creuser des caves pour conserver la récolte.

«On ne vit pas que d'herbe, mettez-vous ça dans le crâne.»

Dans tout le pays, la situation alimentaire était préoccupante. La famine menaçait. On avait dû, après la catastrophe nucléaire de Saint-Pétersbourg, acheter du grain en Australie, car les greniers de l'État étaient dangereusement vides. Les encombrantes montagnes de céréales des années passées n'étaient plus qu'un souvenir.

Eemeli Toropainen était convaincu que les Ukonjärviens avaient intérêt à vivre autant que possible en autarcie. À l'approche de l'automne, on se mit à la pêche, dans le but de saler du poisson pour l'hiver. On posa des filets non seulement à Ukonjärvi et dans le lac de l'Ogre, mais aussi dans d'autres eaux des forêts de la Fondation funéraire telles que le lac Salminen, au nord-ouest du mont de l'Ogre, ou, non loin de là, le petit étang de la Trouvaille. Ce dernier, qui ne mesurait qu'un kilomètre de long, longeait la route menant à Kalmonmäki. Celle-ci était bien utile, lors des expéditions de pêche, car on pouvait accoster en barque sur la rive pour y déposer les bachottes. Il n'y avait plus, ensuite, qu'à les transporter en charrette à Ukonjärvi ou Verte-Colline. Au total, au fil de l'été et de l'automne, on ramena plusieurs tonnes de poisson, dont deux, principalement de vendaces, de lavarets, de perches et de brochets, finirent pacquées dans les caves. On sala aussi des gardons, mais surtout pour les vendre au marché de Sotkamo.

Un soir d'automne, alors que les autres pêcheurs étaient déjà partis porter le poisson à Ukonjärvi, Eemeli Toropainen s'attarda seul au bord du lac Salminen, sur une langue de terre séparant ce dernier du petit étang Pirnes. Assis là devant un modeste feu de camp, il avait fait chauffer du café et mis du lavaret à griller sur les braises. Les jaunes flamboyants de l'automne se reflétaient tel un tableau dans le lac, de fins nuages voguaient dans le ciel, l'air était léger à respirer. Eemeli se sentait en paix et en sécurité. Il était rassurant de penser que la pêche de cette semaine avait été plutôt bonne. On pouvait attendre l'hiver l'esprit tranquille.

L'apprenti Taneli Heikura surgit de la sapinière bordant l'étang Pirnes. Sans voir le feu de camp d'Eemeli, il fonça tout excité vers le lac, portant deux beaux brochets enfilés sur une branche. Il avait le visage empourpré d'enthousiasme. Arrivé au bord de l'eau, il entreprit d'écailler les poissons. Assez vite, il sentit les yeux posés sur lui et se retourna. Quand il croisa le regard d'Eemeli, son brochet lui échappa des mains. Il s'approcha timidement. Les deux hommes restèrent un moment sans parler. L'apprenti, debout près du feu de camp, donnait des coups de pied dans la mousse, les lèvres serrées. Eemeli commença :

« J'ai entendu dire que votre maison serait bientôt prête, à Henna et à toi. Comment va le bébé ? »

Taneli se décida :

« On pourra emménager chez nous en octobre, d'après mes calculs. Et le bébé va bien, on pensait l'appeler Oskari. Je crois que je te dois des excuses… à propos de Henna, je veux dire. C'était pas ce qui était prévu, au départ.

— Tiens donc. »

Eemeli assura au garçon que ce n'était plus la peine de s'en faire. Après tout, Henna et lui étaient officiellement divorcés depuis longtemps. Mais le procédé n'était quand même pas très correct.

« On n'a pas vraiment fait exprès.

— Vous auriez pu, Henna et toi, être plus honnêtes dès le début. Ce ne sont pas des choses à cacher.

— On n'a pas osé… et puis Henna pensait que le bébé aurait de meilleures chances de manger à sa faim si on le mettait sur ton compte, vu l'âge que j'ai. »

L'apprenti était soulagé de pouvoir parler de cette histoire délicate. Il était aussi préoccupé par un autre grave problème. Il serait appelé sous les drapeaux cet automne. Aller à l'armée lui faisait peur, le service durait un an, et en plus il y avait la guerre un peu partout. Sans compter qu'il avait maintenant un bébé à sa charge.

« Je voulais te demander, tu crois que je devrais choisir le service civil ? À ton avis ?

— Eh bien oui, tu n'as qu'à opter pour le statut d'objecteur de conscience et te faire affecter dans le corps des sapeurs-pompiers volontaires d'Ukonjärvi, décida Eemeli Toropainen.

— Mais on n'a pas de pompiers. Comment est-ce que je pourrais faire mon service dans un corps qui n'existe pas ? »

Eemeli répliqua qu'il n'y avait pas non plus de paroisse à Ukonjärvi, mais malgré tout une église. On s'arrangerait.

Toropainen se mit en son for intérieur à échafauder des plans pour doter Ukonjärvi d'une unité de gardes-frontières. Le monde était de moins en moins sûr, et il n'était peut-être pas inutile d'assurer la sécurité de la petite communauté forestière. Il avait devant lui un premier soldat incorporable dans son armée privée. De la bonne graine, à première vue. En tout cas d'après Henna.

15

Les caves étaient pleines de pommes de terre, de raves, de poisson et de gibier. Des bouquets d'herbes aromatiques séchaient sur les claies des mazots de Verte-Colline, on avait rempli des tonneaux entiers de champignons et de baies. Il y avait des épaules d'agneau fumées, des quartauts de viande de bœuf, des caques de poisson salé. En prévision de l'hiver, on avait stocké du foin pour les bêtes dans les granges et sur les fanoirs. Les jachères de Kalmonmäki avaient même été remises en culture pour produire de l'avoine fourragère. Les retombées radioactives de la centrale nucléaire de Saint-Pétersbourg n'avaient pas, de l'avis général, atteint les forêts du Kainuu.

Mais hélas, dans tout paradis se cache un serpent. Cette fois, il s'en présenta deux, de gros mâles. L'un était le nouveau chef de la police rurale de Sotkamo, le commissaire Kari Reinikainen, l'autre l'inspecteur départemental des impôts d'Oulu, Uolevi Siikala. Le premier n'avait que trente-cinq ans, le second la cinquantaine. Reinikainen était là en qualité d'huissier de justice. Le représentant du fisc, quant à lui, n'avait pas besoin de préciser ce qui l'amenait.

On était début octobre, le ciel était couvert et le vent soufflait. C'était mauvais signe. Les fonctionnaires, venus dans la voiture de l'inspecteur des impôts, expliquèrent qu'au prix où était maintenant le carburant, mieux valait économiser sur les déplacements professionnels. Arpentant la grande salle du presbytère, le chef de la police rurale voulut savoir par quel miracle on avait les moyens, à Ukonjärvi, de construire d'aussi grosses maisons, et de bien les chauffer par-dessus le marché. Eemeli Toropainen rétorqua que la forêt était pleine d'arbres, et donc de bois de construction et de chauffage.

« Mais j'y pense, lança le commissaire, puisque vous ne semblez pas manquer de biens matériels, est-ce qu'il ne serait pas aussi temps de payer des impôts ? »

Il produisit les avis d'imposition d'Ukonjärvi pour les trois dernières années. Rien n'avait été réglé, ni les contributions de la Fondation funéraire, ni les retenues à la source et les cotisations sociales patronales liées aux salaires de ses ouvriers, ni même la taxe ecclésiastique due par tout contribuable.

L'inspecteur départemental des impôts fouilla à son tour dans sa serviette. En tant que représentant de l'État, il souhaitait faire le bilan des activités imposables d'Ukonjärvi. Il avait tout particulièrement dans le collimateur les protecteurs de la nature qui résidaient de notoriété publique sur les terres de la Fondation funéraire, mais ne payaient pas d'impôts et n'exerçaient aucun emploi salarié. De quoi vivaient-ils ? L'inspecteur des impôts soupçonnait une fraude fiscale massive, dont la fondation était peut-être complice. Il voulait vérifier la comptabilité de cette dernière ainsi que le montant de ses liquidités et la valeur de son patrimoine.

Le montant des arriérés réclamés par l'huissier de justice atteignait au total près de 100 000 marks, impôts nationaux, locaux et ecclésiastiques compris. Eemeli, le visage gris, examina les avis d'imposition, puis demanda pourquoi on ne s'inquiétait que maintenant de lui adresser ce rappel. En trois ans, les impayés avaient eu le temps de générer des intérêts disproportionnés, sans même parler des pénalités de retard.

D'après le chef de la police rurale, c'était son prédécesseur qui avait été négligent, pas lui. C'était d'ailleurs sans doute pour cette raison qu'il avait été muté.

« Et il ne s'agit plus à ce stade de "rappel", mais de recouvrement forcé. Je suis ici en tant qu'huissier, mandaté pour saisir vos biens en paiement de ces dettes », menaça le commissaire Reinikainen.

Eemeli Toropainen promit de faire un chèque couvrant la totalité des arriérés, mais déclara qu'il en déduirait malgré tout la taxe ecclésiastique. C'était peu de chose, mais il refusait par principe de la payer, puisqu'il avait fait acte d'apostasie. La Fondation funéraire n'était d'ailleurs pas une entreprise tenue par son statut juridique de contribuer au financement des salaires des prêtres, comme son ancienne société des Grumes et Billots du Nord, mais une association sans but lucratif, qui aurait dû en être dispensée.

L'inspecteur des impôts feuilleta ses papiers et déclara d'un ton sec que la Fondation funéraire d'Asser Toropainen pour l'édification d'une église n'avait pas demandé à la Cour suprême administrative de la libérer de son obligation d'acquitter la taxe ecclésiastique. Eemeli Toropainen avait créé cette fondation sur la seule base d'un testament, sans chercher à obtenir les autorisations nécessaires ni la faire enregistrer en bonne et due forme. Dans la mesure où elle effectuait des travaux de construction assimilables à des activités commerciales et employait des salariés, et parce que ses statuts prévoyaient l'achat et la possession de biens immobiliers, elle pouvait être considérée comme une entreprise. La Fondation funéraire n'était donc pas dispensée du paiement de la taxe ecclésiastique, ni d'ailleurs, le cas échéant, de la taxe à la valeur ajoutée afférente à ses activités commerciales.

« Et avec votre église, ne vous semble-t-il pas normal d'acquitter l'impôt cultuel ? » demanda l'inspecteur des impôts. Le chef de la police rurale trouvait lui aussi étrange qu'un homme possédant son propre temple refuse de régler la taxe ecclésiastique.

Eemeli Toropainen réitéra d'un ton sans appel son refus de payer ladite taxe, en son nom et en celui de la fondation qu'il présidait. Le chapitre était clos.

Toute la journée, l'inspecteur des impôts Uolevi Siikala et le commissaire Reinikainen sillonnèrent en voiture les terres de la Fondation funéraire afin d'évaluer ses biens. Ils examinèrent les plans cadastraux, calculèrent la surface des maisons, comptèrent les pontons construits sur les rives des lacs et les bateaux tirés au sec pour l'hiver, ouvrirent les portes des caves et reniflèrent les quartauts de viande et les caques de vendaces. À Verte-Colline, ils grimpèrent dans les greniers des mazots et inventorièrent les principales catégories d'herbes aromatiques qui y séchaient. Ils notèrent aussi le nombre de têtes de bétail, comptabilisèrent les vaches beuglant dans l'étable du mont de l'Ogre, les taureaux mugissants, les moutons, les poules, les cochons et même les chiens, aux fins de la taxe canine.

N'osant pas demander un lit pour la nuit au

presbytère, le chef de la police rurale et l'inspecteur des impôts trouvèrent asile à la ferme Matolampi. Ils interrogèrent leurs hôtes sur ce qui se passait à Ukonjärvi, mais les fermiers se montrèrent peu coopératifs. Ils n'avaient rien de compromettant à révéler aux autorités sur les activités de Toropainen.

Le contrôle fiscal reprit le lendemain. Les fonctionnaires parcoururent les champs entourant Kalmonmäki, répertoriant les granges et les fanoirs. Ils évaluèrent aussi l'état des forêts et, de retour au presbytère, comparèrent les informations recueillies aux documents comptables.

Au final, l'inspection démontra que la fondation était à la tête d'une fortune notable, mais qu'une grande partie de ses achats étaient déductibles. Siikala fit remarquer que les arriérés des années précédentes, de même que les nouveaux impôts calculés à l'issue de ce contrôle, pouvaient être réglés non seulement en numéraire, mais aussi très volontiers en nature. Le Conseil des ministres avait publié sur la question un décret disposant que tout contribuable pouvait acquitter son dû soit en espèces, soit au moyen de denrées alimentaires telles que grain, pommes de terre ou autres. L'Administration des greniers de l'État et la Direction des achats publics se chargeaient d'engranger les contributions et de reverser dans les caisses de l'État et des collectivités locales les sommes tirées de la réalisation des marchandises.

L'inspecteur des impôts avait préparé une liste des produits qu'Eemeli Toropainen pourrait fournir en paiement de sa dette fiscale, pour son propre compte et pour celui de sa fondation : 1 tonne de vendaces, 200 kilos de lavarets, 500 kilos de bœuf, 300 kilos de porc, 500 kilos d'élan, 100 bouquets d'estragon et 1 500 douzaines d'œufs.

« Ce n'est qu'une première proposition, la quantité et la qualité des denrées peuvent bien sûr varier, dans des limites raisonnables, à condition que la marchandise livrée corresponde au montant total dû », déclara Siikala en présentant son papier.

Eemeli se livra à un rapide calcul : le paiement des arriérés viderait les caves, les impôts engloutiraient près de la moitié des réserves faites pour l'hiver. Mais il ne semblait rien y avoir d'autre à faire, et l'on se mit d'accord sur les quantités demandées.

« Mais pas question de payer la taxe ecclésiastique. »

Le commissaire Reinikainen fit remarquer à Toropainen qu'il n'était pas en droit de choisir de son propre chef de s'acquitter ou non de telle ou telle contribution. En sa qualité d'huissier, le chef de la police rurale exigeait le règlement de tous les impôts sans exception. À défaut, il procéderait aux saisies prévues par la loi, en commençant par un bien immobilier.

« Si vous ne transigez pas, je me verrai dans l'obligation de confisquer votre église », prévint Reinikainen.

Eemeli Toropainen sentit son cœur se serrer. Les mois qui avaient précédé la faillite des Grumes et Billots du Nord lui revinrent à l'esprit. Il fallait encore une fois se rendre à l'évidence : le fisc avait le bras long, et ni les crises ni les guerres ne l'arrêtaient.

Le commissaire Reinikainen rédigea l'ordonnance de saisie conservatoire de « l'église » d'Ukonjärvi. Le bâtiment serait adjugé au plus offrant lors d'une vente aux enchères forcée. Le chef de la police rurale pensait que le temple trouverait facilement preneur… une certaine Mme Tussurainen, par exemple, pourrait être intéressée, et l'évêché de Kuopio ne laisserait sans doute pas non plus passer sa chance. Accompagné de Siikala, Reinikainen partit mettre sa menace à exécution. Les deux hommes franchirent le pont de la rivière qui séparait le presbytère de l'église et gravirent les marches de l'entrée principale du temple pour punaiser l'acte de saisie sur la porte.

De la fenêtre de la salle du presbytère, le président de la Fondation funéraire les regardait faire. Il songeait à l'église du château de Wittenberg, sur la porte de laquelle Martin Luther avait cloué ses thèses. Les Finlandais aussi savaient y faire. Mais Eemeli Toropainen n'avait pas l'intention de se plier aux diktats du commissaire Reinikainen — il y a des limites à tout.

16

L'apprenti Taneli Heikura demanda le statut d'objecteur de conscience et fut admis à effectuer son service civil sous l'autorité du corps des sapeurs-pompiers volontaires d'Ukonjärvi. Radieux, il alla annoncer à Eemeli Toropainen que la chance lui avait souri, il n'aurait pas à gâcher sa belle jeunesse sous les drapeaux.

Le président de la Fondation funéraire lui conseilla de réfréner son enthousiasme et lui rappela qu'il s'était engagé à faire malgré tout son devoir.

« Mais nous n'avons pas de pompiers, je ne vois pas comment je ferais, exulta l'apprenti.

— Ne t'inquiète pas, on va trouver de quoi t'occuper. »

Eemeli Toropainen fit part à Severi Horttanainen de son projet de créer une unité de gardes-frontières afin de protéger Ukonjärvi et ses hameaux des agressions du monde extérieur. Le maître doleur jugea l'idée excellente. Si l'on avait disposé plus tôt de francs-tireurs, l'experte diplômée en savoir-vivre n'aurait sans doute pas réussi à s'incruster comme elle l'avait fait dans le presbytère et dans l'église. Et le commissaire Reinikainen n'aurait peut-être pas non plus osé saisir le temple.

En plus de l'apprenti, il y avait parmi les jeunes gens en âge d'accomplir leur service militaire le fils Matolampi et tout un tas d'écolos de Verte-Colline, dont la quasi-totalité avaient l'intention d'opter pour l'objection de conscience. D'après les calculs de Horttanainen, on pourrait incorporer sans mal une bonne dizaine de recrues dans la nouvelle unité. Il faudrait trouver quelque part un instructeur compétent. Severi lui-même n'avait pas envie de jouer les sous-officiers d'active. Il était déjà charpentier, et se préparait en plus à devenir organiste. Il consacrait toutes ses soirées à apprendre le métier.

« C'est sacrément dur, de travailler les gammes. Surtout celle de do mineur, nom de Dieu », se plaignit l'amateur autodidacte de musique sacrée.

Horttanainen se rappela Sulo Naukkarinen. Le brigadier-chef avait paraît-il obtenu une pension d'invalidité et vivait à Sotkamo. Mais avec la baisse constante du montant des retraites, il avait besoin d'arrondir ses fins de mois.

« Un jour que j'étais au marché de Sotkamo, cet été, mon étal s'est trouvé à côté de celui de Naukkarinen. Il vendait des lottes et moi des gardons salés. Il m'a demandé s'il ne pourrait pas s'installer à Ukonjärvi, parce qu'il se trouvait seul et dans le besoin. Il serait prêt à accepter n'importe quel travail, et il ne nous garde aucune rancune, malgré sa chute du toit de l'église. »

Horttanainen avait aussi entendu dire que Naukkarinen était un va-t-en-guerre de première, et sergent de réserve, ce qui était à porter à son crédit, dans le cas présent.

On fit savoir à Naukkarinen qu'on avait à lui offrir un emploi à sa mesure à Ukonjärvi. Il devait venir avec son paquetage, son fusil à élan et son livret militaire, et se présenter au presbytère au président de la Fondation funéraire, Eemeli Toropainen.

Sulo Naukkarinen s'empressa de répondre à l'invitation. Il arriva vêtu d'une tenue léopard verdâtre, chaussé de bottes en caoutchouc et coiffé d'une casquette détrempée par la pluie. Il portait son fusil à élan en bandoulière et avait posé sa bicyclette réglementaire contre le mur du presbytère. Eemeli Toropainen observa avec plaisir son allure martiale.

« Je vous en prie, sergent, asseyez-vous, dit-il.

— Merci, monsieur le président ! » beugla Naukkarinen en se laissant tomber au bout d'un banc de la salle.

Eemeli Toropainen expliqua son projet, pour l'instant secret, de création d'une armée privée. Un contingent de dix hommes suffirait pour commencer, avec à leur tête un sous-officier, Naukkarinen. Ce dernier aurait les mains libres pour établir les bases de l'organisation. Le ravitaillement serait assuré par la Fondation funéraire. Officiellement, tout se ferait sous la bannière du corps des sapeurs-pompiers volontaires d'Ukonjärvi, et rien n'empêchait, d'ailleurs, de doter l'unité de quelques seaux-pompes à eau. Il serait bon de veiller, entre autres, à la protection de l'église contre les incendies. L'essentiel était cependant l'instruction militaire. Le monde était lourd de menaces, la saisie arbitraire du temple en était un bon exemple. Il se pouvait que l'on ait un jour à défendre Ukonjärvi par les armes. L'existence d'une milice, même peu nombreuse, pourrait suffire à dissuader les intrus malintentionnés.

Toropainen n'avait pas d'argent à proposer à Sulo Naukkarinen, mais il pouvait lui promettre le gîte et le couvert, au mont de l'Ogre, ainsi que la prise en charge de tous ses besoins.

Le sergent réfléchit un instant à cette offre d'emploi, puis déclara qu'il acceptait volontiers la mission, mais à une condition :

« Je veux bien être instructeur, si vous me nommez sergent-chef. Je suis trop vieux pour monter en grade dans la réserve, dans l'armée nationale, je veux dire. »

Eemeli Toropainen régla immédiatement la

question. Naukkarinen pourrait coudre une barrette de plus à son col. Tout heureux, le sergent-chef se retira au mont de l'Ogre pour élaborer un programme d'instruction militaire et recruter des volontaires. Il fit un saut à l'église, au passage, et arracha l'ordonnance de saisie punaisée sur la porte par le chef de la police rurale.

Le sergent-chef Sulo Naukkarinen avait effectué son service militaire en 1965 à Oulu, dans la brigade d'Ostrobotnie. Il avait été affecté dans une compagnie d'infanterie, fait l'école des sous-officiers de réserve et exercé les fonctions d'instructeur adjoint — autrement dit de cabot-chef — avec tant de zèle qu'il avait été promu sergent avant d'être renvoyé dans ses foyers. Il ressortit les vieux manuels de stratégie militaire qu'il avait conservés de cette époque et en acheta quelques nouveaux. Après les avoir consultés, et fort de son expérience, il dressa des plans pour l'instruction des recrues. Il définit un emploi du temps mensuel, variable selon les semaines. Les classes commenceraient en février 1996. En attendant, le sergent-chef Naukkarinen rédigea un règlement, auquel Eemeli Toropainen donna son aval, et dressa la liste des jeunes gens en âge d'être appelés sous les drapeaux. Sur cette base, il enrôla dix recrues.

Quelques-uns des écolos, arguant de leur pacifisme, protestèrent à l'idée de servir dans les rangs d'une armée privée, mais le sergent-chef Sulo Naukkarinen fut inflexible : tout récalcitrant serait immédiatement banni du territoire de la Fondation funéraire. La grogne s'arrêta là et le principe d'une défense armée fut en fin de compte jugé tout à fait louable.

Le principal souci d'Eemeli Toropainen était toutefois de savoir comment les Ukonjärviens survivraient à l'hiver. Depuis le règlement des arriérés d'impôts, il ne restait plus assez de vivres pour tenir jusqu'au printemps. La Fondation funéraire connaîtrait la famine, comme tout le reste de la Finlande, si l'on ne remédiait pas au problème.

Eemeli décida d'organiser une chasse à l'élan. On avait certes déjà abattu sur les terres de la fondation une dizaine de cervidés, à l'automne, mais leur viande était allée à l'État. Il fallait en tuer d'autres.

Les recrues de Naukkarinen furent chargées de jouer les rabatteurs. Comme tireurs, en plus du sergent-chef, Eemeli désigna des hommes d'expérience à la main sûre : Horttanainen, le père Matolampi et quelques charpentiers. On ne manquait ni de chiens d'élan ni de chevaux pour transporter la viande. Même Iisakki Matolampi harnacha le sien. Eemeli n'avait pas l'intention de demander pour l'occasion de permis d'abattage aux autorités.

Il ne restait plus d'élans à chasser sur les terres de

la fondation. On partit donc à skis vers l'est, dans les forêts qui s'étendaient de l'autre côté de la route reliant Sotkamo à Nurmes. Les chevaux et leurs traîneaux mirent trois jours à y arriver, car il n'y avait encore que peu de neige. Pendant ce temps, les giboyeurs avaient déjà abattu trois animaux, tous de jeunes mâles.

Dans les bois de Portinsalo, on tua deux élans mâles ainsi qu'une femelle et un jeune, pour nourrir l'expédition. L'apprenti Taneli Heikura, désormais soldat, se proposa pour skier avec deux de ses camarades jusque de l'autre côté de la frontière, à une cinquantaine de kilomètres plus à l'est. La taïga russe grouillait sûrement d'élans, car personne ne chassait plus là-bas depuis des décennies. Eemeli Toropainen leur refusa cependant l'autorisation d'aller braconner en terre étrangère, non que l'entreprise lui fît peur, mais parce qu'il voyait mal comment transporter la viande, au retour, à travers des centaines de kilomètres de forêt. Il était déjà bien assez dur pour les chevaux d'avoir à tirer leur chargement de Portinsalo au mont de l'Ogre.

Les hommes aussi étaient fatigués. Ils passaient leurs nuits recroquevillés près du feu, ne mangeaient que de la viande d'élan, buvaient du thé. Les pommes de terre avaient gelé, mais on avait heureusement emporté quelques sacs d'oignons qui résistaient mieux au froid. Le plus pénible étaient les corbeaux qui planaient par centaines dans le ciel de l'est du Kainuu. Ils décrivaient des cercles, des bouts d'entrailles dans le bec, et vous écorchaient les oreilles de leurs croassements. On vit aussi deux aigles venus déchiqueter les panses des élans, mais pas un seul garde-chasse, heureusement, si loin dans la forêt.

Dix jours plus tard, quinze bêtes avaient été tuées et leurs carcasses traînées par les chevaux jusqu'au mont de l'Ogre. Les chasseurs, couverts de suie et de sang, prirent le chemin du sauna du presbytère pour se débarrasser de la crasse de leur épuisante expédition. Puis ils s'attablèrent dans la salle pour un banquet final. Personne n'avait faim de viande, mais on fit honneur au gratin de rutabagas, au boudin noir et à la soupe aux herbes. La forêt vous change un homme.

On racla les peaux et on les cacha en attendant de les tanner. À l'abri derrière le mont de l'Ogre, on entreprit de mettre la venaison en conserve. On acheta à Oulu une sertisseuse et des milliers de boîtes en fer-blanc d'un litre, que l'on remplit de morceaux de viande. Les femmes devinrent vite expertes à ce travail. D'un coup de levier, on fermait hermétiquement le couvercle des conserves, puis on les mettait à cuire dans des marmites d'eau bouillante. On ne colla aucune étiquette sur les flancs des boîtes d'élan braconné.

On prépara ainsi plus de deux tonnes de venaison. Les meilleurs morceaux, tels qu'épaules et cuissots, revinrent aux chasseurs, qui en firent des salaisons. Les filets furent suspendus au frais avant d'être mis à mariner pour les grandes occasions.

Tout risque de famine était écarté pour l'hiver. Il y avait des réserves de viande et d'herbes aromatiques. On fit savoir aux autorités qu'elles pouvaient venir prendre livraison au mont de l'Ogre du dernier lot d'arriérés.

À peine quelques jours plus tard, le commissaire Kari Reinikainen vint de Sotkamo, accompagné de l'inspecteur départemental des impôts Uolevi Siikala, qui justifia sa présence par le fait qu'il devait donner quittance de la liquidation des dettes envers l'État. Le représentant du fisc était en réalité motivé par la terrible faim dont il souffrait chez lui à Tuira, dans les faubourgs d'Oulu. Il n'avait pas été payé depuis des mois et de toute façon, quand bien même il aurait eu de l'argent, on ne trouvait pas de viande dans les magasins.

Sous la conduite de Horttanainen, le chef de la police rurale et l'inspecteur des impôts procédèrent au mont de l'Ogre à un rapide contrôle et inventorièrent les derniers paiements en nature. Ils se firent ouvrir quelques boîtes de viande afin de vérifier que leur qualité était conforme aux exigences de la Direction des achats publics. L'alléchant parfum de la venaison d'élan aromatisée aux herbes leur mit l'eau à la bouche. Ils en engloutirent de si grosses portions qu'ils n'eurent pas besoin de dîner avant de gagner leurs chambres, à la ferme Matolampi.

Au cœur de la nuit, l'inspecteur des impôts Uolevi Siikala se releva, s'habilla chaudement, prit un grand sac et emprunta la voiture du chef de la police rurale pour se rendre au mont de l'Ogre. La glace n'étant pas encore très épaisse, en ce début d'hiver, il laissa le véhicule au bord du lac et le traversa à pied. Arrivé à la conserverie, il crocheta la serrure de la cave et remplit son sac de précieuses boîtes de venaison. Les chiens du mont de l'Ogre ne prirent pas la peine d'aboyer. Gavés d'os d'élan, ils dormaient le ventre plein dans leur niche, et l'inspecteur des impôts put tranquillement porter son butin de l'autre côté du lac, dans le coffre de la voiture du commissaire.

Au deuxième voyage, il revint les bras chargés de plus de vingt boîtes. Qu'aurait donc fait l'État de tout cela ? songea-t-il. Ce n'était que de la freinte, un manque à gagner naturel, sans compter qu'il fallait bien qu'il touche ses émoluments, d'une manière ou d'une autre. Mais dans l'obscurité de la nuit, le fonctionnaire affamé de viande s'égara de quelques pas, se rapprochant du départ de la rivière de l'Ogre. Le lourd chargement de venaison fit céder la glace, plus mince à cet endroit, et le malheureux inspecteur départemental des impôts sombra dans les eaux gelées.

Au matin, le chef de la police rurale mena l'enquête. D'après les traces laissées dans la neige, il conclut que l'inspecteur des impôts avait coulé dans les profondeurs du lac de l'Ogre. Il requit à titre officiel l'aide d'Eemeli Toropainen : y avait-il moyen de tenter de repêcher le corps ?

Sous la direction de Horttanainen, on encercla la zone d'une senne. La besogne fut rude, car la glace n'était pas assez solide pour pouvoir faire tirer le filet par un cheval. On fit passer la senne sous la surface gelée et on la remonta à la main.

Dès le premier coup, ce fut une véritable pêche miraculeuse, à en faire presque craquer les mailles du filet : 200 kilos de vendaces bien grasses, un brochet de 5 kilos et un inspecteur départemental des impôts de 80 kilos, avec dans son sac 20 boîtes de venaison d'élan.

17

L'instruction des soldats commença en février. On avait acheté à leur intention des tenues de camouflage blanches et des skis. Une caserne en rondins avait été construite au mont de l'Ogre, avec d'un côté les quartiers de la troupe, de l'autre le magasin d'équipement et les appartements du sergent-chef. Un champ de tir avait été aménagé sur les pentes du mont, là où l'on avait coupé du bois pour construire l'église. Les premières semaines, les recrues s'entraînèrent à manœuvrer à skis en ordre serré. C'était un exercice pénible et difficile. Les conscrits maudissaient en secret leur intransigeant instructeur. Mais ils apprirent à marcher au pas et à brailler des chants guerriers. Ils s'habituèrent surtout à l'ordre et à la discipline militaire.

Plus tard, on leur enseigna le maniement des armes. Il s'agissait officiellement de tir sur cible mobile. Le but était que toutes les recrues réussissent l'épreuve. Une fois cet objectif atteint, on acheta pour le compte de la Fondation funéraire dix fusils à élan, avec les munitions correspondantes. Les francs-tireurs de Naukkarinen étaient à présent armés. L'instruction prit des formes de plus en plus militaires. On s'exerçait au tir, on patrouillait en forêt et on s'entraînait au combat.

Ce fut l'été le plus chaud du siècle. Certains l'expliquaient par l'effet de serre. Les recrues, désormais qualifiées de francs-tireurs, suffoquaient sous la canicule en creusant des tranchées. Les marches en forêt étaient épuisantes. Dans la chaleur étouffante, les soldats comptaient les matinées qui leur restaient. Ils appréhendaient surtout les randonnées à bicyclette que Naukkarinen organisait volontiers. On pédalait parfois jusqu'à Kajaani, où l'on roulait en file indienne dans la rue principale, en tenue léopard, fusil en bandoulière.

Ces démonstrations de force n'étaient pas du goût de tous les habitants de la ville, qui demandèrent aux autorités d'interdire les défilés militaires privés. Mais les policiers de Kajaani connaissaient bien cette vieille tête de mule de Naukkarinen, leur collègue de Sotkamo, et ne voulurent pas l'ennuyer. Ils lui conseillèrent juste de faire parader ses francs-tireurs à Ukonjärvi plutôt que dans la capitale régionale.

Début février 1997, le sergent-chef Naukkarinen organisa pour ses troupes une semaine de manœuvres militaires, sous la forme d'un raid qui les conduisit jusqu'à la frontière russe. Les francs-tireurs skièrent nuit et jour à travers les forêts, en tenue de camouflage blanche, contournant Valtimo par le nord en direction de Kuhmo. À l'aller, ils tuèrent un élan pour se nourrir en route. Le sang chaud fumait dans l'air glacé, chacun en but une gamelle. La nuit, les hommes grelottaient de froid autour d'un feu de camp, sous des abris de branchages. Ils se déplaçaient dans un tel silence que rien ne filtra de cette expédition guerrière. À titre expérimental, les francs-tireurs dynamitèrent au mont Paljakka une vieille cabane de bûcherons vermoulue. L'explosion ne suscita aucune réaction.

Pour clore l'exercice, une parade à skis se tint à Ukonjärvi. Eemeli Toropainen avait convié quelques personnalités de tous bords à assister au spectacle. Il y avait là le doyen du chapitre du diocèse de Kuopio Anselmi Leskelä, le directeur du Bureau communal de la construction de Sotkamo Aimo Räyhänsalo et le chef de la police rurale Kari Reinikainen, ainsi que leurs épouses. On fit asseoir les invités, enveloppés de couvertures et munis de gobelets de vin chaud aromatisé aux herbes, sur des chaises que l'on avait disposées sur la terrasse de l'ancienne maison d'Asser Toropainen.

Les francs-tireurs, arrivés à skis par le lac gelé, s'approchèrent du presbytère. Devant les invités, ils poussèrent à pleins poumons un cri de guerre bestial et se ruèrent à l'assaut d'un ennemi imaginaire. Tiraillant à tout va, ils franchirent la rivière d'Ukonjärvi et disparurent derrière le muret du cimetière.

Ils revinrent bientôt, skiant en ordre serré. Le sergent-chef Naukkarinen était vêtu d'une combinaison d'un blanc étincelant et coiffé d'une chapka en peau de mouton, elle aussi blanche, ornée d'une grosse cocarde. Eemeli Toropainen reçut l'hommage de ses troupes.

Après la parade, on servit de la soupe aux pois, cuisinée dans une marmite installée en plein air. Pendant le repas, Eemeli Toropainen aborda la question de la délivrance des permis de construire d'Ukonjärvi, ainsi que des querelles relatives à la consécration de l'église. Il évoqua aussi la taxe ecclésiastique et la vente aux enchères forcée dont la menace planait depuis maintenant un an. Les salves qui retentissaient sur le lac donnaient un certain poids à ses paroles. C'étaient les hommes de Naukkarinen qui réglaient le tir de leurs fusils sur les rochers de la rive. Eemeli Toropainen les regarda d'un air satisfait. Dans dix ans, on aurait formé à Ukonjärvi une centaine de francs-tireurs. Le sergent-chef avait réclamé qu'on achète un lance-grenades léger et une mitrailleuse. Toropainen l'annonça à ses invités et ajouta qu'il attendait de pied ferme la vente aux enchères de l'église.

Peu après la parade, vers la fin de l'hiver, on vit arriver à Ukonjärvi un visiteur inattendu, le directeur du Bureau communal de la construction de Sotkamo Aimo Räyhänsalo, celui-là même qui avait demandé à la police d'enquêter sur les projets architecturaux de la Fondation funéraire. Il remercia Toropainen pour son accueil lors du défilé militaire, et transmit également les salutations de son épouse.

Le directeur du Bureau de la construction était, cette fois, animé de bonnes intentions. Il avait pris sur lui de réexaminer la question des permis de construire d'Ukonjärvi et du mont de l'Ogre, et avait, à ses heures perdues, établi un plan d'aménagement de la zone où étaient indiqués les maisons existantes, l'église, le presbytère et le hameau de Verte-Colline ; il avait aussi pris en considération d'éventuels bâtiments futurs. Il avait fait circuler le document afin d'obtenir l'avis de tous les intéressés, et au bout du compte l'approbation du ministère de l'Environnement. Résultat final, toutes les constructions illicites étaient désormais licites et la fondation dirigée par Eemeli Toropainen pouvait si elle le souhaitait continuer à bâtir dans la forêt.

« Les fonctionnaires ne sont pas tous des bureaucrates bornés, contrairement à ce que beaucoup croient. L'inspecteur départemental des impôts, feu Uolevi Siikala, était bien sûr un cas épineux, mais notre seul but est de veiller à ce qu'on ne bétonne pas notre patrie sans concertation préalable. »

Eemeli Toropainen remercia le directeur du Bureau de la construction. Il feuilleta le projet d'aménagement. Ce dernier paraissait relativement raisonnable. Un brave homme, au fond, ce Räyhänsalo.

« La semaine dernière, expliqua Eemeli Toropainen, nous avons compté qu'il y avait actuellement 45 habitants à Ukonjärvi. Plus 63 au mont de l'Ogre, dans le hameau de Verte-Colline, et quelques-uns à Kalmonmäki. Les administrés de la Fondation funéraire commencent à être assez nombreux, 115 au total. Il est bien temps d'adopter un plan d'aménagement. »

Toropainen voulut savoir pourquoi Räyhänsalo s'était bénévolement donné tout ce mal pour les Ukonjärviens. Avait-il agi par pure bonté d'âme ?

« Pour tout vous dire, les temps sont de plus en plus durs. Je risque moi-même de perdre mon poste, je ne suis déjà plus employé qu'à mi-temps. Dans la commune de Sotkamo, on ne construit pratiquement plus rien, sauf chez vous. Personne n'a d'argent. Je me suis dit que si je réglais une bonne fois pour toutes ce vieux litige, nous pourrions en quelque sorte repartir sur de nouvelles bases. Il n'est pas sain, de nos jours, d'être en mauvais termes avec ses voisins. »

Les motivations du directeur du Bureau de la construction ayant été exposées avec franchise, il était temps de discuter d'un dédommagement. Il n'était pas question, pour Eemeli Toropainen, de rémunérer Räyhänsalo en liquide, mais il pouvait lui offrir une compensation en nature.

« Accepteriez-vous une caque de vendaces salées, pour votre peine ? Nous en avons pris d'assez grosses quantités, cet hiver. Là même où l'on a pêché l'inspecteur départemental des impôts. »

Une larme de reconnaissance brilla au coin de l'œil du directeur du Bureau communal de la construction Aimo Räyhänsalo. Des vendaces salées ! Il n'aurait pas osé proposer lui-même salaire aussi mirifique. Pour la forme, il tenta de protester :

« C'est beaucoup trop, une caque entière…

— Je vous en prie, allez-y, portez-la dans votre voiture, insista Eemeli Toropainen avec bienveillance.

— Dieu vous bénisse pour votre immense bonté », déclara Räyhänsalo ému, et il coltina les vendaces de la cave du presbytère au coffre de sa voiture. La famille du directeur du Bureau de la construction, qui avait une femme et trois gosses, fut ainsi sauvée jusqu'au printemps.

18

La bénédiction appelée sur lui par Räyhänsalo resta à trotter dans la cervelle d'Eemeli Toropainen. Il regardait l'église rutilante dans son écrin de neige. Une belle et accueillante maison de Dieu. Depuis son retour des geôles du Danemark, on demandait régulièrement à Eemeli quand il se déciderait à embaucher un pasteur. Des enfants étaient nés, il fallait les baptiser, leurs mères le réclamaient. Le fils d'Eemeli lui-même était en âge de courir partout et de dire des gros mots, mais n'avait pas encore de nom. Au moins dix couples illégitimes vivaient dans le péché. Et surtout, le corps d'Asser Toropainen attendait toujours, abandonné, dans le cimetière de Sotkamo. On ne pouvait pas l'inhumer dans une terre non consacrée, tous en convenaient.

On avait tenté à deux reprises de vendre l'église d'Ukonjärvi aux enchères. L'inspecteur départemental des impôts s'était certes noyé, mais le chef de la police rurale de Sotkamo était en vie et veillait au respect de la procédure. Dans la semaine qui avait suivi la parade de Naukkarinen, un avis de vente par adjudication avait à nouveau été publié dans le *Journal officiel* et dans les *Nouvelles du Kainuu*. Les gens vinrent encore une fois par centaines assister à l'événement, mais aucun acheteur sérieux ne se manifesta. Pas le moindre signe de Soile-Helinä Tussurainen, ni l'ombre d'un représentant de l'évêché de Kuopio sur la colline d'Ukonjärvi. Eemeli Toropainen, exaspéré par toute cette histoire, paya les taxes ecclésiastiques en liquide. L'affaire était réglée. Il avait maintenant une église, construite et rachetée de ses mains, mais toujours pas de prêtre.

Quand, le dimanche suivant, les femmes commencèrent à parler des fêtes de Pâques, Eemeli Toropainen céda enfin. Il promit de recruter un pasteur. On fit savoir dans le bulletin paroissial de Kuopio, *Église et Cité*, que l'on cherchait un ministre du culte pour l'église sylvestre d'Ukonjärvi. On publia la même annonce dans le journal helsinkien *Lumière du Ciel*. On reçut plus d'une centaine de réponses. Il semblait y avoir à la pelle des pasteurs au chômage. Les paroisses n'étaient pas assez riches pour garantir le plein emploi dans les rangs de l'Église. De nombreux postes avaient été supprimés et une grande part du travail religieux se faisait en free-lance, sur la base de contrats de mission. La place de pasteur d'Ukonjärvi était la première disponible depuis bien longtemps dans tout le pays.

Il y avait parmi les postulants un certain nombre d'ecclésiastiques à l'âme de fonctionnaire dont les lettres de motivation auguraient mal de la conviction de leurs prêches. Quelques membres du mouvement laestadien se déclaraient intéressés par la mission parce qu'ils avaient cru comprendre qu'Ukonjärvi se trouvait à l'écart des tentations de ce monde. Un petit nombre de prêtres originaires d'Ingrie et de Carélie orientale étaient aussi sur les rangs, de même que deux prédicateurs laïques habitant Tikhvine — le rouble n'était plus coté nulle part depuis longtemps, et toute l'économie russe était dans un état que l'on pouvait sans exagérer qualifier d'apocalyptique. Il y avait enfin, parmi les candidats, deux pasteurs aux armées dont l'un semblait prometteur. C'était une femme, Tuirevi Hillikainen, aumônière militaire à Vekaranjärvi, qui avait, d'après ses papiers, fait ses études religieuses à la faculté de théologie homilétique de l'université de Helsinki et rédigé son mémoire de maîtrise sur l'existence et les carences périodiques des interactions entre l'âme et le corps.

Au vu des dossiers, Eemeli Toropainen sélectionna trois prétendants au poste qu'il invita à venir faire la preuve de leur talent à Ukonjärvi. Le jour dit, on vit arriver un laestadien zélé, un prêtre ordinaire, dodu et flegmatique, et la pasteure aux armées Tuirevi Hillikainen. Celle-ci avait obtenu son titre par dérogation spéciale, compte tenu de son sexe, sans avoir rang d'officier. Elle semblait pourtant, au premier abord, être de l'étoffe dont on fait les meilleurs militaires.

Eemeli Toropainen convia tous les Ukonjärviens à venir ce dimanche à l'église choisir le pasteur qu'ils espéraient depuis si longtemps. Trois candidats s'étaient présentés et auraient l'occasion de démontrer leur éloquence.

Le dimanche matin, il se pressa dans l'église un nombre record de fidèles, bien plus encore que pour la vente aux enchères. Les gens étaient venus en masse non seulement d'Ukonjärvi et du mont de l'Ogre, mais aussi de Kalmonmäki et de bien d'autres villages des forêts du Kainuu, et même de Sotkamo. Il y avait foule, les 800 places assises du temple étaient presque toutes occupées.

On sentait dans l'air une curiosité impatiente. Severi Horttanainen était assis à l'orgue, la mine anxieuse. C'était la première fois qu'il devait se produire en public. L'église bruissait de murmures entrecoupés de toussotements étouffés. Horttanainen actionna le pédalier, un puissant choral monta vers les cieux. L'assemblée se tut pour écouter le mugissement de l'orgue.

160

Le premier postulant invité à prêcher était un pasteur laestadien, un jeune homme à la voix haut perchée originaire de Kolari. Il louchait un peu, mais cela ne ralentissait en rien son débit : il déversa d'un trait son message religieux sur la tête de l'auditoire attentif. Il fustigea l'attachement aux biens de ce monde et au premier chef le goût du lucre. Si Dieu avait voulu que l'homme convoite sans fin la richesse financière et les objets inutiles, proclama-t-il, Il l'aurait doté, en le créant, d'un sac spécial pour y ranger l'argent et les marchandises, à l'instar de la poche ventrale des kangourous femelles. Mais l'homme n'étant pas naturellement pourvu d'une telle poche, on pouvait en conclure qu'amasser trop de possessions terrestres n'était pas une activité agréable à Dieu. L'orateur ajouta qu'à voir les gens courir après cet argent impur, le père de la Réforme en personne, Martin Luther, devait se retourner dans sa tombe. Il se tut, un peu essoufflé, et céda la chaire au candidat suivant.

Ce dernier était un jeune spécialiste de l'exégèse, docteur en théologie, qui commenta d'un ton docte mais un peu aride un texte de la Bible qu'il avait choisi pour l'occasion. Il se montra préoccupé par la pureté doctrinale du christianisme et farouchement opposé à tout œcuménisme ou toute coopération entre les différentes Églises chrétiennes, qui, selon lui, mettait en péril l'héritage de la Réforme et menaçait la simplicité et la ferveur des pratiques liturgiques luthériennes.

Les deux prêches étaient plutôt habiles. Eemeli Toropainen songea que les pasteurs modernes connaissaient mieux leur métier que les bedonnants doyens d'antan. La concurrence était désormais sans pitié sur la scène religieuse et obligeait même les prêtres à se démener corps et âme s'ils voulaient se tailler une part du gâteau.

Mais on n'avait encore rien vu. La troisième candidate, la pasteure aux armées Tuirevi Hillikainen, grimpa en chaire. Elle se lança dans un discours si plein d'émotion et d'énergie que dès ses premières phrases, les précédentes prestations furent reléguées aux oubliettes. Tuirevi Hillikainen avait à peine trente ans, mais elle prêchait comme un vieux briscard! Elle était grande, presque chevaline, avec un nez en bec d'aigle et une mâchoire carrée. Sur un ring de boxe, elle aurait pu mettre K.O. d'un coup même un poids lourd. Serrant le rebord de la chaire, les jointures blanches, elle faisait tonner la parole divine dans le vaste espace en forme de croix de l'église sylvestre.

Tuirevi Hillikainen parla de la faiblesse de la chair, qu'elle illustra d'un certain nombre d'exemples éloquents. Elle évoqua la situation de la foi, en Europe et dans le reste du monde, et en vint à la conclusion que l'humanité entière aurait dû être inscrite

162

dans le grand livre des records pour le nombre de ses péchés et le rythme auquel elle les commettait. Elle accompagna cette vision planétaire de vigoureuses considérations sur la fin du monde, dont elle pariait qu'elle ne tarderait pas. La foule écoutait sans bouger un cil cette trompette de l'Apocalypse. Quand Tuirevi Hillikainen descendit de la chaire et traversa l'église, l'aube flottant au vent, un léger mouvement de panique se propagea sur son passage dans les bancs les plus proches.

Le choix du futur ministre du culte de l'église sylvestre d'Ukonjärvi s'imposait de lui-même. Une fois les candidats masculins repartis, Eemeli Toropainen fit visiter le presbytère à la nouvelle pasteure. Elle pourrait y disposer de deux pièces d'habitation et d'une petite chambre pour y installer son bureau. Une partie de son salaire lui serait versée en numéraire, le principal étant constitué d'avantages en nature comprenant, en plus du logement gratuit, des produits et denrées alimentaires : trois kilos de viande d'élan par mois, un boisseau de pommes de terre, un kilo de beurre, un demi-boisseau de seigle ou, au choix, un quart de boisseau d'avoine et autant de blé, une livre de lard ainsi qu'une caque de vendaces et autres poissons pour l'hiver.

En plus de ces vivres, Toropainen promettait de fournir le chauffage, un bout de potager et le fumier animal allant avec, ainsi que de la place dans la cave à pommes de terre du presbytère. La pasteure pouvait aussi disposer à son gré du sauna au bord de l'eau, d'une barque et de quelques filets. Au total, les avantages en nature étaient plutôt nombreux et Tuirevi Hillikainen les jugea satisfaisants. En échange, elle devrait s'occuper de célébrer l'office, de baptiser les enfants, de marier les couples et d'enterrer les défunts. Elle devrait également organiser au besoin, pour ceux qui le souhaitaient, des réunions de prière, par exemple dans les champs au moment des moissons. Il pourrait en outre être utile qu'elle invoque Dieu avant la chasse à l'élan, afin que celle-ci soit fructueuse. Il entrait de même dans ses attributions d'assurer aux senneurs une pêche abondante, et d'autres choses de ce genre. Ce profil de poste reçut l'agrément de Tuirevi Hillikainen, qui ne manifesta pas la moindre réticence quant au recours à la prière pour assurer le succès de la chasse et de la pêche. Qui ne risque rien n'a rien! Et en tant que pasteure aux armées, elle avait l'habitude d'organiser des cérémonies en plein air.

« La nature est le plus grand et le plus merveilleux des temples du Seigneur, surtout par temps sec », assura-t-elle.

19

La pasteure aux armées Tuirevi Hillikainen s'attela à la tâche. Elle déclara qu'il fallait avant toute chose consacrer l'église d'Ukonjärvi. En vertu de l'article 340 de la loi sur les cultes, il était interdit d'y célébrer l'office, ni aucune autre cérémonie religieuse, tant qu'elle n'était pas dédiée à Dieu. La pasteure se tourna vers l'évêché de Kuopio, mais le doyen du chapitre Anselmi Leskelä fit savoir que les autorités diocésaines ne voulaient rien avoir à faire avec un temple construit sans autorisation. Toropainen pouvait en faire ce qu'il voulait. Tuirevi Hillikainen interpréta cette réponse comme une autorisation de consacrer elle-même l'église.

Puisque l'évêque du diocèse refusait de se déplacer et que l'on ne pouvait compter sur l'aide d'aucun autre ecclésiastique, la pasteure aux armées recruta sur place ses propres acolytes. Elle demanda au fermier Iisakki Matolampi, à Henna Toropainen, à la chef du personnel du nettoyage ferroviaire Taina

Korolainen et à l'organiste Severi Horttanainen de l'assister lors de la cérémonie. Eemeli Toropainen, en tant qu'athée déclaré, ne pouvait faire l'affaire.

C'était un dimanche de mai de l'an de grâce 1997. Les oiseaux migrateurs étaient de retour et chantaient à gorge déployée. Les bouleaux bourgeonnaient. Sur les rives du lac, la glace avait fondu. La journée était belle et il y avait foule dans l'église.

La pasteure aux armées avait revêtu une chasuble et une étole, ses assistants des aubes. Dans cette tenue, ils se rassemblèrent dans la sacristie, où Tuirevi Hillikainen prononça une brève prière. Puis on ouvrit la porte et la procession entra dans l'église, les laïcs en tête, la pasteure consacrante fermant la marche.

Horttanainen tenait l'orgue. Tuirevi Hillikainen chanta :

Que tes demeures sont aimables, Éternel des armées !

Le chœur des servants renchérit :

Mon âme soupire et languit après les parvis de
l'Éternel,
Mon cœur et ma chair poussent des cris vers le Dieu
vivant.

166

La cérémonie se poursuivit dans ce style. Puis Tuirevi Hillikainen prononça la formule d'usage :

« Que cette église soit consacrée à Dieu tout-puissant et miséricordieux pour que les générations présentes et futures le glorifient et lui rendent grâces. »

Après la prière, le cantique de louanges et le concert de cloche, Tuirevi Hillikainen fit encore remarquer que maintenant que l'église était consacrée, elle devait être considérée comme un lieu réservé à Dieu et soustrait à tout usage profane. Après avoir béni l'assistance, l'officiante retourna dans la sacristie, précédée de son cortège de servants.

La pasteure aux armées Tuirevi Hillikainen établit des règles liturgiques pour les offices de la paroisse, ainsi qu'un cérémonial plus simple pour les réunions de prière, et les mit en œuvre. Le dimanche, la cloche appelait les fidèles à venir écouter la parole de Dieu dans la belle église sylvestre. Severi Horttanainen jouait de l'orgue et la ministre du culte délivrait des prêches aux formules percutantes.

Conformément à son contrat de travail, Tuirevi Hillikainen organisait aussi des moments de recueillement ailleurs que dans l'église. Il lui arrivait de prononcer des homélies enflammées dans les marécages qui s'étendaient derrière le mont de l'Ogre, que l'on drainait pour en faire de nouvelles terres arables et où l'on creusait un profond canal d'assèchement. Elle demandait à Dieu de veiller à ce que le fossé ne s'effondre pas, à ce que le débit de l'eau y soit rapide, à ce que les creuseurs demeurent en bonne santé et bien sûr aussi à ce qu'ils gardent l'âme pure. Avant le départ pour la chasse, la pasteure bénissait les armes et implorait le Seigneur de conduire un nombre suffisant d'élans à portée de fusil des giboyeurs. Quand les senneurs allaient jeter leurs filets dans des lacs éloignés, Tuirevi Hillikainen récitait des prières permettant d'espérer une pêche plus abondante qu'à l'ordinaire.

Mais l'aide de la pasteure aux armées n'était pas seulement spirituelle, lors des expéditions de chasse et de pêche et, plus généralement, dans les prairies naturelles et les forêts profondes. Elle était si grande et si vigoureuse qu'elle pouvait tirer à elle seule un côté de la senne, quand, de l'autre, les hommes, même robustes, s'y mettaient à deux, voire trois. Et quand elle lançait son verveux dans un étang, elle ramenait sans mal des dizaines de kilos de poissons écailleux. Un jour, elle abattit un élan en le frappant à la tempe d'un coup de pierre, le faisant rouler inconscient sur le sol. Après de tels miracles, on se réunissait, non sans raison, pour louer le Seigneur.

Des mariages furent célébrés, et c'est ainsi que Henna Toropainen prit un jeune époux, l'apprenti Taneli Heikura. On baptisa par la même occasion leur fils déjà grand du nom d'Oskari Taavetti. Au fil de l'été, trois autres couples illégitimes officialisèrent leur union, mais pas le président de la Fondation funéraire Eemeli Toropainen et la chef du personnel du nettoyage ferroviaire Taina Korolainen, qui continuaient de vivre dans le péché, aux yeux de l'Église. Cette situation suscitait la réprobation des personnes les plus pieuses, au premier rang desquelles Tuirevi Hillikainen. Mais Toropainen campait sur ses positions et refusait de se marier religieusement, arguant qu'il avait fait acte d'apostasie et n'était pas croyant. Il laissa toutefois baptiser son fils. Le jour où l'enfant, qui allait sur ses quatre ans, fut accueilli dans le sein de l'Église, il se débattit en braillant à pleins poumons quand Tuirevi Hillikainen lui aspergea la tête d'eau, peut-être bénite mais à coup sûr froide.

«Ça mouille, putain merde!»

Mais on n'échappait pas comme ça à la poigne solide de Tuirevi Hillikainen, et le chenapan reçut le nom de Jussi.

La pasteure aux armées fonda aussi une école à Ukonjärvi. Elle s'était jusque-là contentée d'enseigner le catéchisme aux petits, à l'école du dimanche, mais le besoin d'une éducation plus complète se fit vite sentir. Les enfants qui résidaient sur les terres de la Fondation funéraire commençaient à avoir l'âge d'apprendre à lire et à écrire. La loi sur

169

l'instruction obligatoire étant toujours en vigueur, Tuirevi Hillikainen installa des pupitres dans une chambre du presbytère et se mit à donner chaque jour quelques heures de cours. L'organiste Severi Horttanainen fut aussi mobilisé pour enseigner un certain nombre de matières, telles que la musique, l'écologie et les travaux manuels.

L'infatigable pasteure aux armées — qui avait tenu à conserver le titre qu'elle portait à son précédent poste — entreprit aussi, au début de 1999, de marier des couples venus d'ailleurs. Des amoureux en quête d'originalité faisaient en effet parfois le voyage d'Ukonjärvi afin de recevoir la bénédiction nuptiale, pour un prix raisonnable, dans la célèbre église de la Fondation funéraire d'Asser Toropainen. De nombreuses célébrités furent ainsi unies, telles que Taru Mällinen, arrivée deuxième au concours de la plus belle fille de l'été 1995, ou Rauno Huotarinen, auquel le titre de roi du tango 1998 n'avait échappé que de deux ou trois voix, ou encore l'entraîneuse de karaoké Jaanamari Pärssinen, qui avait elle aussi choisi le temple d'Ukonjärvi pour épouser l'élu de son cœur, Björn, neveu de l'ex-directeur général de la Banque de Finlande. Encore ces stars n'étaient-elles que quelques perles rares parmi la foule compacte des anonymes qui, au fil du temps, allèrent à l'autel avec la bénédiction d'acier de la pasteure aux armées Tuirevi Hillikainen.

Ces prestations religieuses faisaient entrer dans les caisses de la Fondation funéraire des sommes non négligeables, dont elle avait bien besoin. Cela faisait en effet des années que les hordes de visiteurs du début ne fréquentaient plus la région d'Ukonjärvi et du mont de l'Ogre. Le tourisme de masse n'existait plus nulle part, il avait souffert des lourdes taxes imposées aux transports, du manque général d'argent et du rationnement du carburant. C'est à peine si un ingénieur de la classe moyenne pouvait se rendre une fois par an en famille chez sa grand-mère récolter des pommes de terre.

Si les flots de touristes n'étaient plus que de minces ruisseaux asséchés, on voyait par contre de plus en plus de gens emménager pour de bon à Ukonjärvi, Verte-Colline ou même Kalmonmäki, où il n'y avait pourtant guère de perspectives d'avenir depuis que la maison funéraire d'Asser Toropainen avait été démontée et transformée en presbytère. On comptait jusqu'à des dizaines de candidats à l'immigration par mois, des centaines par an. Leur détresse était souvent poignante : ils se plaignaient de la famine qui régnait dans les villes du sud de la Finlande à cause de la pénurie de céréales due à l'explosion de la centrale nucléaire de Saint-Pétersbourg. Le système de chauffage urbain de nombreuses villes connaissait de graves dysfonctionnements : l'énergie manquait au point que, dans les immeubles, la température ne dépassait pas douze degrés. Il n'y avait en général d'eau chaude qu'une fois par semaine et, dans certaines agglomérations, le chauffage était parfois coupé pendant des semaines. Les habitants n'avaient pas d'autre solution que de s'enrouler dans d'épaisses couvertures ou, quand le gel s'accentuait, d'allumer des feux dans les parcs. On ne comptait plus les vieillards et les bébés morts de froid.

Eemeli Toropainen n'avait rien, en principe, contre ces arrivants, mais le manque de logements décents était un frein à l'installation de trop nombreux nouveaux venus.

Alors que la fin de l'année 1999 approchait, la pasteure aux armées Tuirevi Hillikainen annonça que d'après les registres de l'église, la population d'Ukonjärvi, y compris bien sûr Verte-Colline et le village quasi moribond de Kalmonmäki, dépassait 1 200 âmes. La communauté s'était agrandie, sans que l'on y ait trop prêté attention, jusqu'à devenir l'une des plus importantes du canton de Sotkamo. Les terres léguées par Asser Toropainen commençaient à se faire trop petites. On manquait d'espace vital.

On trouvait certes à Sotkamo, comme partout en Finlande, de nombreuses fermes à acheter. Les ventes aux enchères forcées ravageaient le pays. Eemeli Toropainen avait d'ailleurs acquis quelques petites propriétés jouxtant le domaine de la Fondation funéraire, mais nourrir plus d'un millier de personnes exigeait plus de terrain.

La coopérative forestière de Valtimo se trouvait confrontée, à cette époque, à des difficultés économiques insurmontables. C'était une chance pour la Fondation funéraire, car ses 4 000 hectares se trouvaient situés à proximité du mont de l'Ogre. Le marché fut vite conclu, engloutissant les derniers dollars américains de la fondation ainsi qu'un gros paquet d'autres liquidités. Mais le jeu en valait la chandelle. Les terres de la coopérative étaient fertiles et ses forêts n'étaient pas mitées de coupes rases. On pouvait ainsi fonder un ou deux hameaux et, surtout, pratiquer efficacement la culture sur brûlis. On avait en effet constaté qu'avec les méthodes modernes d'essartage, on parvenait à quintupler le rendement sans utiliser aucun engrais chimique. Après deux ou trois récoltes, on laissait le défrichis se repeupler de jeunes bouleaux, ce qui offrait aux moutons une pâture idéale. Une fois que la forêt de feuillus était assez haute, il était facile de l'éclaircir en y coupant du bois de chauffage. Pour finir, on pouvait planter des résineux sur toute la parcelle, ou l'essarter à nouveau.

Un jour de la fin de 1999, Eemeli Toropainen et ses hommes chassaient l'élan dans les parages de l'étang de la Trouvaille. Ils avaient abattu les trois animaux prévus. Alors qu'il chargeait un cuissot sur le travois, Eemeli fut soudain terrassé par une crise cardiaque. Il s'effondra sous la viande sanglante. La pasteure aux armées Tuirevi Hillikainen, qui se trouvait à proximité, se précipita pour lui faire du bouche-à-bouche. Entre deux respirations, elle appela à l'aide non seulement Dieu, mais aussi Horttanainen, qui musardait non loin de là. On massa la cage thoracique de Toropainen au rythme supposé de son cœur et, peu à peu, l'organe infarci se remit à battre. Bientôt d'autres chasseurs arrivèrent et l'on hissa Eemeli sur le travois. Le hongre emporta le malade à vive allure, tel un combattant blessé sur le front. L'apprenti Taneli Heikura tenait les rênes, la pasteure aux armées courait derrière l'attelage, priant pour le salut de Toropainen :

« Seigneur tout-puissant, aie pitié de ton serviteur. Insuffle-lui ta force et, si telle est ta volonté, accorde-lui de guérir. Il n'appartient pas à l'Église, bien sûr, mais ne t'en fais pas pour ça. Au nom de ton fils Jésus, amen. »

Deux heures plus tard, on atteignit Ukonjärvi. En passant devant le cimetière, Eemeli demanda que l'on arrête le cheval écumant, puis leva la tête et dit d'une voix fatiguée.

« Si je meurs, je veux qu'on m'enterre ici. »

On conduisit en hâte Eemeli au presbytère, où la chef du personnel du nettoyage ferroviaire Taina

Korolainen lui prépara un lit et où la pasteure aux armées Tuirevi Hillikainen, à toutes fins utiles, lui donna l'absolution.

20

Eemeli Toropainen était encore alité, à la suite de son attaque, quand l'humanité fêta le changement de millénaire. Vu les circonstances, on n'organisa pas à Ukonjärvi de réjouissances particulières en l'honneur de la nouvelle année, malgré son chiffre rond. On sonna la cloche de l'église et la jeunesse alluma sur la glace du lac un grand feu à la lueur duquel on dansa, tandis que les enfants jouaient sur un manège à luge. Les adultes s'accordèrent quelques verres d'eau-de-vie aux herbes.

Dans sa chambre, au presbytère, Eemeli écoutait la radio. Le monde semblait prendre à cœur son entrée dans le troisième millénaire. L'euphorie atteignait des sommets insensés. Sur tous les continents, on tirait des feux d'artifice. En Italie, on alluma plus de fusées qu'après la chute de Mussolini. Au Kazakhstan, quelques nomades éméchés envahirent une base de missiles et, dans leur liesse, lancèrent deux têtes nucléaires intercontinentales.

Deux jours plus tard, on apprit que l'une avait atteint l'Atlantique, au large de la Mauritanie, où l'explosion avait provoqué un sérieux raz de marée. L'autre toucha Sumatra. Nul ne sait comment elle y fut accueillie.

Le carnaval de Rio fut plus exubérant que jamais. Des millions de gens se pressaient dans les rues, des centaines de fêtards périrent dans la mêlée et des milliers de jeunes filles perdirent leur virginité.

En Espagne, à Séville — cité célèbre pour son exposition universelle —, on avait organisé à l'occasion du changement de millénaire un congrès mondial de déchireurs d'argent où l'on transforma en confettis tant de billets européens, de yens, de dollars et d'autres monnaies qu'il fallut deux jours aux balayeurs de la ville pour tout nettoyer. Ce fut la destruction volontaire de biens la plus massive du millénaire. La grande fête de l'humanité provoquait, parmi d'autres, ce genre de bizarreries.

Dans de nombreux pays, on émit des timbres commémoratifs, on frappa des médailles et des pièces de monnaie estampillées 2000. On dévoila des statues, on inaugura des bâtiments et on baptisa des navires. Des milliers de premières pierres furent posées et des centaines d'ouvrages commémoratifs publiés. Il y eut des vernissages d'expositions d'art, des concerts, de grandioses premières de films. On donna dans les théâtres les plus prestigieux du monde des spectacles anniversaires. Partout, les nantis se bousculèrent à de clinquantes soirées de gala et fêtes de bienfaisance. Les restaurants affichaient complet et, dans les rues, même les plus miséreux partageaient l'allégresse générale.

À l'aube du troisième millénaire, on prit de bonnes et sages résolutions. On engagea des paris. Jamais les voyantes n'avaient eu autant de clients.

Un groupe de travail universitaire se réunit aux Açores afin de réfléchir aux problèmes du futur millénaire. La docte conférence tourna court, hélas, car un fanatique mit le feu à l'hôtel où elle se tenait. Dans l'incendie, plusieurs des cent participants se retrouvèrent couverts de suie, et certains même de brûlures. Ils restèrent ensuite bloqués sur place pendant des semaines, car les réserves de kérosène de l'archipel étaient malencontreusement épuisées. Dans la mer des Caraïbes, une croisière internationale de luxe connut une fin peut-être encore plus triste. Il y avait à bord un millier de culturistes d'élite, venus du monde entier. Le but était d'élire le plus bel homme de l'univers. Parmi les initiateurs et animateurs de ce grandiose événement figurait d'ailleurs une Finlandaise, l'experte diplômée en savoir-vivre Soile-Helinä Tussurainen. Mais le superbe bateau de croisière, à l'heure même où sonnait le nouveau millénaire, heurta un récif miroitant au clair de lune, prit feu et coula. Sur les plages cubaines, on trouvait encore fin janvier de jeunes culturistes noyés. Leurs corps étaient affreusement ramollis et gonflés, car comme chacun sait, l'eau de mer abîme la peau.

À Los Angeles, on organisa le plus fabuleux concours de miss de toute l'histoire mondiale. La gagnante était d'une beauté si féerique qu'aucun mot ne saurait la décrire. La représentante de la Finlande, qui n'était pas laide elle non plus, se classa quinzième.

Au cours de cette nuit de la Saint-Sylvestre, il y eut des meurtres, des suicides et même d'effroyables immolations collectives. De nombreuses tribus, voire des nations entières, se mirent en marche à l'aube de ce troisième millénaire. Abandonnant leurs régions défavorisées et leurs terres infertiles, elles prirent la route. On entrait dans une nouvelle ère de grandes migrations, des millions de pauvres cherchaient un foyer plus sûr, sans savoir où le trouver.

Dans de nombreux États, on gracia des prisonniers politiques et des droits communs. Ces derniers se remirent aussitôt à l'ouvrage et vinrent grossir les statistiques criminelles du début de l'an 2000.

L'époque était propice au fanatisme religieux. Rien qu'aux États-Unis, cent nouvelles sectes virent le jour, dont plus de la moitié d'inspiration mystique.

Les jeunes sportifs rivalisaient partout de force et d'habileté. Les Finlandais avaient eu dans ce domaine une grande idée originale, la course à pied Europa 2000, qui devait relier Utsjoki à Rome. Son organisation avait été peaufinée pendant deux ans. Le départ fut donné dans la nuit polaire de Laponie à l'instant précis où l'on entrait dans le nouveau millénaire. Dans un concert de vivats, des milliers de concurrents s'élancèrent.

Les participants pouvaient se joindre au relais tout au long de son parcours. La colonne haletante et transpirante, longue de plusieurs kilomètres, traversa la Finlande à petites foulées, puis franchit la Baltique en ferry. À bord, les plus enthousiastes continuèrent de courir en rond sur le pont-garage. On n'avait pas osé passer par Saint-Pétersbourg, car les radiations dues à la destruction de la centrale nucléaire y atteignaient encore des niveaux dangereux.

Les deux mille marathoniens qui débarquèrent en Estonie partirent au pas de course vers Rome aussitôt la douane franchie. Dans les forêts des pays baltes, des bandits de grand chemin s'en prirent aux tenaces relayeurs, pillant les camions d'assistance et faisant fuir les concurrents dans la nature. En Pologne, des centaines de coureurs disparurent. Quand on atteignit l'Italie, après avoir traversé l'Autriche, il n'en restait plus qu'une centaine.

Une vingtaine parvinrent épuisés jusqu'à la ligne d'arrivée, à Rome, où personne ne les attendait. Il y avait des sujets d'actualité plus brûlants que la course Europa 2000.

Le plus grand concours de pêche au trou du millénaire, organisé par les Finlandais sur la glace du lac d'Oulu, eut plus de succès. Il rassembla quelque 60 000 participants, venus pour certains de pays aussi lointains que la Nouvelle-Zélande. Severi Horttanainen, qui défendait les couleurs d'Ukonjärvi, se classa 117e après avoir sorti de l'eau une lotte de trois kilos.

La nuit du passage à l'an 2000 fut riche en orgies sexuelles. Des familles se brisèrent. Les relations d'un soir fleurirent. Les maladies vénériennes s'en donnèrent à cœur joie. Le sida gagna du terrain.

Une trentaine de riches malades du sida, justement, avaient acheté en temps utile un vaisseau spatial à une société française de satellites. Au moment du changement de millénaire, ces malheureux montèrent dans leur fusée, vêtus de lourdes combinaisons spatiales, quelque part sur une base du Pacifique. À minuit pile, on lança l'engin en direction de la Lune. Il fendit l'atmosphère en grondant, traversa l'espace et décrivit quelques cercles autour de l'astre des nuits avant de s'écraser la tête la première, avec ses malades incurables, dans la mer de la Sérénité.

21

Son infarctus incita Eemeli Toropainen à médi-
ter sur la vie et surtout sur la mort, qu'il avait frôlée
de près. Il se résolut à transférer enfin la dépouille
de son grand-père à Ukonjärvi, car il ne voulait
pas être le premier défunt du nouveau cimetière.
Une fois remis sur pied, il s'attela à la réalisation du
projet. Tuirevi Hillikainen fut chargée de discuter
de l'exhumation avec le pasteur de Sotkamo.

On aurait pu croire que la question se réglerait
sans difficulté. Qu'importe, après tout, qu'une personne repose ici ou là, surtout si elle est morte. Eh
bien non : le pasteur de Sotkamo invoqua la loi sur
les cultes et refusa de céder le corps d'Asser Toropainen. Ce n'était pas que la dépouille du grand
brûleur d'églises eût été particulièrement chère au
cœur de la population, au contraire, mais il était
interdit, en Finlande, d'enterrer des défunts, même
encombrants, en terre non consacrée. Le chapitre
du diocèse de Kuopio adopta la même position.

Les négociations n'ayant abouti à rien, la pasteure aux armées Tuirevi Hillikainen se fâcha. En ce qui la concernait, déclara-t-elle à Eemeli Toropainen, on pouvait aussi bien voler le corps d'Asser dans le cimetière de Sotkamo. Elle en avait plus qu'assez de la bureaucratie ecclésiastique. Elle fit remarquer que dans l'Église primitive, en tout cas, on n'avait guère tenu le compte de qui était enterré où. L'essentiel était de ne pas laisser les cadavres en pâture aux vautours.

« Je veux bien assumer la responsabilité morale de cette affaire. »

À toutes fins utiles, Tuirevi Hillikainen promit de consacrer le cimetière à l'occasion des nouvelles funérailles d'Asser Toropainen.

On décida donc de voler le corps. On était en janvier, les travaux agricoles de l'automne étaient terminés, les caves étaient remplies de vivres, il restait un peu de temps, avant de s'attaquer à reconstituer les réserves de bois de chauffage, pour s'occuper de l'ultime voyage d'Asser.

Sulo Naukkarinen — qu'Eemeli Toropainen avait élevé au grade d'adjudant — désigna dix de ses meilleurs hommes pour l'accompagner dans cette mission. À ce jour, l'équivalent d'une section entière de francs-tireurs avait reçu une instruction militaire, il y avait donc le choix. On attela le vieux hongre d'Ukonjärvi à un traîneau où prit place Eemeli Toropainen, avec Severi Horttanainen comme cocher et la pasteure aux armées Tuirevi Hillikainen comme soutien moral. On emporta aussi du foin pour le cheval et des outils pour creuser : barres à mine, pioches, pelles et cordes. Les francs-tireurs étaient partis la veille à skis pour Sotkamo, à travers bois. Il faisait plutôt doux, des flocons mouillés tourbillonnaient dans l'air. Le bourg se trouvait à une quarantaine de kilomètres. Le vieux hongre y parviendrait sans doute avant la nuit. Il ferait déjà noir et l'on pourrait commencer tout de suite les travaux de fossoyage clandestins dans le cimetière désert.

Tout se déroula comme prévu. On arriva vers minuit, dans une obscurité profonde. Il pleuvait du grésil, le vent soufflait, des paquets de neige humide tombaient des branches des arbres. Un vrai temps d'enfer. Sans un bruit, Horttanainen conduisit le cheval vers la partie neuve du cimetière, où Asser Toropainen était enterré. Dix francs-tireurs en tenue de camouflage blanche attendaient là depuis déjà un moment, trempés et grelottant de froid.

On posta des sentinelles aux grilles du cimetière. On posa une lampe-tempête sur la plus proche pierre tombale. Dans sa lumière dansante, les francs-tireurs d'Ukonjärvi déchargèrent les outils du traîneau et se mirent avec entrain au travail. Le sol était gelé en profondeur, des étincelles jaillirent du fer de leurs barres à mine et de leurs pioches quand ils commencèrent à creuser.

Un peu à l'écart, la pasteure aux armées Tuirevi Hillikainen joignit les mains et adressa au ciel une prière muette. Elle tentait de convaincre Dieu que l'on était certes en train, dans une obscurité infernale, d'arracher à une terre consacrée un malheureux défunt qui y avait été officiellement enseveli, mais qu'il ne s'agissait pas là d'un bien grand péché.

Severi Horttanainen donnait du foin au cheval. Eemeli Toropainen fumait une cigarette près de la tombe de son grand-père. Le trou commençait à être assez profond, la croûte gelée avait été percée et les francs-tireurs pelletaient maintenant du sable. À tour de rôle, deux hommes s'activaient dans l'excavation, deux évacuaient la terre, deux se reposaient et les derniers montaient la garde dans la nuit noire aux portes du cimetière.

Au bout d'une heure environ, un clonc retentit dans les profondeurs de la tombe. Le fer d'une pelle avait touché le cercueil. On avait bien creusé au bon endroit. Les francs-tireurs s'accordèrent une brève pause, puis se remirent au travail. On dégagea la bière, on glissa dessous des cordes dont huit hommes empoignèrent les extrémités. Leur force était à peine suffisante pour hisser le lourd cercueil de zinc hors de la fosse. Peut-être serait-il d'ailleurs retombé dans le sein glacé de la terre si la pasteure aux armées Tuirevi Hillikainen n'avait pas ordonné à Eemeli Toropainen de lui laisser sa place et tiré si fort sur la corde qu'il lui avait abandonnée que le pesant fardeau finit par surgir de son trou.

Les Ukonjärviens restèrent un instant à se demander s'il fallait aussitôt ouvrir le couvercle du cercueil pour voir dans quel état se trouvait Asser, après avoir reposé huit ans dans sa tombe.

« Est-ce qu'il ne faudrait pas vérifier que c'est bien lui ? s'inquiéta un des francs-tireurs.

— Je ne vois pas qui l'aurait bougé de là », répliqua Eemeli Toropainen, et il ordonna de charger le cercueil dans le traîneau et de le recouvrir de foin. À la lueur de la lampe-tempête, on referma l'excavation. Vers deux heures du matin, tout était terminé. Les soldats jetèrent une dernière pelletée de neige sur le tertre afin de couvrir les traces du pillage. L'adjudant Naukkarinen ordonna à voix basse de lever la garde et de se mettre en formation pour le retour. Les francs-tireurs chaussèrent leurs skis. Horttanainen guida le hongre hors du cimetière, en direction du bourg. Pour alléger le fardeau de l'animal, Eemeli Toropainen, son cocher et la pasteure aux armées Tuirevi Hillikainen allaient à présent à pied.

Un vent glacé chargé de grésil continuait de souffler. Est-ce à cause de ce temps de chien que les roquets de Sotkamo flairèrent le convoi funèbre ? Le cercueil boueux d'Asser Toropainen leur chatouillait-il la truffe d'une odeur particulièrement excitante ?

Un curieux cortège s'avançait dans la nuit, avec à sa tête dix soldats à skis en tenue de camouflage blanche. Venait ensuite un vieux hongre à la crinière grise, tirant un traîneau lourdement chargé, et, derrière lui, deux hommes et une femme dont le rabat clérical blanc se détachait dans la pénombre. L'étrange caravane était suivie d'une bruyante meute de chiens, qui réveilla tout le bourg. Des lumières s'allumèrent dans les maisons en bordure du chemin et des visages ensommeillés apparurent aux fenêtres. L'adjudant Naukkarinen gronda :

« Fermez les volets, convoi exceptionnel ! »

Dans un concert d'aboiements, on sortit enfin de Sotkamo. Horttanainen conduisit le traîneau jusque sur la glace du lac Iso-Sapso et lança le hongre au trot à travers l'étendue gelée, vers le sud-est. L'adjudant Naukkarinen saisit le fusil à élan qu'il portait en bandoulière et tira en direction des chiens. Le clabaudage cessa dans un hurlement de terreur ; les roquets filèrent en geignant vers le bourg.

Le hongre courut sur une dizaine de kilomètres, jusqu'au village de Sapsoperä, à la pointe sud-est du lac. Là, les soldats l'aidèrent à tirer sa lourde charge sur la rive boisée. Une partie de la troupe partit reconnaître un itinéraire sûr, du côté du sud, tandis que les autres restaient à pousser le traîneau pour soulager le cheval. L'idée était de s'enfoncer le plus loin possible dans la forêt avant le lever du jour. Eemeli Toropainen préférait éviter la police. Celle-ci se serait forcément crue obligée d'essayer de confisquer le défunt. C'était hors de question. Eemeli n'entendait pas se dessaisir de bon gré de son grand-père. L'opération durait quand même depuis la veille, et on avait pelleté des mètres cubes de terre gelée. Mieux valait mener le vol de cadavre à bien en toute discrétion, sans coups de feu inutiles.

Dans la matinée, le convoi funèbre arriva épuisé aux abords du village de Suonenvaara. Les francs-tireurs partis en éclaireurs y avaient installé un campement provisoire. Ils avaient préparé pour le hongre une épaisse litière de branchages de sapin. Une flambée de bois résineux crépitait, le café était prêt. Des brochettes de viande cuisaient sur les braises. L'air sentait l'oignon.

Après avoir eu droit à un seau d'eau puisée dans le ruisseau voisin et à une solide ration de mash à la farine d'avoine, le vieux cheval fatigué se coucha. On l'enveloppa d'une chaude couverture.

Les soldats servirent à Tuirevi Hillikainen, Severi Horttanainen et Eemeli Toropainen un roboratif repas de campagne : viande d'élan grillée, oignons cuits sous la cendre, lard, pain de seigle, café et pousse-café. La pasteure aux armées récita ensuite une brève prière, remerciant le Seigneur pour cette nourriture et implorant sa protection pour le reste du voyage. Puis tous s'allongèrent pour dormir sur des branches de sapin.

Le flanc du cercueil commençait à se réchauffer auprès du feu ; la neige et la boue fondirent. La caisse extérieure en pin ne semblait pas encore trop vermoulue. Le grand brûleur d'églises Asser Toropainen reposait à l'intérieur. À quoi pouvait-il bien songer ? Et à quoi pouvait-il bien ressembler maintenant ? Eemeli eut envie d'ouvrir le couvercle du cercueil, mais il avait trop sommeil pour donner suite à son idée.

Il continuait de neigeoter. Dans leurs tenues de camouflage mouillées, le fusil sur l'épaule, de jeunes sentinelles montaient la garde à l'abri des sapins noirs, veillant sur le campement assoupi. Du côté du village de Suonenvaara, on entendait gronder un tracteur. C'était un bruit étrange, vu la crise et la pénurie quasi totale de carburant qui sévissaient. Le hongre fatigué qui dormait sous sa couverture fonctionnait à l'avoine, lui. C'était un cheval finlandais — une race nordique solide et endurante. Il valait une fortune, en ces temps difficiles, bien plus qu'un tracteur.

22

Au fil des heures, le vent se calma, puis la neige se mit à tomber à gros flocons avant de s'arrêter en fin d'après-midi. Le ciel s'éclaircit, le temps se refroidit. Dans la nuit, la pleine lune brillerait si les nuages ne revenaient pas. Le gel s'accentuerait et la couche de neige, durcie, risquait de déchirer les paturons du cheval. On décida de lever le camp. Deux francs-tireurs furent envoyés en reconnaissance sur le chemin d'Ukonjärvi, qui était encore à plus de trente kilomètres.

Le soir venu, la lune se leva. Horttanainen mena le hongre sur la piste qui partait de Suonenvaara vers le sud, en direction du mont des Écureuils. La voie semblait avoir été tracée par des fermiers du Kainuu circulant en traîneau. Vers minuit, on fit une pause au sud du mont, afin de donner à boire et à manger au cheval et de faire du café avant de se remettre en route. La piste continuait vers le sud-ouest à travers les vastes étendues neigeuses éclairées par la pleine lune, desservant quelques granges et chantiers de bûcheronnage, côtoyant des villages et franchissant la voie de chemin de fer Kontiomäki-Nurmes au pied du mont Paha, puis la nationale 18. Il n'y avait pas une voiture à l'horizon.

À la lisière du grand marais du Massacre, on entendit claquer deux détonations. On mena le cheval sous le couvert des arbres et le convoi funèbre resta à attendre, dans l'inquiétude. Les skieurs envoyés en patrouille revinrent une demi-heure plus tard, longeant la tourbière. Ils étaient accompagnés de cinq inconnus.

Dans la lueur fantomatique de la lune, on ne voyait pas très bien quel genre d'individus les francs-tireurs avaient capturés. Ils n'avaient pas de skis, en tout cas.

« On a fait cinq prisonniers, mon adjudant. Des Russes », annonça l'un des éclaireurs.

Sulo Naukkarinen examina les hommes. Ils avaient l'air plutôt pitoyables. Ils n'avaient pas d'armes, ni grand-chose d'autre comme équipement. Le plus vieux était vêtu d'un uniforme de colonel usé jusqu'à la corde, couvert de déchirures. Il avait perdu une botte, remplacée par une savate en écorce de bouleau. Les autres portaient des vêtements civils, si possible encore plus en loques. L'un n'avait même pas de chaussures mais de simples chiffons autour des pieds, tenus par une vague ficelle.

Les hommes demandèrent du pain et de l'eau.

Les francs-tireurs abattirent un pin et allumèrent du feu. À la lumière des flammes, on put examiner les prisonniers de plus près. Ils avaient le visage couvert de suie, une barbe de plusieurs jours, les joues creuses. Les malheureux n'avaient pas mangé à leur faim depuis bien longtemps. Le colonel qui menait le groupe était âgé d'une cinquantaine d'années, les autres étaient plus jeunes. Ils se jetèrent avidement sur la viande d'élan et le pain qu'on leur donna. Ils expliquèrent avoir épuisé leurs provisions deux jours plus tôt, après avoir franchi la frontière quelque part dans les bois entre Kuhmo et Nurmes. Ils étaient partis à sept, mais avaient dû abandonner un des leurs, blessé à la jambe, en Russie, et les gardes-frontières finlandais avaient tué un autre de leurs camarades.

Quand on leur demanda ce qui les avait poussés à se lancer au péril de leur vie dans un tel exode, ils laissèrent échapper un petit rire sec. En Russie, la vie humaine ne valait pas cher, ces temps-ci. Ils avaient eu pour projet de passer en Finlande et d'essayer de rester cachés dans un hameau ou un autre jusqu'à l'été. Ensuite, ils espéraient trouver le moyen de gagner la Suède ou la Norvège, par exemple. Les Russes n'étaient hélas plus les bienvenus à l'étranger, il fallait franchir clandestinement les frontières.

Le colonel raconta qu'il avait déjà séjourné deux fois en Finlande, dans les années quatre-vingt. Il avait accompagné comme interprète une délégation venue négocier avec l'armée finlandaise des achats d'armement soviétique. Il n'était encore à l'époque qu'un jeune capitaine. Il s'en souvenait avec nostalgie. Les Finlandais avaient accueilli les Russes comme des princes.

«Une fois, à Kuopio, on nous a même servi de l'oie farcie à la russe... elle avait la panse pleine de caviar. Ce jour-là, nous avions visité la base aérienne de Rissala. Le soir, nous avons été invités dans un sauna à fumée et, pour le souper, il y avait des écrevisses accompagnées de vodka et de vin blanc.»

Dans la lumière surnaturelle du feu de camp rougeoyant et de la pleine lune glacée, on pouvait voir scintiller une larme émue au coin de l'œil du militaire. On entendait jusque dans le grand marais du Massacre le hurlement d'un loup solitaire, au loin derrière les monts, vers l'est. Pendant un instant, le colonel et ses hommes semblèrent vouloir lever le nez vers le disque jaune de la lune et se joindre à cette plainte mélancolique.

Eemeli Toropainen demanda des nouvelles de la situation en Russie. Les informations qui filtraient étaient assez confuses.

Le colonel expliqua que la Russie tout entière était en proie à la guerre civile, pas une région n'était à l'abri des combats. Plus rien ne fonctionnait. Le pouvoir ne cessait de changer de mains. Des chefs autoproclamés ravageaient le pays à la tête de leurs troupes, brûlant et pillant. Dans le Sud, on avait paraît-il fondé un nouvel État plus stable que les autres, mais rien ne prouvait que ce fût vrai. En Extrême-Orient, on se battait contre les Chinois. D'après la rumeur, il était arrivé à Moscou, à l'automne, des trains chargés de cadavres de soldats russes, parmi lesquels se trouvaient aussi des morts chinetoques. À Astrakhan régnait un ataman qui multipliait les bains de sang. Le Transsibérien était tout le temps coupé, les trains circulaient au petit bonheur la chance. Des centaines de milliers de gens fuyaient le Sud, poussés par la famine. Le trafic aérien était interrompu. Les industries minières et pétrolières avaient depuis des lustres sombré dans le chaos, les ports étaient fermés. Les plus fortunés cultivaient dans les cours d'immeubles des choux qu'ils surveillaient jour et nuit. On élevait des poules sur les balcons et des cochons dans les salles de bains. Les gens tombaient comme des mouches, victimes de maladies et de malnutrition.

« Ça ne va pas fort », conclut sombrement le colonel. Il se nommait Arkadi Lebedev, mais ne mentionna rien d'une éventuelle parenté avec l'ancien ambassadeur de l'Union soviétique en Finlande.

On apprit au fil de la conversation que deux des

civils du groupe étaient d'anciens agents du KGB, la police secrète russe. Le colonel avait servi un temps au sein de l'armée de terre dans la région de Mourmansk, et ses deux derniers compagnons, l'un ingénieur forestier et l'autre tractoriste, étaient originaires d'Arkhangelsk. Seul Lebedev parlait couramment anglais.

On leur demanda bien sûr comment allaient les choses à Mourmansk, sur les rives de l'océan Arctique, et à Arkhangelsk, à l'embouchure de la Dvina septentrionale.

« Mal, tout va très mal », se plaignirent-ils. À Arkhangelsk, un incendie avait détruit la moitié de la ville, et la plupart des habitants avaient aussi déserté l'autre moitié, car le gel des deux derniers hivers avait fait éclater les canalisations d'eau, d'égout et de chauffage, à cause du manque de pétrole. Les gens étaient partis vers le sud, quand ils ne s'étaient pas installés ici ou là dans les vastes forêts de la région. Personne n'avait encore entrepris de reconstruire la ville, et il semblait improbable qu'elle se relève jamais.

À Mourmansk, la situation n'était guère plus reluisante. La cité était en pleine déliquescence. Son demi-million d'habitants était depuis déjà longtemps au chômage. Une vague de criminalité sans précédent balayait les côtes de l'océan Arctique. La pègre s'en prenait aux derniers marins russes dont on pouvait espérer tirer un peu de monnaie occidentale. Les meurtres étaient quotidiens. La milice était impuissante contre les hordes de malfrats. La mafia avait la haute main sur la région, elle pouvait bloquer à son gré les quais du port et utiliser les navires pour ses trafics. Quiconque désobéissait payait son audace de sa vie. À des fins d'intimidation, un immeuble de seize étages avait été dynamité avec ses occupants. Les expéditions punitives qui avaient été montées pour mettre fin à ces agissements avaient permis quelques exécutions, mais cela n'avait pas servi à grand-chose. Le crime continuait de régner, avec même, si possible, une sauvagerie accrue.

Pendant l'interrogatoire, le feu s'était éteint. Il était temps de reprendre la route. Que faire des Russes ? La pasteure aux armées Tuirevi Hillikainen fit valoir que l'on ne pouvait pas, humainement, les laisser seuls en plein hiver dans la forêt sans vivres et sans équipement. On résolut donc de les intégrer au convoi funèbre et de les emmener à Ukonjärvi. On déciderait là-bas de la conduite la plus raisonnable à tenir à leur égard.

Les terres qu'Eemeli Toropainen avait achetées à la coopérative forestière de Valtimo étaient encore à une petite dizaine de kilomètres. On les atteignit au matin. La lumière de la lune pâlissait, le soleil se levait. Les arbres étincelaient de givre. Le grésil avait durci le manteau neigeux du sol. À partir du hameau de Kamulanmäki, où l'on avait coupé du bois une quinzaine de jours plus tôt, le convoi put emprunter les layons de la Fondation funéraire. Les deux dernières lieues, sur des chemins forestiers damés par le passage des traîneaux, furent vite parcourues. Le hongre, reconnaissant les paysages familiers d'Ukonjärvi, partit au trot. Il savait qu'une écurie bien chaude l'attendait à la maison.

23

Le convoi funèbre d'Asser Toropainen arriva à Ukonjärvi par un froid glacial. On porta le cercueil dans un mazot du presbytère. Les réfugiés russes furent emmenés au sauna, lavés, habillés et nourris de pot-au-feu d'élan et de vendaces en croûte. Puis on leur trouva un gîte à Verte-Colline.

On ouvrit le cercueil en pin d'Asser et l'on en sortit sa bière en acier zingué. Elle était comme neuve, sans trace de rouille ni guère d'oxydation. On essuya le hublot de verre, au-dessus du visage du défunt. Pour la première fois depuis longtemps, il regardait le monde extérieur par sa petite fenêtre. Il avait les yeux ouverts et l'air un peu étonné.

On dévissa entièrement le couvercle du cercueil en zinc. Asser Toropainen reposait en paix sur sa couche ; il n'avait plus les mains croisées sur la poitrine, l'une avait glissé vers le bas de sa chemise mortuaire, l'autre se trouvait sous sa tête. Le corps avait sans doute été secoué pendant le transport, à moins que le défunt ne se fût retourné dans sa tombe? Voire tourné et retourné? Il en aurait eu tout le temps, depuis dix ans qu'il était mort. À cet égard, son corps était en excellent état, et ne sentait presque pas.

Les paupières d'Asser Toropainen se refermèrent quand on le plaça dans un nouveau cercueil en pin. On l'enterra le dimanche suivant, cette fois pour de bon. Avant la bénédiction du corps, la pasteure aux armées Tuirevi Hillikainen consacra le cimetière. La cérémonie fut sobre: l'officiante lut quelques extraits de la Bible et une chorale de femmes dirigée par la chef du personnel du nettoyage ferroviaire chanta des psaumes. Puis la pasteure aux armées prononça une formule de dédicace:

« Que ce cimetière soit consacré à Dieu tout-puissant pour la sépulture des morts afin qu'ils puissent y reposer en paix dans l'espérance de la résurrection, au nom du Père et du Fils et du Saint-Esprit. Amen. »

Puis Tuirevi Hillikainen entra dans l'église afin de bénir une dernière fois Asser Toropainen. Des centaines de personnes assistaient à la cérémonie, la nef était bondée. L'organiste Severi Horttanainen libéra toute la puissance de son instrument. L'oraison funèbre fut éloquente, comme la plupart des prêches de la pasteure aux armées. L'assistance se joignit aux cantiques avec une telle ferveur que les vitres en tremblèrent. Quand on porta le cercueil jusqu'au cimetière, le glas retentit. C'était l'apprenti Taneli Heikura qui sonnait la cloche, et il ne s'arrêta que quand le défunt eut été descendu dans sa tombe.

La dernière demeure d'Asser Toropainen se trouvait au pied d'un immense pin centenaire. Au-delà du temple sylvestre en bois rouge, la vue s'étendait sur le paisible lac Ukonjärvi. La colline avait maintenant son premier défunt. Le grand brûleur d'églises était enfin arrivé au bout de son chemin. Paix à son âme rebelle, amen.

En revenant du cimetière, les deux anciens agents du KGB, levant le nez, échangèrent quelques mots :

« Cette église serait bien plus belle si son bulbe était doré et surmonté d'une croix orthodoxe, avec une traverse de biais.

— Je verrais bien aussi une iconostase à l'intérieur. »

Les ex-espions de la police secrète se rappelèrent ensuite que la région avait appartenu aux tsars. Lors du traité d'Orechek (en 1323), la frontière s'étirait de Saint-Pétersbourg à l'Ostrobotnie. Historiquement parlant, le temple d'Ukonjärvi était en fait une église russe. Il leur revint que lors de la paix de Tyavzino (en 1595), la frontière entre la Russie et la Finlande avait été tracée dans ces parages.

Les connaissances historiques des agents des services de sécurité n'avaient rien d'étonnant, surtout dans le domaine des frontières nationales et des anciens traités de paix. C'est le genre d'enseignement que le KGB dispense en interne dans le cadre de ses cours d'impérialisme russe. Il en a toujours été et il en sera toujours ainsi.

Après l'enterrement, on s'attabla dans la grande salle du presbytère pour un banquet funèbre : gratins, viande, jambon, poisson fumé et bière de ménage.

Au moment du gâteau et du café, la pasteure aux armées Tuirevi Hillikainen fit incidemment remarquer que le nouveau cimetière paraissait encore bien vide. Le tertre fleuri d'Asser était certes très beau, mais, dans ces forêts austères, il manquait un peu de compagnie.

« C'est vrai, renchérit Severi Horttanainen, il n'est pas bon pour un homme de rester seul.

— Mais nous n'avons pas de morts, ici, nous sommes trop jeunes et en bonne santé », répliqua Taneli Heikura.

Eemeli Toropainen concéda que le cimetière d'Ukonjärvi faisait un peu pauvre, avec son unique tombe.

« Il faudrait peut-être trouver d'autres cadavres », ajouta-t-il d'un air songeur.

Severi Horttanainen se mit à dresser des plans :

« Nous avons le cercueil en zinc d'Asser, il n'y a qu'à le recycler et à l'utiliser pour aller chercher de nouveaux défunts. On pourrait par exemple enterrer gratuitement tous les indigents des environs. Ou pourquoi pas étendre plus loin notre rayon d'action ? Les maisons de retraite communales en faillite seraient certainement heureuses de nous confier leurs morts pour remplir notre cimetière. »

Quand on traduisit ces réflexions obituaires aux Russes, ils se mirent à chuchoter fiévreusement entre eux.

On récura avec soin la bière en zinc d'Asser et l'on vérifia qu'elle était toujours parfaitement étanche. Eemeli Toropainen trouvait qu'elle aurait pu faire une bonne baignoire pour la chambre d'enfants du presbytère, mais la chef du personnel du nettoyage ferroviaire Taina Korolainen jugea l'idée trop macabre. Elle refusait de se laver dans un cercueil, et encore plus d'y tremper de petits innocents.

Afin de combler le vide du cimetière, on fit savoir que l'on se proposait d'enterrer les déshérités gratis à Ukonjärvi. Les morts seraient bénis en bonne et due forme et les tombes pieusement entretenues. On apprit bientôt qu'il y avait à Joensuu de nombreux défunts pauvres comme Job. C'était la maison de retraite communale, tombée en déconfiture, qui voulait s'en débarrasser et s'engageait à payer le transport si on venait les enlever à domicile.

Severi Horttanainen se trouvait justement avoir à faire à Joensuu — il avait promis d'aller y prendre livraison, pour les tisserands de Verte-Colline, de fil de chaîne qu'il avait commandé en prévision des ouvrages de saison. On chargea donc le cercueil en zinc dans le traîneau pour le conduire à la gare de Valtimo, où on le transféra dans un wagon de marchandises. Horttanainen resta absent une semaine. Quand il revint, il était lesté de deux balles de fil de chaîne et de trois cadavres, dont l'un avait été enfermé dans le cercueil en zinc, car il était déjà en piteux état avant sa mort. Les deux autres étaient dans des caisses en bois.

Le dimanche suivant, trois enterrements eurent lieu à Ukonjärvi. Il y avait beaucoup de monde, mais pas une seule famille endeuillée. La musique d'orgue ne s'en déploya pas moins, la pasteure aux armées prêcha, le glas sonna et l'on déposa sur les tombes des bouquets de fleurs séchées et d'odorantes couronnes de sapin.

L'entreprise funèbre se poursuivit. Taneli Heikura, en allant acheter à Kajaani des cartouches pour les fusils à élan de la compagnie de francs-tireurs d'Ukonjärvi, rapporta aussi deux défunts désargentés. Un autre arriva de Kemijärvi par car postal. Ficelé sur le toit du véhicule, il n'avait pas souffert du voyage, car il faisait un froid d'enfer. Tous ces malheureux furent ensevelis dans le nouveau cimetière d'Ukonjärvi, en présence d'une assistance recueillie.

Un matin, on s'aperçut que les réfugiés russes avaient disparu du mont de l'Ogre. Ils avaient volé des skis et deux pulkas et étaient partis vers l'est, sans rien dire à personne. De grosses quantités de nourriture avaient aussi disparu. Le blizzard avait recouvert leurs traces, et les francs-tireurs envoyés à leur poursuite rentrèrent bredouilles.

On arrêta là les recherches. C'était plutôt une bonne chose, tout compte fait, que ces encombrants visiteurs aient choisi de déguerpir. On regrettait encore moins que les autres les deux anciens agents du KGB.

À la surprise générale, les Russes firent irruption quinze jours plus tard dans la cour du presbytère d'Ukonjärvi, les joues rougies d'excitation. Le colonel Arkadi Lebedev annonça qu'il avait mené avec ses camarades une fructueuse expédition au-delà de la frontière orientale du pays, à la recherche de cadavres. Cela leur avait pris deux semaines, mais le butin avait été ramené du côté finlandais. Dix corps! En bon état! Il espérait maintenant pouvoir emprunter un cheval pour convoyer le chargement jusqu'à Ukonjärvi.

«En Russie, on trouve autant d'âmes mortes qu'on veut. Et pour pas cher!» se vanta le colonel tout heureux.

Il était prêt à fournir gracieusement cet échantillon à la Fondation funéraire, à condition que celle-ci offre le gîte et le couvert à ses hommes. On pouvait, si on voulait, considérer ce premier lot de défunts comme un gage de reconnaissance pour l'hospitalité qui leur avait été accordée. On parviendrait sûrement à un accord sur le tarif des livraisons ultérieures. Nul n'avait intérêt, au jour d'aujourd'hui, à demander un prix trop élevé, quelle que soit la marchandise, expliqua le colonel. Le négoce de cadavres était à ses yeux comme une petite flamme naissante, une étincelle d'espoir qui, tel un feu follet, annonçait peut-être le renouveau tant attendu des échanges commerciaux entre la Russie et la Finlande. L'exportation de produits russes était en crise depuis dix ans, mais la lueur de l'aube pointait maintenant à l'horizon.

Le colonel estimait qu'un demi-quartaut de vendaces par défunt, ou une épaule d'élan, pourrait être un prix raisonnable.

On attela le cheval pour aller chercher les corps à la frontière. Ils étaient proprement empilés au fond d'une grotte, recouverts de branchages, afin que les renards ne puissent pas venir abîmer la marchandise. Pour franchir la frontière, on les avait chargés dans les pulkas. Le colonel expliqua que c'était une activité risquée. Les militaires finlandais avaient tendance à tirer sans sommation sur les gens qui circulaient sans passeport dans la zone frontière. Ce n'était pas parce qu'on venait chercher des morts qu'on souhaitait venir soi-même grossir le chargement. Le travail était dangereux, mais le butin en valait la peine, se félicita le colonel.

Quand on lava les défunts russes pour les mettre en bière, à Ukonjärvi, on s'aperçut qu'ils n'étaient peut-être pas tous morts de mort naturelle. Interrogés, les anciens membres de la police secrète expliquèrent, l'air un peu embarrassé, que rares étaient ceux qui, aujourd'hui en Russie, mouraient à leur heure. Les conditions ambiantes concouraient à abréger la vie et il y avait toujours des volontaires pour prêter main-forte au destin.

On aménagea dans un coin du cimetière un carré russe dans lequel on enterra les malheureux citoyens du pays voisin. La cérémonie fut digne et solennelle. Après les funérailles, on avertit cependant les Russes que la Fondation funéraire n'était pas disposée à acheter des cadavres étrangers, ni surtout à se lancer dans l'importation de défunts, qui ne semblait guère être une activité convenable. Les statuts de la fondation ne prévoyaient d'ailleurs rien de tel. La loi finlandaise interdisait en outre d'enterrer les morts sans acte de décès. Et le lot de corps avait été importé dans le pays sans le moindre document officiel.

Ce fut pour les Russes une cruelle désillusion.

Les ex-agents du KGB, surtout, étaient furieux. Ils se plaignirent d'avoir cru dans la volonté sincère des Ukonjärviens de remplir leur cimetière et dans leur réelle envie d'aider les défunts sans le sou des nations voisines. Ils annoncèrent leur décision d'émigrer en Suède, puisqu'il n'y avait pas à Ukonjärvi de travail pour eux dans leur branche, ni surtout dans le domaine où ils avaient la plus longue et la plus solide expérience. On leur mit donc des sacs de vivres sur le dos et des skis aux pieds, en leur souhaitant bon vent. Ils prirent la direction de l'ouest.

Trois Russes restèrent sur place : le colonel Arkadi Lebedev et ses camarades d'Arkhangelsk. Il fut facile de trouver à employer ces deux derniers, mais dénicher pour un colonel de l'armée de terre une mission correspondant à sa formation était plus délicat. Le militaire aurait aimé s'engager dans la compagnie de francs-tireurs d'Ukonjärvi, mais Sulo Naukkarinen s'opposa à ce projet, faisant valoir qu'il n'était pas question d'intégrer des officiers étrangers dans les troupes placées sous son commandement. En tant qu'adjudant, il se voyait mal, en outre, donner des ordres à un colonel.

Le printemps venu, on trouva enfin à Arkadi Lebedev une besogne utile, et conforme à ses goûts. Il fut chargé de garder les dizaines de têtes de bétail de la Fondation funéraire.

Dès que les bœufs eurent quitté l'étable du mont de l'Ogre pour les prairies naturelles des clairières de la forêt, le colonel prit son poste. De son ancien uniforme, il avait fait une tenue de bouvier. Et en guise de flûtiau, il demanda un saxophone, instrument dont il avait jadis appris à jouer, de manière tout à fait correcte, lors de ses voyages en Finlande. On trouva dans un dépôt-vente de Kajaani un instrument en assez bon état, que l'on troqua contre une épaule d'élan fumée.

Chaque matin, avant de partir au travail, le bouvier astiquait soigneusement ses bottes d'officier et son saxophone. On pouvait ensuite l'entendre jouer dans les forêts des alentours du lac de l'Ogre, assis sur une souche dans le clair matin d'été ; les bœufs se rassemblaient pour écouter les mélancoliques accents slaves de sa musique. Méfiants, les ours et les loups se tenaient à distance du virtuose et laissaient le troupeau en paix. Les bêtes sauvages n'aiment pas le blues.

24

Au début du millénaire, une véritable école primaire ouvrit ses portes au mont de l'Ogre. Elle était installée dans l'ancienne caserne de la compagnie de francs-tireurs, devenue trop exiguë, que l'on avait rénovée de fond en comble. Pour l'instruction des recrues, on construisit à Kalmonmäki des locaux plus adaptés. On défricha aussi un bout de forêt, derrière l'étang de la Trouvaille, pour aménager un champ de tir.

La classe était assurée par deux instituteurs écolos, un homme et une femme. Tuirevi Hillikainen continuait de s'occuper de l'école maternelle et donnait aux plus grands des cours d'instruction religieuse et de morale. Les enfants étaient éduqués selon de bonnes vieilles méthodes naturelles. Dès la première année, le nouvel établissement accueillit une cinquantaine d'élèves. Beaucoup venaient de Verte-Colline, mais il y avait aussi des écoliers d'Ukonjärvi, de Kalmonmäki et de deux nouveaux hameaux, Vieille-Frontière et Les Forges.

C'est à partir de cette époque que l'on se mit à parler d'Ukonjärvi comme d'une commune rurale indépendante. L'État finlandais n'avait certes pas encore reconnu cette collectivité locale née dans la forêt, mais peu importait. La Fondation funéraire ne tenait d'ailleurs pas à échanger officiellement son statut d'association contre celui de commune, cela aurait entraîné toutes sortes de dépenses publiques et d'impôts superflus.

Le soir, les locaux de l'école servaient aux villageois pour leurs activités de loisir : dans l'atelier de menuiserie, les hommes fabriquaient des skis et des douves de tonneau, tandis que les femmes tissaient des tapis en lirette sur les métiers installés dans la salle de gymnastique. Une chorale mixte répétait une fois par semaine. Les réunions hebdomadaires du groupe d'amateurs de teinture textile animé par les écolos se tenaient également à l'école, de même que celles, mensuelles, de la société de chasse du mont de l'Ogre. On organisait par ailleurs des veillées et des ventes qui attiraient du monde bien au-delà de la commune elle-même.

L'assemblée générale annuelle de la Fondation funéraire d'Asser Toropainen pour l'édification d'une église se tint aussi désormais à l'école du mont de l'Ogre, plus spacieuse que la salle du presbytère.

La première distribution des prix eut lieu au printemps 2006. On chanta le traditionnel *Cantique d'été*, sous la direction du vieil organiste Severi Horttanainen. Les enfants donnèrent un spectacle, un tableau vivant d'une maladresse touchante, intitulé «Les trolls et les fées du mont de l'Ogre à la chasse à l'ours». Cette fête de fin d'année fut suivie de l'assemblée générale de la Fondation funéraire.

Eemeli Toropainen continuait, officiellement, d'être seul responsable du destin de la fondation, mais il avait malgré tout institué dans chaque hameau un conseil chargé des affaires locales. Les habitants pouvaient choisir librement les membres de ces conseils, dont les présidents — sortes de chefs de village — assistaient Eemeli Toropainen dans la gestion courante de la commune. Une fois par an, une assemblée générale était convoquée, où tous les Ukonjärviens étaient autorisés à prendre la parole. Le système était simple et, sans doute pour cette raison, fonctionnait sans heurt.

Une fois la réunion ouverte, Eemeli Toropainen fit élire chef de la police rurale d'Ukonjärvi, par acclamation, l'ancien apprenti Taneli Heikura, maintenant âgé d'un peu plus de trente ans. On nomma ensuite chirurgien de campagne communal l'ancien chauffeur de taxi et poète Seppo Sorjonen, quarante-cinq ans, qui s'était établi peu après l'an 2000 à Verte-Colline et avait, de notoriété publique, passé l'oral du doctorat de médecine.

Tuirevi Hillikainen, qui avait été élevée au rang de pasteure doyenne aux armées, fournit à l'assemblée les dernières données de l'état civil tirées des registres paroissiaux : la commune comptait 3 511 habitants. Dans le cimetière étaient enterrés 314 défunts, dont onze (11) Russes, deux (2) Roms et un (1) Somalien.

La réunion était plus importante que d'habitude. De nombreux legs avaient été faits à la Fondation funéraire, qui disposait déjà par ailleurs d'abondantes réserves financières. Elle avait pu assurer une vie décente, même en ces temps difficiles, aux nombreux habitants des alentours qui s'étaient établis à Ukonjärvi avec leurs biens. Compte tenu de cette trésorerie satisfaisante, Eemeli Toropainen annonça sa décision d'acheter de vastes superficies de terre afin d'agrandir le domaine de la fondation. On lui avait proposé plusieurs exploitations agricoles et terrains à bâtir ; à l'issue de longues négociations, des promesses de vente avaient été rédigées pour 6 200 hectares au total, auxquels il fallait ajouter 1 500 hectares de lacs et autres eaux.

Ces futures acquisitions jouxtaient les propriétés existantes de la fondation : en partant de Kalmonmäki, le nouveau tracé du périmètre de la commune descendait droit vers le sud, parallèlement à la route de Rautavaara, qu'il longeait côté ouest. Il s'en écartait ensuite à angle droit en direction du lac Laakajärvi, long de douze kilomètres, qu'il rejoignait au lieu-dit de la pointe aux Russes. À en croire la légende, l'endroit s'appelait ainsi parce qu'au cours de la grande guerre du Nord, des envahisseurs venus de l'Est avaient chaviré avec leur barque, un jour de tempête, et s'étaient noyés. Des dizaines de corps s'étaient échoués sur les rochers. On racontait que les nuits d'orage, leurs fantômes hantaient la pointe, on entendait des appels au secours et d'autres bribes de russe.

De là, le tracé enjambait le lac, franchissant du même coup la limite du département de Kuopio. Toute l'extrémité sud-est du poissonneux lac Laakajärvi tombait ainsi dans l'escarcelle de la Fondation funéraire. Sur l'autre rive du lac, la ligne de démarcation de la commune revenait vers le ruisseau du Hibou et les anciennes terres d'Ukonjärvi. Du mont de l'Ogre, elle regagnait Kalmonmäki à travers bois, au nord de la rivière de l'Ogre, englobant le lac Salminen dans les possessions de Toropainen.

Les achats négociés furent approuvés. Toutes les terres appartenant à la fondation étaient désormais d'un seul tenant, plus aucun hameau ne serait isolé. La commune d'Ukonjärvi couvrait ainsi tout le cœur des plus profondes forêts de la région, à cheval sur trois départements : Oulu au nord, Kuopio à l'ouest et Carélie du Nord à l'est.

Le rattachement à la commune de l'extrémité sud-est du grand lac Laakajärvi était particulièrement intéressant, car ce dernier était très poissonneux. Il était riche de garennes propices à la pêche à la senne qu'il serait bon, comme le prévoyait Eemeli Toropainen, d'exploiter à grande échelle, aussi bien l'été que l'hiver. Les lavarets de Laakajärvi, et surtout ses abondants bancs de vendaces, étaient à présent à portée des Ukonjärviens. Le minerai de fer que l'on pouvait extraire du lac ne serait pas inutile non plus, car les hauts fourneaux de Raahe, victimes de la pénurie de coke, ne produisaient plus d'acier depuis des années.

En conclusion de l'assemblée générale, Eemeli Toropainen fit ratifier quelques règles de conduite. On adopta à titre de loi constitutionnelle privée de la commune d'Ukonjärvi, primant sur la législation finlandaise et européenne, un ensemble assez souple de dispositions fondées sur le bon sens paysan. La justice serait rendue une fois par an, ou si nécessaire plus souvent. L'on convint que la peine criminelle la plus sévère serait le bannissement de la commune. Il fut aussi décidé d'élire désormais pour deux ans les membres des conseils de hameau.

Une fois l'examen des questions à l'ordre du jour terminé, un jeune homme vêtu d'une cravate à rayures rouges et d'un blouson de toile marron se leva dans le public. C'était l'expert agricole Jaritapio Pärssinen, mandaté par la municipalité de Sotkamo. Il posa son ordinateur portable sur sa chaise et demanda la parole. On la lui accorda, bien qu'il ne fût pas d'Ukonjärvi.

« À titre professionnel, il est de mon devoir de m'intéresser à vos pratiques agricoles. Depuis le dernier millénaire, déjà, Sotkamo observe la manière dont on cultive la terre par ici. Vous faites tout à l'inverse du reste du pays et du monde, commença l'expert.

— Et alors ? » grogna Toropainen.

Pärssinen souligna que la commune d'Ukonjärvi était encore une collectivité relativement officieuse, et appartenait toujours à la Finlande. On ne pouvait donc la laisser s'enfoncer sans aucun contrôle dans l'illégalité.

« Ça fait des années que vous ne répondez à aucun courrier. Pas un seul formulaire statistique obligatoire n'a été rempli. Des milliers de gens vivent ici, mais on ne nous a jamais soumis le moindre plan de production agricole. De nouveaux champs ont été défrichés sans qu'aucun projet ait été officiellement approuvé. D'anciennes jachères ont été remises en culture sans autorisation. Les forêts sont exploitées sans en référer à personne. Vous n'avez pas demandé de subventions, mais pas non plus payé de taxes à l'exportation. Vous vous croyez en pleine cambrousse ?»

L'expert avait apporté une liasse de formulaires informatiques qu'il remit à Eemeli Toropainen.

Ce dernier les feuilleta distraitement. Il y avait des colonnes pour les machines agricoles, le fourrage concentré et les engrais chimiques, les quotas de production, les subventions agricoles et les impôts. Toropainen fit remarquer qu'il n'y avait à Ukonjärvi que trois machines à vapeur qui faisaient tourner la batteuse et produisaient de l'électricité. Il n'y avait pas un seul tracteur, pas un moteur à essence. Dans les champs, on n'épandait pas d'engrais chimiques mais uniquement du fumier animal. On utilisait des chevaux pour les transports et les charrues étaient tirées par des bœufs.

«Ces papiers ne nous concernent pas», conclut-il, et il leva la séance.

Une fois que les villageois eurent évacué la salle des fêtes de l'école, Eemeli Toropainen alla trouver l'expert agricole. Celui-ci, l'air dépité, fourra ses formulaires dans sa serviette. Il rabattit excédé le couvercle de son ordinateur portable.

Toropainen lui annonça que l'on commencerait dès le lendemain matin à défricher de nouvelles parcelles près de la pointe aux Russes. S'il voulait venir voir comment on cultivait la terre, de nos jours, il était le bienvenu.

« L'utilisation de tracteurs est totalement obsolète et bien trop coûteuse. Sans compter qu'on ne trouve plus guère de kérosène », expliqua Toropainen.

Pärssinen admit qu'il était presque impossible, aujourd'hui, de trouver du carburant. Il était venu de Sotkamo à vélo, parce qu'il n'avait pas les moyens de rouler en mobylette.

« Je suis pourtant obligé, pour mon travail, de faire la tournée des villages pour distribuer ces formulaires. Vivement la retraite », soupira l'expert déprimé du haut de ses vingt-cinq ans.

Dès l'aube, on partit avec trois paires de bœufs vers les nouvelles terres à défricher de la pointe aux Russes. Six bêtes d'une demi-tonne chacune tiraient de solides chariots où s'entassaient des charrues à versoirs d'acier, une rigoleuse, des désoucheurs, des pelles, des haches. Des douzaines de travailleurs étaient assis dans les chariots. Il y avait quelque dix kilomètres à parcourir. À l'arrivée, on laissa les bœufs se désaltérer dans le lac et brouter l'herbe de la rive. Les hommes entreprirent d'abattre la forêt. On appouria les bêtes devant les machines : deux pour creuser des rigoles, deux pour extraire du sol les plus grosses souches et pierres, et les deux dernières pour manier la charrue.

Eemeli Toropainen et l'expert agricole Jaritapio Pärssinen restèrent dans la prairie auprès des provisions, à regarder les durs travaux de défrichement.

La journée d'été était chaude, les taons bourdonnaient, le lac bordé de roselières clapotait doucement. Eemeli ne pouvait pas prendre part à l'essartage, son cœur malade le lui interdisait. Il sortit une gourde et offrit à Pärssinen une gorgée de bière de ménage bien fraîche.

L'expert observait étonné l'avancée rapide et efficace de la besogne : les arbres tombaient, le coutre puissant de la rigoleuse fendait le sol, les hommes posaient dans l'étroite et profonde tranchée un drain de planches qu'ils recouvraient aussitôt de terre.

Sur le front de l'essart, la forêt reculait, transformée en champs. Deux bœufs tiraient le soc désoucheur, extirpant de la tillite les estocs les mieux enracinés. Ils arrachaient sans plus de mal à l'étreinte solide de la terre des blocs de granit gros comme des barriques.

À l'arrière de la parcelle, on retournait le sol à l'aide d'une charrue à deux versoirs attelée à une paire de bœufs : des mottes de cinquante centimètres d'épaisseur s'élevaient pour retomber sur le flanc puis se coucher sur le dos, poussées par les oreilles de la charrue, ensevelissant sous elles brindilles et cailloux. Les laboureurs laissaient dans leur sillage des billons d'humus aérés et fertiles, prêts à être dès cet été hersés et plantés de céréales.

Eemeli Toropainen estimait que pour les labours, une paire de bœufs valait au moins un tracteur à quatre roues motrices. Ils n'avançaient certes pas à une allure vertigineuse, les billons se formaient à une vitesse de trois ou quatre kilomètres à l'heure, mais le résultat était garanti. Pas besoin de coûteux kérosène ni de pièces de rechange. Les moteurs à avoine ne calaient pas en plein travail même si le carburant venait à manquer, les bœufs tiraient stoïquement la charrue pendant des heures sans avoir besoin de faire le plein. Et quand il était temps de se ravitailler, ils trouvaient eux-mêmes leur pitance en bordure de l'essart et leur boisson dans les eaux limpides du lac.

Le chirurgien de campagne Seppo Sorjonen arriva à son tour. Il s'était muni de sa trousse à pharmacie et de son matériel d'arrêteur de sang. Lorsqu'on défriche, un accident est vite arrivé.

« Alors, monsieur l'expert ? Ce n'est pas du beau travail, ça ? » demanda Sorjonen à Jaritapio Pärssinen.

Ce dernier admit que des bœufs étaient plus adaptés à la besogne que les chevaux — et que les tracteurs, bien sûr, vu la conjoncture.

Le médecin vanta les mérites des bœufs. Il expliqua qu'un tracteur à quatre roues motrices coûtait cher, comparé à un attelage de bœufs à huit sabots. Ceux-ci n'avaient pas besoin de réparations, ils tombaient rarement en panne. Sorjonen, qui avait été chauffeur de taxi, savait à combien pouvaient s'élever les factures de garagiste. Quand les bœufs étaient malades, ils guérissaient en général tout seuls, mais même s'ils en mouraient, on pouvait toujours en tirer de la viande et de l'excellent saucisson. Un tracteur bon pour la casse n'était plus qu'une épave encombrante qui enlaidissait le paysage, alors que le bœuf fournissait du cuir et des os pour fabriquer des bottes et du savon.

Le chirurgien de campagne confia à l'expert agricole que les bœufs d'Ukonjärvi avaient chacun un nom, auquel ils répondaient.

« Le vieux taureau, là-bas, à la lisière de la forêt, attelé au désoucheur, a été baptisé Eemeli, expliqua-t-il en jetant un regard en coin à Toropainen. Il ne sert plus à rien comme reproducteur, c'est peut-être l'abattoir qui l'attend, à l'automne. »

Eemeli Toropainen ne fit aucun commentaire sur le sort de son homonyme, mais donna des explications :

« Nos méthodes ont peut-être l'air archaïques, à se croire revenu au XIXᵉ siècle. Mais il y a deux cents ans, les paysans étaient moins bien informés qu'aujourd'hui, il suffisait de quelques gelées nocturnes, pendant l'été, pour provoquer une famine. Nos aïeux ne savaient pas se prémunir contre les difficultés, ils mangeaient leur cheval et utilisaient leur surplus de céréales pour distiller de l'eau-de-vie. »

Le docteur Sorjonen fit remarquer qu'à condition de ne pas se montrer trop gloutons, les gens produisaient largement assez pour leur consommation et rien ne venait à manquer. Tout, au contraire, ne cessait de croître et se multiplier.

L'expert agricole répliqua qu'avec les méthodes des Ukonjärviens, le monde ne tarderait pas à se noyer dans la bouse de vache.

« C'est ce qu'on verra. »

C'était l'heure de la pause. On dételá les bœufs et on les mena paître. Les travailleurs se rassemblèrent dans la prairie au bord de l'eau. Les femmes étalèrent sur l'herbe des nappes de lin et servirent de la solide nourriture paysanne : poisson salé, porc en gelée, pain de seigle, pirojki, beurre, fromages. On alluma du feu et on fit chauffer du thé d'herbes. On déchargea un tonneau de bière fraîche d'un chariot afin de désaltérer les défricheurs. Quelques-uns des plus âgés s'octroyèrent un godet d'eau-de-vie.

L'expert agricole de la commune de Sotkamo mordit dans un pirojki tartiné d'œufs brouillés. Il prit une gorgée de bière, puis s'attaqua au porc en gelée. Il était affamé.

Après le repas, Toropainen lui demanda d'établir sur son ordinateur une comparaison entre les techniques de pointe et les bœufs.

Pärssinen expliqua qu'un tel calcul était impossible, car il ne disposait d'aucun chiffre récent… tous les tableaux et plans de production archivés dans la mémoire centrale de son ordinateur dataient de plusieurs années, ils étaient dépassés.

« Ça fait longtemps que l'Europe ne nous a pas envoyé de nouvelles directives », se plaignit-il.

De nombreux plans, même anciens, n'avaient d'ailleurs jamais été adaptés à la situation de crise de la Finlande. En pianotant sur son ordinateur, l'expert pouvait afficher des calendriers de vendanges et des conseils pour la production d'agrumes, mais rien de neuf sur l'indice de chute du seigle. Il avoua qu'il n'avait plus accès, depuis son ordinateur, aux centres de décision européens. Tout semblait y être sens dessus dessous. Lui-même ne savait plus trop où il en était. Il n'avait pas touché de salaire depuis six mois.

Mais comment donc s'en sortait-il, s'il n'était pas payé ?

« Eh bien, je fais la tournée des fermes pour distribuer des conseils et des formulaires. On me donne souvent à manger, parfois même de quoi en rapporter à la maison. Je m'accroche comme je peux, de toute façon, je ne vois pas ce que je pourrais faire d'autre. »

Eemeli Toropainen proposa à Pärssinen de rester travailler à Ukonjärvi, s'il traversait une si mauvaise passe.

L'expert accepta l'offre avec enthousiasme. Puis il demanda timidement :

« J'ai ma femme et ma mère à Sotkamo… est-ce qu'elles pourraient venir aussi ?

— Bien sûr, ce n'est pas la place qui manque, ici. »

Pärssinen résolut d'aller les chercher dès le lendemain. En échange de nourriture, il était prêt à retrousser ses manches.

25

En janvier de l'an de grâce 2007, il fit un froid de loup. Dans les villes, les gens grelottaient, sans chauffage — le mazout manquait, la distribution de gaz était interrompue depuis des années et l'électricité coûtait trop cher. La température, dans les pires moments, descendit à moins quarante degrés. Pas trace d'effet de serre cet hiver-là. À Ukonjärvi, on brûlait des bûches de bouleau sèches ; dans l'air immobile et glacé, les colonnes de fumée montaient des cheminées tels des cierges vers le ciel sans merci. Le gel faisait retentir l'église sylvestre de craquements. Sous l'effet du givre, sa cloche sonnait parfois toute seule, envoyant rouler au-dessus de la forêt gelée de métalliques échos fantômes. De chaleureuses flambées réchauffaient l'âtre des chalets en rondins. Il faisait parfois si froid que l'on rentrait les chiens pour dormir.

Par une nuit glaciale de la fin janvier, un voyageur enveloppé d'une cape noire vint frapper à la porte du presbytère. Il avait posé ses longs skis de chasse contre le mur, au haut du perron. L'obscurité de l'hiver était si profonde que l'éclat argenté des étoiles ne parvenait pas à la percer.

Dans la chambre du fond où elle dormait aux côtés d'Eemeli Toropainen, l'ex-chef du personnel du nettoyage ferroviaire Taina Korolainen se leva, alluma la lumière, passa un peignoir et alla ouvrir à l'inattendu visiteur nocturne.

L'arrivant était vêtu d'une houppelande de bure sur le devant de laquelle se balançait une croix. Il portait des bottes à bout recourbé, une chapka de fourrure rabattue sur les oreilles et des moufles en peau de chien. C'était un vieil homme, grand et maigre. Il avait les sourcils couverts de givre, la moustache gelée, le visage bleu de froid, et tremblait de tout son corps.

Eemeli Toropainen fit son entrée dans la salle, ranima les braises et ajouta dans la cheminée des bûches de bouleau sèches qui flambèrent aussitôt, rayonnant d'une agréable chaleur. Une servante ensommeillée se montra, posa une bouilloire à thé sur le fourneau et retourna se coucher.

Le vieillard s'empressa de s'approcher de la cheminée. Il se dégela les mains devant le feu et essuya le givre qui fondait sur son visage. Taina Korolainen lui posa une couverture sur les épaules. Eemeli alla chercher dans sa chambre une carafe où miroitait une eau-de-vie aux herbes à réveiller les morts. Il en versa un plein verre au pèlerin nocturne. Les mains tremblantes, celui-ci s'en saisit et le vida d'un trait dans son gosier. Taina lui servit une tasse de thé qu'il but avec reconnaissance. Bientôt le visage du vieillard reprit une couleur normale, il cessa de trembler et parvint à articuler quelques mots :

« Que la paix du Seigneur soit avec vous.

— Et avec votre esprit. Il fait un froid du diable.

— À qui le dites-vous. »

Après avoir éclusé un deuxième godet d'eau-de-vie, le visiteur s'écarta de l'âtre et serra la main de ses hôtes. Il demanda s'il était bien au presbytère d'Ukonjärvi.

« Je suis l'évêque du diocèse de Kuopio, Julius Ryteikköinen, se présenta-t-il.

— Et d'où venez-vous comme ça, à skis, monseigneur ? » s'enquit Eemeli Toropainen.

Ryteikköinen expliqua qu'il avait pris le chemin de fer de Kuopio à Kontiomäki. Le train était en retard, il n'était arrivé à la gare que dans l'après-midi. Avec ce froid, même les locomotives à vapeur avaient tendance à geler. Il n'en circulait plus d'électriques, de toute façon. L'évêque était venu en compagnie de l'assesseur jurisconsulte du chapitre du diocèse, Henriksson. Ils étaient partis à skis de Kontiomäki, à la tombée du soir, en direction d'Ukonjärvi. L'assesseur avait failli mourir de froid, il avait dû demander asile pour la nuit dans une ferme, à mi-chemin. L'évêque lui-même, confiant dans la Providence, avait poursuivi sa route et skié jusque tard dans la nuit, demandant son chemin à plusieurs reprises — dont la dernière à Kalmonmäki —, et était enfin arrivé à destination.

« Un homme de votre âge ne devrait pas se lancer dans d'aussi longs trajets à skis, compatit Taina Korolainen.

— Que faire d'autre ? On ne déneige plus les routes qu'après les pires blizzards, impossible de les emprunter en voiture. Sans compter que le diocèse ne verse plus depuis bien longtemps d'indemnités kilométriques, évêque ou pas, et qu'on ne trouve plus d'essence même au marché noir… bien obligé d'essayer de se déplacer par ses propres moyens.

— C'est ainsi que les apôtres voyageaient en leur temps, intervint Eemeli Toropainen.

— Mais pas à skis, quand même, pour autant que je sache », protesta Taina Korolainen.

Les hommes furent d'avis que s'il y avait eu de la neige en Palestine, les apôtres auraient sans doute appris à skier. Il est plus plaisant de glisser sur des planches que de patauger dans la poudreuse.

Eemeli Toropainen demanda à l'évêque ce qui l'amenait. Était-il en tournée pastorale ?

« Je suis venu consacrer votre église et votre cimetière. La conférence épiscopale a pris à l'automne dernier la décision de principe de dédier enfin à Dieu l'église d'Ukonjärvi. Je voulais venir tout de suite, mais mes calculs biliaires m'en ont empêché. J'ai dû me faire opérer.»

L'évêque sortit des replis de sa houppelande un flacon de verre dans lequel tintaient des sortes de cailloux. Eemeli Toropainen les examina à la lueur du feu de bois.

«Jolis calculs», constata Taina Korolainen.

Monseigneur Ryteikköinen rangea le flacon dans les profondeurs de son vêtement.

La conférence épiscopale avait noté que le temple d'Ukonjärvi attirait plus de fidèles qu'aucune autre église du diocèse. Avec un tel succès, l'Église évangélique luthérienne de Finlande ne pouvait pas ne pas l'accueillir dans son sein. L'évêque était donc venu régler la question. On pourrait ainsi fonder et reconnaître officiellement la paroisse d'Ukonjärvi.

«C'est que nous avons déjà une paroisse, et même un pasteur. Nous nous débrouillons très bien tout seuls, de ce point de vue, expliqua Eemeli Toropainen.

— Mais il ne s'agit que d'un aumônier militaire, une femme, en plus», répliqua Julius Ryteikköinen.

Toropainen fit remarquer que Tuirevi Hillikainen, qui était maintenant pasteure doyenne aux armées, avait consacré l'église et le cimetière. L'évêque aurait pu s'épargner une longue course à skis.

« Pas du tout, mon cher ! Le monde va mal, mais pas au point qu'une aumônière en rupture de ban puisse se permettre de bénir des églises ! »

La conversation était dans l'impasse. Vu l'heure tardive, Taina Korolainen suggéra d'aller dormir. Elle avait préparé un lit pour l'évêque dans la chambre d'amis. Après avoir vidé un dernier godet d'eau-de-vie aux herbes, monseigneur Ryteikköinen se retira. Il émit le souhait de discuter le lendemain de la consécration de l'église avec la pasteure aux armées.

« L'assesseur jurisconsulte Henriksson se chargera de rappeler à votre aumônière les principes liturgiques de la consécration, marmonna l'évêque. Si Dieu veut qu'il ne soit pas mort de froid dans ces sombres forêts. »

Au matin, Henriksson fit son apparition, amené en traîneau à cheval par quelqu'un de la ferme où il avait passé la nuit, à Tuhkakylä. L'assesseur rondouillard sortit de sa sacoche ventrue une liasse de documents qu'il étala sur la table de la salle.

On alla chercher Tuirevi Hillikainen. Quand elle apprit que l'on avait l'intention de consacrer à nouveau, soi-disant plus officiellement, l'église et le cimetière qu'elle avait depuis déjà longtemps dédiés à Dieu, la pasteure doyenne aux armées s'insurgea.

« L'Église de Finlande se réveille un peu tard, dans cette affaire. Les cérémonies religieuses nécessaires ont été accomplies. Je n'admets pas que l'on vienne encore donner à mon temple une quelconque onction. »

Il s'ensuivit une vive controverse théologique. Tuirevi Hillikainen se sentait profondément atteinte dans son honneur de femme et de pasteure doyenne aux armées par le refus de l'évêché et de la conférence épiscopale de reconnaître sa compétence et son autorité en matière religieuse. Eemeli Toropainen tenta de jouer les médiateurs, mais personne ne voulut écouter les arguments d'un laïc. L'assesseur tenta de prouver, en vertu de nombreux articles de la loi sur les cultes, que l'église d'Ukonjärvi devait être consacrée dans le respect des prescriptions en vigueur, de même que le cimetière. L'évêque souligna qu'il s'agissait d'une simple formalité. Il n'en demeurait pas moins que Tuirevi Hillikainen n'était pas mandatée par l'évêché, mais par la seule Fondation funéraire d'Asser Toropainen, et n'avait donc pas le droit, aux termes de la loi, de consacrer des églises. La fondation était certes licite en soi, et avait même acquis une puissance séculière considérable, mais elle n'avait pas pour autant le pouvoir de s'instituer en communauté religieuse autonome, et encore moins d'embaucher des prêtres pour exercer des activités sectaires. L'Église évangélique luthérienne de Finlande était jusqu'à nouvel ordre une instance hiérarchiquement supérieure à la Fondation funéraire, et donc plus agréable à Dieu.

La matinée se passa à ergoter et ratiociner, jusqu'à ce qu'Eemeli Toropainen se lasse de ces arguties. Il annonça à monseigneur Ryteikköinen qu'en ce qui le concernait, il pouvait bien consacrer dix fois l'église et le cimetière, si c'était là que le bât blessait.

« Qu'est-ce que ça peut bien faire, qu'on consacre une ou plusieurs fois l'église et le cimetière ? Dieu ne peut quand même pas s'offenser de trop de bénédictions, Tuirevi ? »

La pasteure doyenne aux armées explosa.

« Eemeli Toropainen, tu ferais mieux de t'occuper de ne pas toi-même offenser Dieu en refusant de faire bénir ton union, au lieu de te mêler de divergences d'opinion théologiques entre pasteurs et évêques. »

L'assesseur posa devant Toropainen quelques documents légalisant l'entrée de la paroisse d'Ukonjärvi dans le sein de l'Église de Finlande. Il les signa. Pris au dépourvu, il annonça dans la foulée que si ça ne dépendait que de lui, il était aussi prêt à faire bénir son union, pour peu que cela suffise à calmer la colère de Tuirevi Hillikainen.

La pasteure doyenne aux armées alla aussitôt chercher Taina Korolainen et la fit comparaître devant elle, en plein milieu de la salle, au côté d'Eemeli. Elle interrogea officiellement ce dernier :

« Devant Dieu tout-puissant et devant cette assemblée, je te le demande, Eemeli Toropainen : consens-tu à prendre pour épouse Taina Korolainen, à l'aimer et à lui rester fidèle pour le meilleur et pour le pire ? »

Eemeli ne put que consentir.

Taina était elle aussi d'accord. Il n'en fallait pas plus. Tuirevi Hillikainen déclara mari et femme le président de la Fondation funéraire Eemeli Toropainen et l'ex-chef du personnel du nettoyage ferroviaire Taina Korolainen. On rédigea un acte que signèrent en qualité de témoins l'évêque du diocèse de Kuopio Julius Ryteikköinen et l'assesseur jurisconsulte du chapitre du diocèse K. Henriksson.

On sonna le branle-bas. Il s'agissait maintenant d'improviser des noces. Taina battit le rappel des servantes et distribua les tâches. Tuirevi Hillikainen fit avertir l'organiste et le bedeau. Il fallait décorer l'église, lancer des invitations et tout le reste. Eemeli Toropainen alla chercher une carafe dans la cave à liqueur de sa chambre et s'octroya une bonne rasade d'eau-de-vie, après avoir servi l'évêque et l'assesseur.

« Vous ne perdez pas de temps, ici, quand vous

vous y mettez », se félicita monseigneur Ryteikköinen en levant son verre.

Par la fenêtre côté cour, ils virent que l'on sortait deux chevaux de l'écurie pour les atteler à des traîneaux. L'un partit au galop en direction de Kalmonmäki, sans doute pour y quérir l'ordonnatrice de banquets d'Ukonjärvi. La mariée en personne fouetta la croupe de l'autre coursier et prit la route du mont de l'Ogre. Eemeli supposa qu'elle allait y chercher de l'aide pour organiser la fête et inviterait sûrement aussi Henna.

On ne chôma pas. Dans la salle, l'ordonnatrice de banquets donna des ordres à ses assistants, le four à pain chauffait, cuisinières et servantes couraient d'une cave à l'autre. On fit rouler des tonneaux de bière, on passa commande au maître de chai de quantités de boisson plus importantes qu'à l'accoutumée. On recouvrit les tables de nappes de lin blanc. On apporta cuissots, jambons, rôtis, poissons et autres mets. On alluma des torchères dans la neige et on décora l'église.

L'évêque, derrière son verre d'eau-de-vie, observait toute cette agitation avec des yeux ronds. Il n'aurait pas cru possible de fêter les noces le jour même. Tout ce remue-ménage inquiétait un peu Eemeli Toropainen. Il vivait tranquillement en concubinage avec Taina Korolainen depuis déjà quinze ans, et voilà qu'il fallait du jour au lendemain abandonner cette confortable situation et organiser de grandes noces. Eemeli se retira avec l'évêque et l'assesseur dans la chambre du fond, où ils s'employèrent pour passer le temps à vider la carafe d'eau-de-vie.

À la tombée du soir, on vint les chercher. On les conduisit à l'église, où Tuirevi Hillikainen célébra un office d'action de grâces, sous le signe de la bénédiction nuptiale donnée un peu plus tôt. L'évêque prononça quelques pieuses paroles. L'organiste Severi Horttanainen fit mugir son instrument.

De l'église, les mariés se rendirent à pied, bras dessus, bras dessous, au banquet organisé au presbytère. Dans le froid mordant, les invités acclamèrent le couple qui avait enfin renoncé à vivre dans le péché pour entrer dans le saint état du mariage. Les yeux des femmes étaient embués de larmes. Avec de la patience, même le plus obstiné des mâles finlandais finit par se laisser conduire à l'autel.

La fête dura jusqu'au matin. À minuit, Taneli Heikura alla sonner la cloche de l'église. Tandis qu'elle carillonnait, les lueurs vertes et rouges de l'aurore boréale qui illuminait le septentrion constellé d'étoiles se mirent à vibrer et à danser. Loin dans la forêt, un vieil ours grognon se retourna dans sa tanière. Il avait la patte de derrière percluse de rhumatismes et, les nuits d'orage magnétique, la douleur le réveillait presque.

Ce n'est que fort tard que les Toropainen se glissèrent dans leur lit nuptial, dont la tête avait été décorée d'immortelles et de bouquets de canneberge. Un spitz ensommeillé se posta en sentinelle devant la porte de la chambre.

Au matin, on chargea dans un traîneau les skis et les sacs de l'assesseur et de l'évêque. Ce dernier était toujours d'excellente humeur. Pour le petit déjeuner, la maison nuptiale lui avait servi de la bière et une goutte de gnôle, et l'on avait glissé dans ses bagages, pour provisions de route, un jarret de porc et une gourde d'eau-de-vie aux herbes. On enveloppa les dignitaires ecclésiastiques de couvertures doublées de fourrure et on leur souhaita bon voyage. Sur le perron du presbytère, les Toropainen et la pasteure doyenne aux armées Tuirevi Hillikainen agitèrent la main en signe d'adieu.

Arrivé à Kalmonmäki, monseigneur Ryteikköinen s'aperçut soudain qu'il avait complètement oublié dans l'effervescence de la noce le but premier de sa visite, dédier à Dieu l'église et le cimetière.

« La consécration, nom d'un chien ! »

L'assesseur ensommeillé grogna de sous les couvertures qu'après tout Tuirevi Hillikainen y avait procédé, n'était-ce pas suffisant ? Il avait en outre dans sa sacoche les documents signés par Toropainen. Tout était légalement en ordre.

Ryteikköinen but à même sa gourde une gorgée

d'eau-de-vie glacée, referma d'un coup sec le bouchon et déclara d'un ton sans appel :

« L'évêque de Kuopio ne fait pas les choses à moitié. Qu'en penserait Dieu, si je ne consacrais pas cette église ! »

L'assesseur jurisconsulte ne pensait pas que le Seigneur puisse être mécontent de ne pas voir l'évêque retourner à Ukonjärvi, d'autant plus que l'eau-de-vie commençait à nouveau à lui monter à la tête, en ce lendemain de fête.

« Je n'ai pas l'intention de laisser une innocente église à la merci de la bénédiction d'une femme », décréta Ryteikköinen, et il ordonna au cocher de faire demi-tour.

À Ukonjärvi, on alla droit à la porte principale du temple. On aida l'évêque à descendre du traîneau et on l'accompagna à l'intérieur. Il s'appuya d'une main au chancel, brandit sa crosse de l'autre et déclara d'un ton qui se voulait solennel :

« Je consacre cette église ! Alléluia ! Amen ! »

Monseigneur Ryteikköinen ne considérait pas qu'une cérémonie plus élaborée soit nécessaire. On le conduisit ensuite au cimetière, où il répéta les mêmes paroles, prenant cette fois appui sur le muret de l'enclos paroissial. De retour dans le traîneau, il téta une grande goulée d'eau-de-vie de sa gourde, mais n'en proposa pas à l'assesseur jurisconsulte. Kontiomäki était encore loin, songeait-il, inutile de gaspiller le précieux liquide pour un tel galapiat. Il ordonna au cocher de faire claquer ses rênes sur la croupe de l'étalon, qui s'élança dans un galop d'enfer. L'écho des cantiques beuglés par l'évêque résonna dans l'air glacé tandis que le traîneau disparaissait au loin, dans un paysage enneigé à la beauté aussi pure que la maison de Dieu.

26

Eemeli Toropainen, qui avait maintenant les cheveux gris, était assis dans la salle de son nouveau manoir. Il avait devant lui un gros livre de comptes où étaient notés d'une main ferme toutes sortes de chiffres. L'année était indiquée sur la page de titre : 2010.

Le président de la Fondation funéraire venait de fêter ses soixante-deux ans. Pour son soixantième anniversaire, deux ans plus tôt, ses administrés d'Ukonjärvi lui avaient construit un manoir. Ce dernier se dressait sur la même rive du lac que le presbytère, un peu plus haut, dans la pinède de Niskakangas. Il était plus grand que l'ancienne maison d'Asser Toropainen. Les domestiques étaient logés à un bout, tandis que la partie la plus cossue était réservée au président de la Fondation funéraire et à son épouse Taina Toropainen, ex-chef du personnel du nettoyage ferroviaire. Celle-ci ne faisait plus depuis longtemps le ménage dans les trains, on ne les nettoyait de toute façon plus guère en Finlande. Elle avait bien assez à faire au manoir, pour tout tenir propre, et aidait Eemeli quand il parcourait la commune pour superviser le travail de chacun. Cardiaque comme il était, on ne le laissait pas s'éloigner seul de chez lui.

Le fils de Taina et d'Eemeli, Jussi, avait déjà dix-sept ans et se préparait à faire son service dans la compagnie de francs-tireurs d'Ukonjärvi. Il n'avait pas l'intention de s'acquitter de ses obligations militaires dans les rangs de l'armée finlandaise — on y risquait, en cas de guerre, d'être envoyé au front Dieu sait où, car le contingent national faisait partie des forces européennes. L'Union de l'Europe occidentale autorisait les appelés à faire leur service dans des groupes d'autodéfense locaux. Cette disposition avait été adoptée par l'UEO à l'initiative de la Suisse, et la compagnie de francs-tireurs d'Ukonjärvi faisait partie des milices éligibles à ce titre.

Eemeli Toropainen repoussa le livre de comptes et prit sur l'étagère l'inventaire des biens de la Fondation funéraire. C'était un cahier un peu écorné, on voyait qu'il avait beaucoup servi.

Le relevé était subdivisé en grands chapitres : Moulin. Forge. Fabrique de bardeaux. Scierie. Hameaux.

« Dans ton état, tu as encore l'intention de partir

en tournée d'inspection ? demanda Taina Toropainen, un peu inquiète.

— Il est toujours bon, au printemps, de voir un peu où en sont les choses. Il ne faudrait pas que le domaine périclite.

— Je viens avec toi. À l'automne dernier, déjà, tu as passé une semaine au lit, après t'être fatigué à faire seul tout le tour de la commune. On va atteler un cheval, cette fois, le poulain de Jussi, par exemple. »

Taina Toropainen prépara quelques sandwiches qu'elle rangea dans un havresac en écorce de bouleau. Elle y mit aussi du lard fumé, un pot de bière et une petite gourde d'eau-de-vie comme cordial.

La Fondation funéraire ne possédait pas d'auto, ni même de moto, mais il y avait à l'écurie plusieurs trotteurs. Severi Horttanainen avait fabriqué de coquets traîneaux de promenade et quelques cabriolets pour l'été. Pour Eemeli Toropainen, il avait construit une voiture légère à quatre roues. Il avait pris modèle, pour ce phaéton, sur une élégante chaise de poste française du XVIIIe siècle, avec des roues avant mobiles, deux fois plus petites que celles de derrière. Les sièges rembourrés étaient recouverts de peau de loutre. Une capote de cuir ouverte sur le devant protégeait les passagers, dont l'un pouvait servir de cocher. Dans le cas des Toropainen, c'était Taina qui tenait les rênes. C'est aussi elle qui attela le cheval à la voiture et y porta le havresac rempli de provisions.

On prit vers l'est par le chemin charretier conduisant aux Forges, un hameau d'Ukonjärvi qui n'existait que depuis une dizaine d'années. C'est là que s'était installé le forgeron de la Fondation funéraire, un Somalien noir comme la poix, ainsi que ses apprentis, eux aussi somaliens.

Dans la matinée printanière, la promenade était agréable. Les oiseaux chantaient, la route étroite montait en lacet à travers la pinède de Niskakangas, en direction du nord-est. Au sommet de la colline, les Toropainen firent une pause pour boire de la bière fraîche, assis sur le bas-côté. Il y avait une jolie vue sur le lac Ukonjärvi, à un kilomètre au sud-ouest : des eaux céruléennes, sans une ride, où se reflétaient des nuages de beau temps. À l'arrière-plan, sur l'autre rive, se dressait la belle église sylvestre, avec à ses pieds la rivière, le pont, puis de petits chalets rouges, le presbytère et son sauna au bord de l'eau, et, plus haut dans la pinède, une grande construction peinte en jaune — le nouveau manoir. Sur le lac naviguaient quelques barques, des senneurs s'activaient. Derrière eux, on pouvait voir une dizaine de maisons sang-de-bœuf, elles aussi récentes, ainsi que quelques étables et écuries. Le village d'Ukonjärvi s'offrait là comme sur une paume ouverte, autour d'un miroir bleu.

« Je me demande s'ils prendront quelque chose, par un aussi beau temps, dit Eemeli Toropainen en regardant les pêcheurs tirer leurs filets.

— On a toujours ramené du poisson, à la senne, fit remarquer Taina Toropainen en buvant une gorgée de bière à même le pot. Ne serait-ce que de petits lavarets. »

Ils poursuivirent leur route. Au bas de la colline, le chemin passait près d'un étang, la Grande Poissonnière. Malgré son nom, il faisait à peine trois cents mètres de long, mais peut-être l'avait-on appelé ainsi pour le différencier de la mare anonyme qu'il y avait à côté. À moins qu'il ne fût particulièrement poissonneux ? Sur la mare glissait un couple de cygnes, qui nidifiait déjà. À moins d'un kilomètre, on apercevait le lac de l'Ogre. Verte-Colline, sur les pentes du mont, était maintenant un gros hameau, avec des dizaines de chalets de rondins, et même quelques grandes maisons. On entendait des aboiements.

De la pointe sud du lac de l'Ogre, le chemin charretier obliquait droit vers l'est, dans le fond d'une vallée. Taina et Eemeli roulèrent en silence sur la route poussiéreuse pendant quelques kilomètres. Le paysage était si grandiose et paisible qu'ils n'éprouvaient pas le besoin de parler. Au pied du versant plutôt raide du mont Uura, ils firent une nouvelle pause et donnèrent à boire au cheval.

Eemeli Toropainen ôta ses bottes de cuir et rajusta les chiffons qu'il portait enroulés autour des pieds.

«Toujours avec ces chaussettes russes, grommela Taina Toropainen, alors que je te tricote de pleins paniers de bas de laine.»

Les jeunes des hameaux voisins avaient échafaudé sur les pentes du mont Uura un tremplin de ski en planches et en rondins. L'hiver précédent, on y avait établi un nouveau record de saut : 31 mètres. Severi Horttanainen avait lui aussi tenté sa chance — une folie pour un homme de son âge — et s'était brisé le tibia, en plus de casser ses skis.

«Severi a jeté ses béquilles aux orties la semaine dernière», fit remarquer Taina en passant devant le tremplin.

À un bon kilomètre du mont Uura, ils arrivèrent enfin aux Forges. Le hameau se trouvait au bord d'une rivière qui coulait à travers de vastes prairies naturelles et des bois touffus. Eemeli Toropainen avait jadis acheté ces terres pour une bouchée de pain à la coopérative forestière de Valtimo. On n'y avait pas fait de grandes coupes à blanc, en tout cas pour l'instant. Quelques dizaines d'hectares avaient été défrichés, on avait abattu de vieilles sapinières, brûlé les souches et semé du seigle d'été. On y avait ensuite fait pâturer des bêtes, avant de labourer la terre et de cultiver des champs, en lisière desquels se dressait maintenant le hameau. Une vingtaine de maisons et, au bord de l'eau, une forge d'où s'échappait un martèlement régulier. C'étaient les Somaliens qui y battaient le fer.

Les Toropainen arrivèrent à la forge vers midi. Ils laissèrent leur cheval à l'ombre derrière la remise. Un spitz les accueillit par des aboiements hargneux, mais quand il reconnut les visiteurs, il rentra tout honteux dans l'atelier pour les annoncer. Un grand Somalien à la peau noire salie de suie encore plus noire sortit sur le pas de la porte. Deux apprentis tout aussi noirs passèrent la tête derrière son épaule.

« Bonjour, Yoss. Que fabriques-tu, en ce moment ? » demanda Eemeli Toropainen au forgeron, de son vrai nom Yossif Nabulah. Un réfugié échoué en Finlande à la fin du siècle précédent.

« Bonjour, Taina et Emel.

— Bonjour, bonjour », firent les apprentis.

Le forgeron expliqua qu'il travaillait sur des patins de traîneau. On lui en avait commandé cinquante paires pour l'hiver prochain. Maintenant que les faucheuses et autres instruments d'été avaient été remis en état, il était temps de préparer la saison suivante.

Difficile de trouver meilleurs forgerons que les Somaliens, songea Eemeli Toropainen. Ils avaient appris à façonner le fer dans leur pays natal, et s'y

244

connaissaient aussi en dinanderie et en tôlerie. Leurs produits étaient d'excellente qualité, et ils ne se plaignaient pas de la chaleur du feu.

On alla dans l'atelier regarder les patins. Eemeli Toropainen en porta un dehors à la lumière du soleil afin de vérifier la régularité de sa courbe et d'éprouver sa solidité. L'objet avait été fabriqué à la main, mais semblait aussi parfait que s'il était sorti de la gueule d'un laminoir.

« Chez nous en Afrique, on ne forgeait pas trop de patins de traîneau, mais il est plutôt réussi, non ? » dit fièrement le forgeron. Eemeli en convint volontiers.

On parla ensuite du projet du Somalien de monter une fonderie. On ne trouvait plus nulle part de pièces détachées pour la batteuse et les autres machines agricoles ; il existait peut-être encore des fabricants de ce genre de matériel, mais personne n'avait les moyens d'en acheter, et la vente de pièces ne les intéressait pas. Depuis que l'on avait dû rationner le pétrole, à la fin du précédent millénaire, on ne produisait plus guère de machines.

Yossif Nabulah expliqua qu'il fallait une fonderie pour fabriquer des moules. Il était prêt à en construire une si la Fondation funéraire était d'accord. Il avait suffisamment d'apprentis pour faire tourner l'installation. Et il pourrait aussi former quelques Blancs au métier de fondeur.

Il fut convenu de lui payer la création de la fonderie au prix du marché : un quintal de viande de sanglier et vingt boisseaux de blé.

Eemeli Toropainen aborda la question de la construction d'une machine à vapeur. Il y avait déjà sur la rivière d'Ukonjärvi un barrage et une turbine, mais la centrale ne fournissait d'électricité qu'au centre du village, car elle faisait aussi tourner le moulin. Il fallait une machine à vapeur : l'été, elle alimenterait la batteuse et les autres machines agricoles, et au cœur de l'hiver elle produirait du courant à l'intention des hameaux plus éloignés.

Le forgeron pensait pouvoir réaliser en un an un premier modèle de machine à vapeur. On pourrait plus tard en faire d'autres, si nécessaire, et développer le concept.

L'affaire fut conclue. Taina Toropainen sortit la gourde d'eau-de-vie de son havresac. On trinqua. L'ex-chef du personnel du nettoyage ferroviaire but avec les autres, de même que les apprentis. Ceux-ci en profitèrent bientôt pour taper sur le couvercle d'un tonneau avec des pinces de forgeron et le plus jeune se mit à danser dans la cour.

C'est à cet instant que l'on vit arriver de la direction de Valtimo, courant à perdre haleine, une jeune attardée mentale qui devait avoir dans les dix-huit ans. Elle cria :

« New York s'est noyé dans la merde ! »

On croisait un peu partout dans les campagnes des malheureux comme elle, depuis que les hôpitaux psychiatriques avaient fermé, faute de personnel. Cette fille était originaire de Loimaa, à ce qu'on racontait, mais la faim l'avait poussée jusque dans le Kainuu. Elle avait sillonné les routes, brûlant le pavé, son baluchon sur l'épaule, jusqu'à ce qu'un jour, dans un bar à bière de Valtimo, quelqu'un lui indique le chemin d'Ukonjärvi, où, de notoriété publique, il y avait de la nourriture à revendre. Elle ne se déplaçait qu'au galop, toujours un peu penchée sur le côté — elle avait jadis fait de l'équitation. On l'entendait aussi souvent hennir.

La fille, que l'on surnommait l'Ange volant, arrivait de Valtimo et pensait y retourner le lendemain. Elle pouvait parcourir jusqu'à cent kilomètres par jour, elle aimait se dépenser, et on la laissait galoper en liberté. L'été, elle filait pieds nus, l'hiver chaussée de bottes en cuir souple. On lui donnait parfois des lettres à porter, et l'on tentait aussi de régler d'autres affaires par son intermédiaire. Les missives ne se perdaient que rarement, et elle s'acquittait en général plutôt bien des missions qu'on lui confiait. Mais l'Ange volant refusait de s'encombrer de poids qui auraient ralenti sa course. Une fois, on lui avait mis sur le dos un demi-quintal de beurre. Elle n'avait pas fait la moitié du chemin qu'elle en avait eu assez : elle avait mangé quelques kilos de son chargement et étalé le reste sur les pins bordant la route.

On proposa à l'Ange volant du pain et de la bière, mais pas d'eau-de-vie. On n'en donna d'ailleurs plus non plus aux apprentis forgerons. Taina Toropainen soupira :

« Pauvre petite. Je l'aurais bien prise au manoir, mais elle est incapable de rester en place plus d'une journée, elle se sauve dès qu'on tourne le dos.

— Comme toutes les femmes ont tendance à le faire », philosopha le Somalien que son épouse blanche avait quitté l'hiver précédent pour s'installer à Verte-Colline.

Taina et Eemeli reprirent leur phaéton. Les apprentis restèrent devant la forge à taper sur leur tonneau et à danser. L'Ange volant se trémoussa un moment avec eux, jusqu'à ce qu'elle se sente obligée de repartir. Elle s'élança en caracolant sur la route et disparut dans la direction du mont Uura, sa longue crinière de lin flottant au vent.

27

Dans l'après-midi, Eemeli et Taina se rendirent à Vieille-Frontière, un hameau construit sur
les anciennes terres de la coopérative forestière de
Valtimo, comme Les Forges. Autour de l'étang de
Vieille-Frontière se dressaient une vingtaine de
maisons, quelques étables, un poulailler et une
prison.

Cette dernière, qui comportait deux cellules et
un logement pour le gardien, avait été édifiée en
solides rondins, peu après le changement de millénaire. Elle se trouvait à l'extrémité nord de l'étang,
dans une sombre sapinière. Quand la voiture des
Toropainen, arrivée au bord de l'eau, tourna sur le
chemin conduisant à la prison, ils entendirent le
son mélancolique d'un saxophone.

L'établissement pénitentiaire était dirigé par le
colonel Arkadi Lebedev, lui aussi maintenant sexa-
génaire. Il avait dû renoncer depuis déjà plusieurs
années à son travail de bouvier, car il avait perdu

avec l'âge son sens de l'orientation. Lors du dernier été où il avait gardé le bétail, il avait égaré deux fois son troupeau de bœufs dans la forêt. Une bête s'était noyée dans un marais et on avait retrouvé le bouvier lui-même près de la frontière russe, à demi mort de faim, le saxophone plein de boue.

Le directeur de la prison, qui portait toujours son vieil uniforme de colonel, posa son saxophone sur le perron et se précipita pour accueillir le président de la Fondation funéraire et son épouse.

«Quelle surprise, chers amis! Entrez donc, je vais faire du thé!»

Le colonel conduisit le couple dans ses appartements. Ils se composaient de deux pièces, une salle avec coin cuisine et une chambre. L'endroit était bien tenu, il y avait des nappes de dentelle sur les tables et un samovar sur le fourneau. Lebedev l'apporta et disposa autour des assiettes de zakouski: concombre, choucroute, fromage, pain. On fit honneur au repas.

L'atmosphère chaleureuse du thé était un peu troublée par les coups violents qui ébranlaient à intervalles réguliers les madriers de la petite maison. Le colonel expliqua que la cellule des hommes se trouvait juste derrière le mur de la salle. Elle hébergeait actuellement un redoutable assassin, un fort à bras qui avait la manie de donner des coups de pied et de poing dans la cloison. Il avait pris cette habitude au fil de ses années de prison aux quatre coins du pays.

Eemeli Toropainen trouvait la situation un peu étrange. Il ne se rappelait pas avoir vu passer cette affaire devant le tribunal d'Ukonjärvi — où il siégeait depuis le début du millénaire. Comment était-il possible que l'on garde en détention dans sa prison un assassin dont il ne savait rien?

Le colonel expliqua que le cas ne valait pas la peine, à ses yeux, d'être signalé au manoir. Le criminel en question n'était en effet que de passage. Les francs-tireurs de Naukkarinen l'avaient arrêté sur la route du mont de l'Ogre. Il avait avoué s'être évadé de Kakola, la prison centrale de Turku. Son but était de filer discrètement à travers bois jusqu'à Sotkamo, sans faire de vagues, et de là plus au nord.

Le fugitif avait été conduit pour interrogatoire à la prison de Vieille-Frontière, où l'on avait appris qu'il s'était rendu coupable de meurtre en 2008 et n'avait purgé que deux ans de sa peine. Mais comme le crime n'avait pas été commis sur les terres de la Fondation funéraire, on avait considéré qu'il n'y avait pas lieu, juridiquement, d'exécuter à la prison de Vieille-Frontière la sentence prononcée, d'autant plus qu'un détenu aussi baraqué risquait d'induire des dépenses considérables pour une aussi petite commune.

«Il est grand et il a un appétit féroce», fit valoir

le colonel. On ne pouvait cependant pas, selon lui, relâcher sans autre forme de procès un criminel qui avait pris une vie humaine. En sa qualité de directeur de la prison, il avait donc décidé de mettre le lascar en cellule pour un mois — peine qu'il purgeait maintenant derrière la cloison. Cela faisait déjà trois semaines qu'il secouait les murs de sa geôle. Dans une semaine, on le ligoterait à une charrette et on le conduirait à Sotkamo, où le colonel avait l'intention de lui flanquer un sacré coup de pied au cul et de lui conseiller de se tenir à bonne distance du territoire d'Ukonjärvi.

Eemeli Toropainen approuva sans réserves cette décision administrative.

Le thé bu et les nouvelles échangées, on alla rendre visite au meurtrier. C'était effectivement un homme de grande taille, osseux, d'une quarantaine d'années. Quand on ouvrit la porte, il tenta de forcer le passage, mais recula après avoir tâté du poing du colonel.

Eemeli Toropainen demanda au détenu s'il avait été correctement traité à la prison de Vieille-Frontière. La nourriture était-elle bonne, la cellule confortable ?

Le criminel n'avait à se plaindre que d'une chose, être retenu prisonnier sans avoir été valablement jugé. Il relevait, protesta-t-il, du système pénitentiaire de l'État finlandais, et l'établissement privé de Vieille-Frontière n'avait donc aucun droit de restreindre sa liberté de mouvement. Il doutait en outre qu'un colonel d'origine russe soit habilité à prendre des décisions au nom de la république de Finlande. Sinon, la nourriture était correcte et abondante, ce n'était pas le problème. Rien à voir avec Kakola. Là-bas, tout était sale et sombre, les gardiens étaient si peu nombreux qu'ils laissaient les cellules sans surveillance pendant des journées entières. On y crevait littéralement de faim et beaucoup de détenus tombaient malades ou perdaient la raison. C'était à cause de ces souffrances qu'il avait décidé de s'évader. Le meurtrier éclata en sanglots.

Le colonel verrouilla le cachot.

« Pleurer ne le fera pas sortir », déclara-t-il avant d'ouvrir la porte de la cellule voisine.

Une détenue d'une trentaine d'années, les cheveux en désordre, était assise dans le coin le plus reculé de la pièce. La tête tournée vers le mur, elle se refusait à ouvrir la bouche. Elle avait été condamnée à dix jours de prison ferme par le tribunal du mont de l'Ogre, au lendemain du 1er Mai, pour calomnie et outrage aux bonnes mœurs. C'étaient les femmes du mont de l'Ogre et de Verte-Colline qui avaient porté plainte, lassées de ses incessants commérages et surtout de ses manœuvres pour attirer chez elle des hommes mariés, apparemment avec succès. On avait laissé à l'accusée le choix entre deux peines : rester une heure, trois dimanches de suite, exposée au pilori sur la colline de l'église d'Ukonjärvi, ou passer dix jours en cellule. Elle avait choisi la seconde solution. Elle était là depuis maintenant huit jours et serait libérée la semaine suivante.

Le colonel rapporta que les deux cellules étaient le plus souvent vides, même si au printemps dernier, après l'inauguration de la nouvelle distillerie, le cachot des hommes n'avait pas désempli de plusieurs jours. Sinon, c'était tranquille, et le directeur de la prison trouvait parfois le temps long.

« Heureusement que j'ai mon saxophone, j'en joue pour me distraire. Certains prisonniers aiment la musique, ils m'écoutent sans rien dire. »

La distillerie de la Fondation funéraire avait été construite à un kilomètre du hameau de Vieille-Frontière, dans les tourbières entourant l'étang de Rätsi. C'était un lieu écarté et inhabité, qui se prêtait donc bien à cette activité. Le bouillage de cru était toujours interdit dans la Finlande du troisième millénaire — allez savoir pourquoi — et la Fondation funéraire ne pouvait donc pas fabriquer son alcool au vu et au su de tous. La distillerie était dirigée par une veuve d'agriculteur de Valtimo, Tyyne Reinikainen. Elle était assistée de son fils adulte, Jalmari.

Eemeli et Taina allèrent dans l'après-midi inspecter l'établissement. C'était une petite construction en bois gris, au bord d'un étang aux eaux noires. À un bout se dressait une sorte de grand tipi de planches, qui abritait deux alambics, un de 60 litres et un de 20. On utilisait principalement comme matière première des excédents de grain, surtout du seigle d'été cultivé dans des brûlis de sapinières. Le plus grand des alambics servait à distiller de la vodka, le plus petit de l'eau-de-vie à laquelle on ajoutait des herbes aromatiques. Sa qualité en faisait une denrée d'exportation demandée : la Fondation funéraire en vendait jusqu'à Turku et Helsinki. La production annuelle se comptait en milliers de litres.

Inspecter la distillerie était une tâche agréable. La soirée se passa à goûter la production, comparer avec soin les différentes qualités, faire des projets afin de doter l'établissement d'un alambic supplémentaire qui servirait à fabriquer de l'eau-de-vie de bigarade, ou peut-être de la vodka au cumin. On verrait à l'usage.

Le fils de la bouilleuse de cru fit chauffer le sauna. Taina Toropainen se baigna dans l'étang. Dans la douceur du soir d'été, on en vint à parler des habitants de Vieille-Frontière. Tyyne Reinikainen demanda si l'assassin et la putain étaient toujours en cellule. Elle révéla aux Toropainen que la femme en question avait été la maîtresse du colonel, à l'époque où il gardait les troupeaux de bœufs d'Ukonjärvi. Elle avait été séduite par ce bouvier en uniforme qui jouait du saxophone. Plus tard, elle en avait eu assez du blues et l'avait quitté pour épouser un homme plus jeune.

«Elle doit l'avoir mauvaise, d'être enfermée sous la garde de son ex-fiancé», conclut la bouilleuse de cru.

Ragaillardis par leur rigoureux contrôle de qualité, Eemeli et Taina reprirent au grand galop le chemin de Vieille-Frontière. Se tenant par le cou, ils chantaient de joyeuses chansons à boire. Eemeli tenait les rênes. Les roues du phaéton soulevaient des nuages de poussière. Quel plaisir de rouler à folle allure dans le crépuscule sur les petits chemins de terre, sans avoir à craindre d'être arrêté pour conduite en état d'ivresse. D'ailleurs le cheval était à jeun.

De la prison s'échappaient de nostalgiques accents de saxophone. Le colonel, assis sur le perron devant la cellule des femmes, jouait le blues pour son ancienne égérie. Il gardait cependant soigneusement verrouillée la porte de la détenue.

Eemeli et Taina passèrent la nuit chez le directeur de la prison. Après leur inspection de la distillerie, ils se sentaient trop fatigués pour poursuivre leur voyage. Le colonel leur laissa le lit de sa chambre et s'installa lui-même dans la salle. Au matin, pour le petit déjeuner, il prépara du thé dans son samovar et fit des blinis.

Les Toropainen prirent la direction du mont de l'Ogre, où Eemeli inspecta la caserne de la compagnie de francs-tireurs. Sulo Naukkarinen, qui était maintenant adjudant-chef, organisa dans la cour du bâtiment un défilé en l'honneur du président de la Fondation funéraire. Après la parade, on visita les quartiers des soldats. Tout semblait en bon ordre. Pour finir, on assista derrière le mont de l'Ogre à un exercice de tir à munitions réelles de la section de mortiers légers.

À Verte-Colline, les Toropainen allèrent voir les plantations d'herbes aromatiques et la sécherie de champignons. Au printemps, on avait cueilli et traité par dessiccation près de deux cents kilos de gyromitres, se vanta l'énergique responsable de l'établissement, Sari Kovalainen, spécialiste de l'économie de cueillette respectueuse de l'environnement. Dans les pépinières, des arpents entiers de jeunes plants attendaient d'être repiqués. À la fin de la tournée, on servit aux visiteurs du thé d'herbes et des biscuits bio à faible teneur en calories.

De retour dans le phaéton, Eemeli Toropainen tira du lard fumé du havresac et s'en coupa une solide tranche qu'il mangea sur du pain. Il fit passer le tout d'une goulée d'eau-de-vie aux herbes. Il préférait les plantes aromatiques préparées de cette façon.

Il était temps de rentrer au manoir. Taina mena l'étalon sur le chemin d'Ukonjärvi. Ce dernier passait près d'un petit étang, le Chaudron de l'Ogre, niché dans un profond ravin du côté sud du mont, au milieu d'une épaisse forêt de feuillus, fraîche et ombreuse. Le cheval, qui descendait tranquillement la route en lacet menant dans les bois, eut soudain l'air inquiet. Effrayé par quelque chose, il partit nerveusement au trot, refusant d'obéir aux rênes. Eemeli était en train de ranger la gourde d'eau-de-vie dans le havresac quand il aperçut du coin de l'œil, sur le bas-côté, un ours à la fourrure grise. L'animal se dressa sur les pattes de derrière, la truffe vibrante, et flaira bruyamment l'odeur de l'étalon. Ce dernier s'emballa d'un coup et partit au triple galop sur le chemin sinueux, manquant à chaque virage de projeter Eemeli et Taina hors du phaéton qui tanguait sur deux roues.

Les flancs écumants, le cheval hors de lui dépassa la Grande Poissonnière et tourna vers Ukonjärvi. Heureusement, personne n'arrivait en face. L'attelage franchit le pont de la rivière dans un fracas d'enfer et termina sa course aveugle dans la cour du manoir, où Taina réussit à stopper l'étalon devant le mur de l'écurie. Il fallut plusieurs hommes pour

le calmer et le faire entrer dans son box, où il resta
à trembler.

Le cœur fragile d'Eemeli supportait mal ce genre
d'équipée. Les mains crispées sur la poitrine, le président de la Fondation funéraire s'assit sur le couvercle du puits. Il était livide. Taina et les servantes
le soutinrent jusqu'à son lit. Après lui avoir donné
une gorgée d'eau-de-vie, on lui plaça sous la langue
de l'extrait d'angélique. Puis on referma la porte de
sa chambre en lui ordonnant de dormir.

28

À peine Eemeli Toropainen était-il remis de sa dernière crise cardiaque qu'il reçut avec stupeur la confirmation de la destruction de New York. Comme l'Ange volant l'avait claironné peu de temps auparavant aux Forges, la puissante métropole s'était littéralement noyée sous les déchets.

On vit en effet arriver au manoir d'Ukonjärvi un Finlandais d'Amérique, John Matto, né Jussi Mättö, un chauffeur de taxi du Bronx âgé d'une cinquantaine d'années, qui poussait devant lui le fauteuil roulant de sa mère octogénaire, Eveliina Mättö. Ils avaient traversé l'Atlantique à bord d'un pétrolier désaffecté, des États-Unis à Rotterdam, puis avaient pris le train, via Tornio, pour Kontiomäki et Valtimo, d'où le fils avait convoyé sa mère jusqu'à Ukonjärvi.

Eveliina Mättö avait émigré en Amérique au précédent millénaire, dans les années 1950. Après avoir sillonné le continent de long en large, elle s'était fixée à New York. Eveliina avait d'abord été bonne à tout faire dans des familles bourgeoises, mais avait ensuite trouvé du travail dans l'hôtellerie, comme femme de chambre, avant de gravir peu à peu les échelons. Maintenant que New York n'existait plus, elle voulait être enterrée dans son pays natal et avait donc pris avec son fils le chemin du retour.

« Nous avons entendu parler de ce village pendant notre voyage, à Stockholm, on nous a dit qu'il y avait un cimetière gratuit. »

Eemeli Toropainen n'arrivait pas à croire que la ville la plus influente du monde ait pu être aussi facilement détruite. On n'en avait rien su, à Ukonjärvi. On avait juste entendu dire que New York s'était beaucoup étendu vers le nord et vers l'ouest.

Le chauffeur de taxi John Matto expliqua que les États-Unis cherchaient à cacher la vérité. La ville avait d'ailleurs réellement gagné du terrain. Elle avait même été entièrement déplacée, loin de son ancien site des îles de l'Hudson.

La catastrophe s'était enclenchée à la suite des folles réjouissances du changement de millénaire. À New York, on avait fait pour célébrer l'événement une fiesta de tous les diables. Le pavé s'était trouvé jonché de toutes sortes de déchets. On imagine sans mal ce que peuvent réussir à faire dix millions de fêtards ivres. Des casseurs en avaient profité pour piller les boutiques et les grands magasins, et plusieurs quartiers d'affaires avaient été incendiés. Quand les choses s'étaient un peu calmées, les employés des services de voirie s'étaient mis en grève parce que leurs salaires avaient été divisés par deux. Ç'avait été le début de la fin. Les rues s'étaient remplies d'ordures.

« Faire le taxi est devenu pénible, l'été suivant. Les embouteillages étaient monstrueux. Des montagnes d'ordures barraient le passage. Le trajet de Kennedy Airport à Manhattan pouvait prendre six heures, c'était désespérant. »

On avait réussi à coups de bulldozers à garder ouvertes quelques grandes artères telles que la 5e Avenue et la 42e Rue. Dans les voies adjacentes, on se contentait de niveler les tas de détritus et de les damer pour pouvoir passer dessus. On avait jeté des planches sur les sections les plus boueuses. Dès l'été 2000, la couche d'ordures dépassait un mètre d'épaisseur et, l'année suivante, elle atteignait le premier étage des immeubles. Les gens avaient dû abandonner les rez-de-chaussée, on avait condamné les portes inférieures des ascenseurs, ouvert des accès directs par les fenêtres ou creusé des tunnels dans les monceaux d'immondices pour pouvoir entrer dans les bâtiments.

La troisième année, les ordures s'entassaient jusqu'au deuxième étage, parfois même au-dessus, dans les zones les plus atteintes. Le niveau avait ensuite cessé de monter, pour la simple raison qu'il était devenu impossible d'habiter dans les immeubles ou d'y exercer la moindre activité commerciale. Dans les quartiers ensevelis sous les déchets, la majeure partie des bâtiments, y compris les gratte-ciel, se vidaient de leurs bureaux et de leurs logements. Les canalisations d'eau étaient bouchées, quand elles n'avaient pas éclaté sous l'effet du gel, les vitres étaient cassées, des trafiquants de drogue squattaient les immeubles, vite réduits à l'état de carcasses calcinées par les incendies qui ne tardaient pas à s'y déclarer. C'était déjà arrivé à Harlem à la fin du précédent millénaire, mais cette fois le centre-ville était touché par le même fléau.

Eveliina Mättö regrettait surtout la magnifique parade de Thanksgiving, qui avait d'abord dû être transférée avenue Franklin D. Roosevelt, puis totalement abandonnée, quand celle-ci s'était obstruée à son tour.

La circulation automobile était finalement devenue impossible. Le taxi de John Matto s'était embourbé, une nuit, au pied du pont de Brooklyn qu'il avait tenté d'atteindre par Park Row pour sortir de Manhattan. Le véhicule s'était enfoncé dans la fange jusqu'aux fenêtres, il avait été forcé de l'abandonner.

« De rage, j'ai laissé tourner le moteur. Les rues étaient pleines de voitures engluées, on essayait de les dégager, mais c'était désespéré. Il suffisait qu'une bagnole reste immobilisée ne serait-ce qu'une nuit, et il ne restait plus rien à sauver le lendemain, elle se retrouvait vandalisée et entourée d'autres épaves. Des milliers de limousines neuves ont sombré dans la merde. Les gens marchaient sur leurs toits, au risque de glisser. À cause de la gadoue, les New-Yorkais ont été obligés de s'acheter des bottes. Certains ont accaparé le marché, et elles ont vite coûté cent dollars la paire au marché noir — surtout les Nokia. »

À partir d'un certain stade de dégradation, plus rien n'avait pu arrêter la ruine. Le gaz et l'électricité avaient été coupés, le réseau d'eau était engorgé, les égouts n'évacuaient plus rien depuis longtemps. Dans certains gratte-ciel, les employés s'étaient installés à demeure sur leur lieu de travail, parce qu'il n'y avait tout simplement plus aucun moyen de circuler ; le coup le plus dur avait été la fermeture de certaines lignes de métro. Plusieurs rames s'étaient embourbées dans les tunnels, des gens erraient sous terre, beaucoup avaient disparu.

L'an passé, on avait évacué les dernières tours géantes : sièges de l'ONU et de General Motors, Empire State Building, centres Lincoln et Rockefeller. Beaucoup avaient brûlé comme des torches, des centaines de victimes avaient été réduites en cendres dans les brasiers.

Pis encore, de terribles épidémies avaient ravagé la ville. L'été, avec la canicule, les montagnes de déchets et les flaques de boue grouillaient de microbes, une puanteur insoutenable faisait fuir les habitants. Les rats et les nichées d'alligators aveugles qui avaient envahi les égouts de cet enfer immonde s'en donnaient à cœur joie. L'hiver, le froid mordant et la bise glacée s'engouffraient dans les rues sinistres de la grande ville en ruine, détruisant tout ce que l'homme avait jadis construit. Les célèbres théâtres de Broadway fermaient les uns après les autres, les artistes dansaient malgré la pneumonie, les concierges pelletaient la gadoue, crachant leurs poumons rongés par la légionellose. Le typhus faisait rage, les femmes accouchaient prématurément et les quelques bébés nés vivants mouraient en bas âge, le corps gonflé par la peste.

La censure interdisait aux journaux, aux radios et aux chaînes de télévision de révéler l'horrible vérité au monde. Y avait-il d'ailleurs encore quiconque pour en parler ? Les studios avaient brûlé, les lumières publicitaires s'étaient éteintes, les coyotes rôdaient dans Broadway, attaquant les derniers humains qui tenaient encore tant bien que mal sur leurs jambes.

Des gangs sans foi ni loi pillaient les dernières réserves de vivres et les grands magasins, incendiant un quartier après l'autre, tuant, avant de s'effondrer eux-mêmes sur le sol fangeux, fauchés par la maladie et par leurs propres excès.

Pompiers et policiers étaient impuissants. Les meilleurs éléments de la Garde nationale avaient été envoyés sauver la ville en perdition. Armés de bulldozers blindés, de pelleteuses, de lance-flammes et de pompes géantes, des milliers de combattants revêtus de combinaisons avaient reçu l'ordre de monter à l'assaut de Manhattan. Mais le roi Pourriture était un ennemi sans pitié : il refusait de reculer, noyant les machines, intoxiquant l'adversaire, répandant des épidémies et provoquant pour finir une panique sans nom. Si l'on parvenait quelque part à reconquérir un quartier, il s'allumait ailleurs de terribles incendies dont les fumées mortelles obligeaient les soldats à battre en retraite, laissant puissants blindés, pelleteuses et pompes sur le champ de bataille. Il avait fallu abandonner définitivement un bloc après l'autre. Des gens, restés pris au piège dans la ville moribonde, étaient grimpés sur les toitures en terrasse des gratte-ciel restants, d'où l'on avait tenté de les sauver par hélicoptère. D'innombrables New-Yorkais désespérés avaient été précipités du haut des immeubles dans la bousculade pour monter dans les trop peu nombreux hélicoptères de secours.

Six cents publicitaires américains s'étaient massés dans les salles de conférence des derniers étages du RCA Center pour un débat de synthèse. L'élite de la profession était en effet réunie afin de décider dans quelle ville poursuivre sa communication commerciale créative une fois que New York se serait définitivement effondré. Dans la Rainbow Room du 65ᵉ étage du bâtiment se trouvaient en même temps rassemblés pour un dîner d'adieu des centaines de journalistes de radio et de télévision travaillant dans ce même immeuble dans les studios de NBC. On leur avait annoncé que les étages inférieurs du gratte-ciel étaient en feu et que les issues étaient condamnées. Journalistes et publicitaires s'étaient battus pour accéder au toit, ils avaient l'habitude de la concurrence. Tous tentaient de se rapprocher des plates-formes d'hélicoptère, mais celles-ci débordaient déjà d'une foule de désespérés et les appareils ne parvenaient pas à se poser. La panique était à son comble. Reporters et créateurs de pub tombaient des hauteurs du RCA Center comme des prunes trop mûres de leur arbre à l'automne, dégringolant de la tour en flammes par dizaines, centaines. Pour finir, la gigantesque torche avait réduit en cendres les derniers hérauts de la civilisation occidentale, la voix de la radio s'était tue, les écrans de télévision s'étaient éteints, pas un seul concepteur de campagnes publicitaires n'avait survécu pour réjouir l'humanité de ses messages.

Les Mättö avaient été parmi les derniers à fuir la ville. John avait porté sa vieille mère dans ses bras, un vrai calvaire. Une nuit, en février, on avait évacué tout le Bronx, Manhattan avait été abandonné dès avant Noël. Les routes étaient impraticables jusque loin au nord, les autocars versaient dans les fossés, les trains déraillaient, les immeubles brûlaient, les sirènes hurlaient et la nuit noire n'était trouée que par les gyrophares des ambulances et des véhicules de police qui erraient de-ci de-là à l'aveuglette.

« On a perdu tout not'bien. Jusqu'à la bouilloire à café, qu'est restée là-bas. J'avions dû laisser mes photos d'communiante, mes perles, mes bijoux, tout », gémit Eveliina Mättö, qui était née en Carélie du Nord, à Valtimo.

La guerre n'aurait pas causé pire dévastation. L'aviation américaine avait dû bombarder la ville pendant deux semaines, à l'arme lourde, pour réussir à faire s'écrouler ses ruines fumantes dans la mer. Les gratte-ciel avaient achevé de s'effondrer, les tirs avaient détruit tout ce que le feu avait épargné, la houle avait nettoyé la côte souillée de suie. Des taillis d'épilobes et de saules avaient surgi de la boue et des cendres. Tout le centre de New York, ainsi que de vastes zones alentour, avait été interdit d'accès. On avait ceint la ville anéantie d'une haute clôture afin d'empêcher quiconque d'y pénétrer. La censure avait raconté au monde extérieur que l'on avait décidé de déplacer la métropole et expliqué qu'à cause des nuisances engendrées par une trop forte hausse de la population, il s'agissait de donner à celle-ci la possibilité de profiter de conditions écologiquement plus favorables. On avait barré les autoroutes et les lignes de métro menant à la cité abandonnée, et relié le reste au réseau englobant la nouvelle ville de Most New York qui s'était bientôt développée, loin de l'ancienne.

« J'avions jamais vu autant d'vautours, you know, se lamenta Eveliina Mättö. Doux Jésus, on aurait cru des nuages de moustiques, et dans l'journal y disaient qu'y en avait même qu'avaient été bagués au Dakota », ajouta-t-elle horrifiée.

29

Un vieil ours acariâtre avait élu domicile pour l'hiver dans les profondes sapinières des bords de la Tille, une rivière qui se jetait dans le lac Ukonjärvi à son extrémité sud. C'était le même animal qu'Eemeli Toropainen avait aperçu dans la vallée encaissée du Chaudron de l'Ogre.

On était au printemps de l'an 2014. Fin mai, à la fonte des neiges, l'ours fut tiré de son sommeil par de l'eau qui coulait dans son gîte. Il se retrouva le cul mouillé. Ce n'est pas le genre de réveil qui vous incite à mettre joyeusement le nez dehors, même à l'approche de l'été.

L'ours était si vieux qu'il ne parvenait plus à chasser les hôtes de la forêt — les lièvres s'enfuyaient à grands bonds, les poules des bois s'envolaient en le voyant arriver à cent mètres, les rennes sauvages filaient à la vitesse du vent dans les vastes tourbières. Il devait se contenter de piller les fourmilières et de rafler dans les marais des canneberges de l'année passée.

L'ours espérait cependant trouver mieux. Quand l'herbe commencerait à pousser, les hommes mèneraient pâturer leurs troupeaux et il pourrait alors saisir l'occasion de croquer un veau stupide ou un mouton affolé.

Le bétail d'Ukonjärvi fut justement lâché cette saison-là dans les riches pâturages forestiers de l'étang de la Tille. C'était maintenant la vieille Finlandaise d'Amérique Eveliina Mättö qui gardait les bêtes. Tout comme l'ancien bouvier, le colonel russe Arkadi Lebedev, elle aimait la musique, surtout américaine. Tandis que le colonel jouait aux bœufs des blues mélancoliques, Eveliina Mättö leur chantait des gospels new-yorkais. Le troupeau l'écoutait d'un air pénétré. Il avait l'expérience du blues, le son du gospel lui rappelait des souvenirs.

L'ours de la Tille, en revanche, n'appréciait guère la musique, ni quoi que ce soit d'autre. Il écoutait de mauvaise humeur le chant croassant de la vieille femme. Mais l'odeur alléchante des bœufs lui chatouillait les narines. Il s'approcha à pas feutrés pour observer le troupeau.

Une centaine de bêtes — grands taureaux, vaches et veaux — peuplaient la pâture. L'ours projetait de se saisir d'un bouvillon resté un peu à l'écart, mais il se méfiait de la vieille goualeuse. Il devait se débarrasser d'elle avant de s'en prendre à sa proie. Sus à l'ennemi, et pas de quartier ! décida-t-il.

Dans la forêt de la Tille, le combat fut sans pitié. L'ours se rua par-derrière à l'assaut de la vieillarde assise sur une souche, dans l'intention de la tuer sur le coup. Mais la bouvière sentit la menace, tourna la tête, cria, esquiva. L'animal la manqua, et fit aussitôt volte-face. L'octogénaire avait maintenant un couteau à la main. L'ours pensait ne faire qu'une bouchée de sa frêle adversaire, mais elle était coriace. La lame du couteau lui entailla la poitrine, le cou et la truffe. Furieux, il la jeta au sol et la malmena en tout sens, faisant trembler toute la colline. La forêt résonnait des cris de la vieille femme hurlant à pleins poumons sous les coups de griffes et de dents. Mais la lutte était inégale. L'ours eut le dessus, la malheureuse Eveliina rendit l'âme. La cruelle bataille de la Tille était terminée.

À Ukonjärvi, on avait pressenti le drame en voyant rentrer au galop à l'étable le troupeau affolé, la queue en trompette et les flancs crottés. On entendait dans la forêt les appels au secours faiblissants de la vieille bouvière, ponctués de grognements sauvages. On envoya d'urgence à la Tille une patrouille de francs-tireurs. Elle ne put que constater les faits : le corps disloqué d'Eveliina gisait au pied d'un sapin. Aucun doute sur le responsable du carnage, c'était l'œuvre d'un ours.

On mobilisa la compagnie de francs-tireurs au grand complet pour donner la chasse au coupable.

On distribua des fusils aux civils. Le vengeur le plus déterminé était bien sûr le fils unique de la victime, John Matto. On lança les chiens sur la piste de l'ours. La pasteure doyenne aux armées Tuirevi Hillikainen bénit les armes de l'expédition punitive et pria le Seigneur pour qu'elle soit fructueuse.

Traquer un ours en forêt en plein été est une mission presque impossible. Plusieurs jours de suite, la centaine d'hommes sur le pied de guerre revinrent bredouilles et fatigués.

On enterra la vieille bouvière dans le cimetière d'Ukonjärvi, dont elle fut le premier défunt proclamé mort pour la patrie. On plaça sur sa tombe un rocher brut, gros d'un mètre cube environ, sur le flanc duquel le forgeron somalien riva une plaque de cuivre. On y avait gravé ces mots : « À Eveliina Mättö, morte au champ d'honneur, la commune d'Ukonjärvi reconnaissante. »

On disposa des charognes derrière le mont de l'Ogre, dans l'espoir d'attirer l'ours. Les chasseurs quadrillaient sans relâche les forêts. On ne prit même pas le temps de fêter la Saint-Jean. Les villageois se réunirent brièvement autour d'un feu dans la soirée, mais dès le lendemain on reprit la traque du tueur.

Enfin, dans la semaine qui suivit le solstice, la poursuite obstinée donna des résultats. L'ours meurtrier trouva la mort au mont Ruma, à trois kilomètres environ au nord du lac de l'Ogre, touché à la poitrine par un tir de John Matto, le fils de la défunte, sur lequel il tentait de se jeter.

Deux hommes portèrent la dépouille jusqu'à Ukonjärvi, les pattes liées à une perche. Eemeli Toropainen décida d'organiser un grand banquet. Il y avait lieu de fêter plus que d'habitude le succès de la chasse, ne fût-ce qu'en mémoire d'Eveliina Mättö. On passa une grosse commande à la distillerie de l'étang de Rätsi.

Le chirurgien de campagne Seppo Sorjonen, qui avait étudié la mythologie finnoise, suggéra de prendre exemple sur la coutume ancestrale du festin de l'ours. Qu'à cela ne tienne.

On dressa sur le plus haut sommet du mont de l'Ogre une table de banquet de cent mètres de long, orientée nord-sud. On apporta le crâne de l'animal assassin, posé sur un plat. Les chasseurs et les autres convives prirent place. On leur servit de la soupe aux pois, agrémentée de viande d'ours.

On but de grandes quantités de bière et d'eau-de-vie. Beaucoup prisèrent de la poudre d'amanite tue-mouche, qui rend comme fou. On fit ripaille toute la journée. Le soir venu, on arracha les dents du crâne de l'ours. La plus grande fut offerte à l'auteur du tir mortel, John Matto, qui s'en fit un collier.

Tard dans la nuit, les banqueteurs formèrent un cortège qui partit en chantant porter le crâne à l'étang de la Tille, là où l'ours avait tué la vieille Eveliina. Sur le lieu du massacre, on ébrancha un grand pin et l'on plaça le trophée à sa cime, orbites tournées vers le nord.

On adressa quelques prières à Hongotar, mère des ours, et on baptisa l'endroit du nom de son séjour mythique, Romentola. Rien n'aurait pu mieux convenir à ce sombre lieu.

Le jour suivant se passa aussi en libations. À la tombée de la nuit, on porta les os de l'ours dans sa tanière, que les chiens avaient trouvée dans les sapinières de la Tille. On pensait qu'aucun de ses congénères ne viendrait ainsi s'y installer et que le bétail pourrait à l'avenir paître en paix. L'antre était effrayant et dégageait une puanteur atroce.

On festoya encore un troisième jour. L'obscurité venue, on constata que le crâne de l'ours avait pris place dans le ciel parmi les étoiles, au bout de l'arc d'Orion. Satisfaits, les convives roulèrent sous la table de banquet.

Au matin du quatrième jour, l'Ange volant grimpa en courant au sommet du mont de l'Ogre. La pauvre simplette était dans tous ses états. Elle tenta de réveiller les banqueteurs, elle avait une terrible nouvelle :

« La Troisième Guerre mondiale a éclaté ! »

Aucune réaction. Les Ukonjärviens ronflaient dans la bruyère sur la colline du festin de l'ours, indifférents au sort de la planète. Du pied d'un buisson de genévrier, Eemeli Toropainen leva la tête. Il regarda d'un œil vitreux la jeune fille essoufflée.

« La Troisième Guerre mondiale ? Allons bon… »

On était le 28 juin. Cent ans plus tôt, l'archiduc François-Ferdinand et son épouse étaient assassinés à Sarajevo. La belle affaire.

30

C'était la gueule de bois du millénaire. Tout Ukonjärvi gisait à demi mort sur la colline du banquet. Le désastre atteignait une telle ampleur que même la pasteure doyenne aux armées Tuirevi Hillikainen dégobillait tripes et boyaux. Eemeli Toropainen gisait à l'ombre d'un genévrier. Son front était baigné de sueur, son cœur battait la breloque, il avait l'impression qu'une griffe haineuse tentait d'arracher son âme à son corps. Le message de l'Ange volant était au diapason de l'ambiance générale. Le déclenchement de la Troisième Guerre mondiale parachevait en quelque sorte le lendemain de cuite des convives du festin de l'ours.

Mais rien n'est éternel dans ce monde, pas même le mal de tête. Le commandant de la compagnie de francs-tireurs, l'adjudant-chef Sulo Naukkarinen, maintenant presque septuagénaire, entreprit de se renseigner sur le conflit. On mit la main sur une vieille radio à ondes courtes sur laquelle on chercha des stations étrangères. La nouvelle apportée par l'Ange volant semblait être exacte, à en juger par la vigueur de la propagande de guerre déversée dans l'éther. Dans toutes les langues, les communiqués fusaient, et des hymnes aux accents martiaux vrillaient les oreilles des auditeurs. Il ressortait de cette cacophonie que l'on avait enfin réussi à fusionner les différents conflits locaux qui enflammaient la planète. L'on pouvait donc à juste titre parler de Troisième Guerre mondiale. Même la radio nationale finlandaise diffusait le *Chant de marche* de Sillanpää, entrecoupé de consignes relatives à la protection de la population civile. La transmission était brouillée par un bruit de tronçonneuse dû à des parasites. L'ennemi, sur d'autres continents, sciait les branches de l'information militaire.

L'Europe étant en guerre, et la Finlande avec elle, Naukkarinen proclama l'état d'urgence à Ukonjärvi. En pratique, il s'agissait de renforcer la surveillance des frontières de la commune, de constituer des réserves de vivres et de convoquer pour des manœuvres supplémentaires les plus jeunes classes d'âge de la réserve de la compagnie de francs-tireurs. Arkadi Lebedev et ses camarades furent internés dans la prison dirigée par le colonel lui-même. L'organiste Severi Horttanainen, qui, vu son âge, faisait partie de la disponibilité, fut envoyé à Kajaani afin de se renseigner sur la manière dont l'armée finlandaise accueillait la Troisième Guerre mondiale. Par où l'ennemi risquait-il cette fois d'attaquer? Le pays avait-il l'intention de se battre, et avec quels moyens? Où porterait-on l'offensive, si cette solution était à l'ordre du jour?

Horttanainen était un vieillard encore vert, malgré ses soixante-dix-sept ans. Quand il revint de Kajaani, deux jours plus tard, il rapporta que la brigade du Kainuu avait été envoyée «quelque part». Le lieu en question était un secret militaire, mais il devait se trouver vers le sud, sur les grands théâtres d'opérations du continent. Peut-être la brigade avait-elle été dépêchée en Pologne, supposait Horttanainen, voire dans les Alpes ou les Balkans. C'était ce qui se murmurait à Kajaani. La défense de l'Europe risquait de conduire les soldats finlandais aux confins de son territoire.

En ville, l'inquiétude régnait. On ne trouvait plus de denrées alimentaires dans les magasins, tout avait été accaparé. Des gens avaient demandé à Horttanainen s'ils pourraient trouver asile à Ukonjärvi, au cas où Kajaani serait bombardée et connaîtrait la famine. L'organiste avait répondu que la commune ne pouvait pas accueillir de réfugiés de guerre, elle devait d'abord penser à nourrir sa propre population.

La brigade du Kainuu avait laissé derrière elle un bataillon de gardes-frontières. Leur chef, le major

Rokkanen, avait chargé Horttanainen de transmettre des ordres à la compagnie de francs-tireurs d'Ukonjärvi : celle-ci se trouvait désormais placée sous le haut commandement du major et devait établir un poste avancé à la frontière orientale, dans la forêt entre Kuhmo et Nurmes. Les soldats de Naukkarinen avaient pour mission de bâtir des fortifications de campagne afin de protéger le territoire national et d'envoyer des rapports au bataillon de gardes-frontières de Kajaani en cas d'activités militaires dans leur zone d'intervention.

Compte tenu de l'âge avancé de l'adjudant-chef Sulo Naukkarinen, Eemeli Toropainen le remplaça à la tête de la compagnie de francs-tireurs par le chef de la police rurale d'Ukonjärvi Taneli Heikura, qu'il éleva par la même occasion du grade de sous-lieutenant à celui de lieutenant. L'ancien expert agricole Jaritapio Pärssinen se vit confier le commandement de la police. Le chirurgien de campagne Seppo Sorjonen fut nommé chirurgien militaire. Côté religieux, Tuirevi Hillikainen était déjà depuis longtemps pasteure doyenne aux armées.

L'avant-poste fut construit au bord du lac Muje, au pied du mont Murto. C'était à plus de 70 kilomètres de la caserne de Kalmonmäki, et à près d'une vingtaine de la frontière russe. Nurmes était à 30 kilomètres, Kuhmo à 40.

On entreprit immédiatement de fortifier la position, qui devait servir de base à un détachement de francs-tireurs. On y aménagea deux abris, destinés chacun à une demi-section, reliés par une tranchée. On creusa aussi sur les pentes du mont Murto un boyau de communication et une écurie pour deux chevaux, ainsi que des magasins. Fin juillet 2014, alors que la Troisième Guerre mondiale durait depuis un mois, l'avant-poste put accueillir sa première garnison.

La situation militaire était calme : les francs-tireurs patrouillaient dans les forêts entre Kuhmo et Nurmes. Ils arrêtèrent quelques Russes fuyant vers l'ouest, qu'ils expédièrent à Kajaani. Pour le reste, la zone était paisible. Si la guerre mondiale se poursuivait de la sorte, personne ne s'en plaindrait. Rien de plus agréable que de mener une vie saine en plein air, au bord du poissonneux lac Muje, entrecoupée de permissions à Ukonjärvi !

Ce ne fut qu'à l'automne, alors que les lacs étaient déjà gelés et que les premières neiges recouvraient le sol, que l'on eut un premier aperçu des réalités de la grande guerre. On avait construit dans la tour lanterne de l'église sylvestre d'Ukonjärvi une plate-forme de bois dédiée à la surveillance antiaérienne. On employait comme guetteurs des femmes et des vieillards, car les jeunes gens en âge de porter les armes étaient tous à l'instruction ou affectés à l'avant-poste.

Le silence de la nuit de novembre fut brisé par le hurlement des réacteurs d'un gros-porteur. Le bruit avait quelque chose d'apocalyptique, car aucun appareil commercial ne volait plus depuis des années dans le ciel finlandais, à cause de la pénurie de carburant, et il ne s'agissait pas cette fois d'un petit avion de chasse comme on en voyait quand même parfois en ces temps de guerre. C'était l'adjudant-chef en retraite Sulo Naukkarinen qui était de garde dans la tour. Il sonna le tocsin. Les gens sortirent en courant de chez eux pour voir arriver, glacés d'effroi, un bombardier lourd quadrimoteur venant du sud. Trois parachutes se détachèrent de l'appareil. Le premier atterrit sur la glace du lac, les deux autres quelque part du côté de la Tille. L'un d'eux resta accroché à la cime d'un grand pin. L'avion militaire volait très bas, faisant un tel boucan que les villageois se baissèrent instinctivement quand il passa au-dessus de leurs têtes. Naukkarinen le visa de son pistolet, mais sans résultat visible.

Après avoir survolé Ukonjärvi, le gros-porteur disparut derrière la forêt, le bruit s'éloigna. Quelques instants plus tard, on entendit un lointain fracas. Un éclair de lumière jaillit à l'horizon, au nord. Le bombardier s'était écrasé.

Les francs-tireurs partirent ratisser les forêts entourant le lac. Peu avant l'aube, ils trouvèrent trois aviateurs, transis de froid. Deux d'entre eux, dissimulés dans les broussailles de la berge, se rendirent sans résister ; le troisième était coincé au sommet d'un pin, dans la forêt de la Tille. Le parachute du malheureux était si bien emmêlé dans les hautes branches qu'il fallut plus d'une heure pour réussir à le descendre de là. Il implorait le secours d'Allah d'une voix monocorde, tel un muezzin dans son minaret appelant à la prière. Dans les bois du Kainuu, la scène avait quelque chose d'exotique.

Quand on regarda les envahisseurs de plus près, à la lumière du jour, on vit qu'ils avaient la peau sombre et les cheveux frisés. À en juger par leur apparence, ils ne venaient sans doute pas d'un pays très proche et leur langue était inconnue des Ukonjärviens. Quand on eut fait venir quelqu'un parlant anglais, on comprit qu'ils étaient arabes. Originaires du Proche-Orient.

Les trois hommes déclinèrent leur grade et leur unité et produisirent leur livret militaire, dont l'écriture était si tarabiscotée que l'on n'y comprit rien. Ils affirmèrent ne vouloir de mal à personne, ni gens ni bêtes, et demandèrent à être traités de manière civilisée.

Au cours des interrogatoires, les aviateurs expliquèrent avoir décollé de chez eux quelques heures plus tôt en direction de l'Afrique, où ils avaient l'ordre de larguer une bombe H. Ils fournirent même les coordonnées de leur objectif. On leur révéla qu'ils ne se trouvaient pas à Madagascar, comme l'indiquait leur feuille de route, mais dans le Kainuu. Ils manifestèrent leur stupeur. En cours de vol, ils avaient certes eu quelques divergences de vues sur le cap à tenir, mais personne ne s'attendait à un tel écart. Après avoir atterri en parachute, à l'aube, dans la glace et la neige d'une forêt hostile, ils avaient pourtant commencé à se demander s'ils n'avaient pas malgré tout commis une erreur de navigation.

Eemeli Toropainen n'arrivait pas à se décider : fallait-il considérer les Arabes comme des amis ou des ennemis d'Ukonjärvi ? Dans le doute, on leur confisqua leurs armes et on les transféra, après les avoir nourris, à la prison de Vieille-Frontière. Les Russes qui occupaient les cellules furent mis aux arrêts domiciliaires, car ils s'étaient montrés loyaux depuis le début de la guerre mondiale, et il n'y avait pas de place dans les geôles pour eux et les aviateurs.

Dans l'après-midi, on retrouva aussi le bombardier. Après avoir survolé Ukonjärvi, il avait poursuivi sa route sur une dizaine de kilomètres et gisait à présent à la Trouvaille. Le ventre de l'appareil avait labouré l'étang de bout en bout, sur un kilomètre de long, réduisant la glace en miettes, avant de terminer sa course sur la berge nord-ouest. Les nombreux poissons morts qui flottaient parmi les débris témoignaient de la violence de l'atterrissage.

Une colonne de fumée montait du bombardier échoué dans la forêt au bord de l'étang de la Trouvaille. C'était un quadrimoteur Iliouchine datant du tournant du millénaire. Dans ses entrailles, on découvrit les corps de deux membres d'équipage. L'appareil avait une aile cassée et le fuselage en partie vrillé. On isola la zone, car on savait que les soutes contenaient une bombe H, peut-être même plusieurs. Si la charge nucléaire explosait, on pourrait dire adieu à toute la commune d'Ukonjärvi.

Le calme de la région ne fut pas autrement troublé par la Troisième Guerre mondiale, sur laquelle il filtrait cependant des informations en tout genre. Un envoi témoignant du conflit arriva même par chemin de fer. Le chef de gare de Valtimo fit savoir qu'un important colis contenant du matériel militaire secret était arrivé de France à l'intention de la compagnie de francs-tireurs d'Ukonjärvi.

On attela un cheval pour aller chercher le paquet à la gare et le déposer à la caserne de Kalmonmäki. Il mesurait environ 60 centimètres de long, 50 de large et 20 de haut. C'était une caisse en bois, du genre de celles qui servaient à expédier des fruits. Elle pesait plus de 30 kilos. On ouvrit avec précaution le couvercle. À l'intérieur, il y avait de curieuses plaques noires de deux millimètres d'épaisseur, de la taille d'un billet de banque. Elles étaient emballées serré dans du plastique à bulles et brillaient d'une lueur étrange. Personne ne savait à quoi elles pouvaient servir, pas même le spécialiste de l'ingénierie, le forgeron somalien Yossif Nabulah. Il y avait un mode d'emploi en français, écrit en petits caractères. Incompréhensible. Difficile de savoir ce qu'il fallait faire de ces mystérieuses plaquettes. On se dit qu'il devait y avoir eu une erreur, on n'avait aucun besoin de produits de ce style. L'adresse indiquée sur le colis était pourtant sans ambiguïté : Compagnie de francs-tireurs d'Ukonjärvi, Kainuu, Finlande.

31

On entoura d'une clôture la zone où l'Iliouchine arabe était tombé, à la Trouvaille, et on y posta des sentinelles. L'épave émettait une légère radioactivité, que l'on mesura à l'aide d'un vieux compteur datant de Tchernobyl. Elle semblait heureusement trop faible pour être dangereuse. On se garda bien d'informer les autorités du crash. Inutile que des enquêteurs viennent fourrer leur nez partout. L'indépendance d'Ukonjärvi aurait pu en souffrir, on préférait éviter les questions indiscrètes. L'incident fut donc considéré comme relevant des affaires intérieures de la commune.

Le forgeron somalien Yossif Nabulah entreprit de prélever sur le bombardier toutes les pièces qui lui paraissaient utiles. Les métaux spéciaux pouvaient servir à fabriquer des pièces pour les machines agricoles ; la tôle d'aluminium, par exemple, était parfaite pour les cribles de batteuse. Il emporta aussi le dispositif de mise à feu de la bombe H et se plongea dans l'étude de manuels de physique nucléaire.

La glace de l'étang de la Trouvaille se reforma, la neige recouvrit l'appareil militaire. Par grand froid, une légère vapeur s'élevait au-dessus du berceau de la bombe H : elle était intacte et pleine de vie. Les sentinelles l'observaient à la jumelle, se demandant ce qui arriverait si elle explosait sans prévenir. Ce serait une fin de mission brutale.

Yossif Nabulah soumit à Eemeli Toropainen un audacieux projet de transport de la charge nucléaire vers un endroit plus sûr. Il suggérait de retirer avec précaution la bombe H de l'épave et de la hisser à l'aide de palans sur un solide traîneau à châssis mobile, spécialement construit à cet effet. On y attellerait deux paires de bœufs afin d'emmener l'arme de destruction massive loin de l'étang de la Trouvaille. L'adjudant-chef en retraite Sulo Naukkarinen proposa de convoyer ainsi la bombe à travers les forêts, loin vers l'est, jusqu'à l'avant-poste du mont Murto. La zone était inhabitée et les francs-tireurs pourraient surveiller l'engin, en sus de leurs habituelles missions de patrouille. Il n'était pas impossible que l'on doive un jour utiliser l'arme nucléaire dans le cadre d'opérations militaires de grande envergure pour lesquelles le matériel courant de l'infanterie ne suffirait pas. On pourrait transporter en secret l'arme de l'Apocalypse derrière les lignes de front et la mettre à feu, aussi loin que possible en territoire ennemi. Quant à savoir qui déclencherait la charge, il faudrait y réfléchir le moment venu.

Le président de la Fondation funéraire Eemeli Toropainen réfléchit à ces propositions. Si la bombe explosait à l'étang de la Trouvaille, elle suffirait à détruire toute la commune d'Ukonjärvi, ses habitants et son église. Mieux valait se débarrasser de la charge nucléaire ou du moins l'éloigner. Il approuva le projet et confia au forgeron somalien la direction des opérations.

Début janvier, on acheva la construction d'un solide traîneau à grumes équipé de patins de six pouces de large et d'un châssis mobile en rondins de pin. Quatre bœufs le tirèrent jusqu'à l'étang de la Trouvaille, où la bombe avait été extraite de l'épave à l'aide de palans. L'arme de destruction se présentait sous la forme d'un cylindre d'un peu moins de 3 mètres de long et de 50 centimètres de diamètre, dont le forgeron évaluait le poids à environ 2,2 tonnes. On l'installa dans la caisse qui l'attendait sur le châssis, avec toutes les précautions nécessaires, bien que Yossif Nabulah n'eût jamais entendu parler d'explosions déclenchées par la seule manipulation de charges nucléaires. Mais on n'en avait sans doute jamais transporté en traîneau, mieux valait donc se méfier.

Le mont Murto se trouvait à 70 kilomètres à vol d'oiseau. Les bœufs n'étant pas des oiseaux, le trajet fut plus long, car il fallait tenir compte des accidents de terrain. Les francs-tireurs skiaient devant, ouvrant la voie à l'attelage. Le convoi progressait lentement mais sûrement. Derrière la bombe venait un cheval tirant un traîneau chargé de fourrage pour les bœufs. La vitesse était raisonnable, deux kilomètres à l'heure. On prenait soin de ne pas secouer le dangereux fardeau.

Le transport de la bombe H de l'étang de la Trouvaille au mont Murto prit une semaine entière. À mi-chemin, on remplaça l'attelage : on amena d'Ukonjärvi quatre bœufs pleins de vigueur et l'on ramena les précédents à l'étable, où ils purent se reposer tout le reste de l'hiver de leur dur effort.

Le passage de relais se fit sur un chemin vicinal, près du mont Ruoste, à une vingtaine de kilomètres au nord-ouest de Valtimo. C'était Severi Horttanainen qui avait pris les rênes, assis sur la caisse de la bombe. Eemeli Toropainen et Yossif Nabulah marchaient derrière le traîneau. Tuirevi Hillikainen menait le cheval attelé à la fourragère. Les francs-tireurs d'Ukonjärvi chargés de reconnaître le terrain étaient partis en direction du mont Murto.

La lente caravane fut rejointe par trois policiers militaires qui arrivaient de Valtimo. Horttanainen stoppa les bœufs. Les fonctionnaires ôtèrent leurs skis et s'approchèrent pour examiner l'étrange chargement. Ils s'étonnèrent surtout du traîneau, qui était de facture plus solide que la moyenne.

Ils demandèrent à Horttanainen de descendre de son siège, afin de vérifier s'il n'était pas armé. Toropainen, Nabulah et Hillikainen furent aussi fouillés. Les policiers militaires ne connaissaient pas les Ukonjärviens. Ils leur expliquèrent que le conflit mondial les obligeait à contrôler la zone proche de la frontière, au nom de la sécurité nationale. Il était interdit de détenir des armes sans autorisation, c'était un grave délit en temps de guerre.

On ne trouva rien de compromettant. Les citoyens contrôlés remarquèrent que les policiers militaires sentaient la bière. La pasteure doyenne aux armées Tuirevi Hillikainen en fit la remarque au chef de patrouille.

«On a un peu levé le coude hier… mais on a presque rien bu aujourd'hui», se défendit le plus âgé. Un peu gêné, il montra la grande caisse en bois posée sur le châssis du traîneau. Que contenait-elle?

«C'est une bombe H, lâcha Severi Horttanainen en toute sincérité.

— Ben voyons, c'est évident», répliquèrent en riant les policiers militaires. Ils hésitaient. Était-il bien nécessaire d'examiner le chargement de ces péquenots? C'était pénible, avec le cerveau embrumé par la gueule de bois, mais le règlement est le règlement, en temps de crise, aussi peu encline à faire du zèle que soit la police militaire. Le plus jeune du groupe fut sommé de vérifier le contenu de la caisse. Il souleva le couvercle et déclara :

« Il n'y a pas d'armes, juste un genre de fût.

— C'est quoi, cette ferraille ? demanda le chef de patrouille à Horttanainen.

— Une bombe H, je vous dis.

— Oui, oui… mais sérieusement ? Ce ne serait pas un alambic ?

— Non, ce n'est pas un alambic, c'est une bombe à hydrogène, croyez-moi, à la fin. »

Tuirevi Hillikainen se mêla à la conversation :

« Ce ne serait pas plutôt vous qui auriez un alambic dans les bois ? »

Le chef des policiers militaires commençait à s'énerver. La vieille juchée sur son chargement de foin avait la langue inutilement bien pendue. Sans compter ces bonhommes sournois, plus un nègre noir comme un chaudron. Quelle engeance, nom de Dieu ! C'était à tous les coups les jours de gueule de bois que ce genre de choses arrivaient.

« C'est bon, allez-y. Vous pouvez coltiner votre bidon jusqu'à l'Oural si ça vous chante. L'essentiel est qu'il n'y ait pas d'armes dans ce traîneau », conclut le chef de patrouille. Il chaussa ses skis et fila avec ses hommes en direction de Valtimo. Horttanainen donna l'ordre aux bœufs de se mettre en marche. La caravane repartit vers l'est.

Au mont Murto, on déposa la bombe H à un kilomètre environ de l'avant-poste, dans une tranchée aménagée à cet effet. Le traîneau lui servirait d'affût. On camoufla la fosse et on dissimula le dispositif de mise à feu dans un trou creusé dans le sol. On reconduirait les bœufs à Ukonjärvi. Il faudrait les ramener au mont Murto si l'on décidait de lancer une offensive nucléaire. Il était un peu inquiétant de penser que l'avant-poste disposait d'une arme de destruction massive prête à l'emploi. En même temps, elle donnait aux francs-tireurs un viril sentiment de sécurité : si l'on faisait exploser la bombe chez l'ennemi, elle briserait à coup sûr son appétit de conquête. Dans le contexte d'une guerre mondiale, tout était possible.

Une fois la bombe H convoyée au prix de tant d'efforts jusqu'au mont Murto, les Ukonjärviens retournèrent chez eux avec leurs bêtes, en passant par Valtimo. À la gare, ils chargèrent dans le traîneau du cheval deux caisses de matériel militaire arrivées entre-temps. Les Français faisaient preuve d'une obstination étonnante dans l'envoi à Ukonjärvi de leurs étranges plaques de métal spécial. Eemeli Toropainen commençait à se demander s'il ne faudrait pas se procurer quelque part un dictionnaire de français afin de traduire le mode d'emploi qui accompagnait les colis.

À l'étang de la Trouvaille, le forgeron somalien Yossif Nabulah continuait de démonter l'épave du bombardier, qui regorgeait de matériaux utiles. Rien que pour la pêche à la senne, on tira de la carcasse des centaines de mètres de câble robuste. On put aussi approvisionner la machine à vapeur en nombreuses pièces mécaniques et remplacer les bobines des turbines de la centrale électrique de la rivière d'Ukonjärvi. Le forgeron mit de côté plusieurs éléments des réacteurs de l'avion, destinés à la future laiterie : les précieux alliages métalliques du rotor constituaient une matière première idéale pour les barattes mécaniques. On recycla également les innombrables compteurs de l'appareil militaire : à Verte-Colline, on put, grâce à ces instruments de précision, mesurer l'hygrométrie de la sécherie d'herbes aromatiques. On installa dans la tour lanterne de l'église d'Ukonjärvi un capteur d'anémomètre et sur la porte de l'armoire à chasubles de la sacristie le cadran correspondant, emprunté au tableau de bord. Les longerons du fuselage servirent à forger des désoucheurs et des charrues.

32

Cet hiver-là, la Fondation funéraire se dota de deux nouvelles sennes. La pêche dans les eaux gelées s'avéra tout de suite plus productive qu'en été. Les garennes de l'extrémité sud-est du lac Laakajärvi étaient poissonneuses : on obtint dès le premier coup de filet près de six cents kilos de vendaces.

À partir de février, les pêcheurs travaillèrent pratiquement tous les jours. Eemeli Toropainen ne pouvait plus, à cause de son cœur malade, participer au dur tirage de senne, mais c'était un bon chef d'équipe et il aimait se trouver sur la glace étincelante du grand lac. Il prit l'habitude de venir s'installer sur les lieux de pêche dans son traîneau de promenade. Il en tournait la proue vers le soleil et bronzait ainsi agréablement tout en dirigeant les efforts des senneurs. Le vent sec lui rougissait la peau, les rayons de l'astre du jour faisaient le reste. À moins que son visage n'ait aussi été empourpré par le feu de l'eau-de-vie aux herbes dont il avalait de temps à autre une gorgée.

En ces lumineux jours d'hiver, on voyait parfois un trait blanc fendre le bleu éblouissant du ciel, à une hauteur vertigineuse ; ce n'était pas la traînée d'un avion à réaction, mais d'un engin plus petit. Quand on observait le phénomène à la jumelle, on pouvait voir que c'était un missile qui striait l'azur de sa course mortelle. Les trajectoires de ces armes de destruction massive équipées de têtes nucléaires passaient au sud-ouest et au nord-est, laissant à la surface de l'univers un sillage d'une étincelante beauté, malgré l'horreur de leur but. Des centaines de milliers de gens, sans doute, mouraient quand elles atteignaient leur cible.

Quand un de ces émissaires de la guerre mondiale survolait le camp des senneurs, les joyeuses conversations s'interrompaient, les hommes levaient la tête pour regarder passer l'instrument du suicide de l'humanité, et il fallait un moment pour que les esprits s'apaisent et que les pensées inquiètes redescendent vers la glace et le travail quotidien.

La garenne hivernale de la Fondation funéraire s'étendait sur 200 mètres de large et plus de 300 de long. À un bout, un grand trou creusé dans la glace permettait de mouiller la senne. De chaque côté s'étendait ensuite une succession d'autres ouvertures, d'abord en diagonale jusqu'à un premier coude, puis tout droit, sur quelques centaines de mètres. Après un second coude, les deux lignes de trous obliquaient à nouveau pour se rejoindre au niveau de l'ouverture par laquelle on relevait le filet. Les brèches étaient à distance de trente pas les unes des autres. Pour passer les filins de halage de l'une à l'autre, sous la glace, on utilisait de longues gaules formées de plusieurs perches, à l'extrémité munie d'un anneau.

Les sennes d'Eemeli Toropainen étaient des filets à ailes, avec deux poches. L'une servait à pêcher dans le lac Laakajärvi, l'autre, selon les jours, au lac de l'Ogre, à Ukonjärvi ou ailleurs. Celle de Laakajärvi était la plus grande, elle mesurait plus de 200 mètres de long sur 12 de haut. Les ralingues étaient en chanvre cordé à la main, les câbles de halage venaient du bombardier à réaction des Arabes.

L'équipe de pêche était venue dès le matin au grand complet : six senneurs, quelques apprentis, le patron Eemeli Toropainen avec son cheval et son traîneau de promenade, plus deux bœufs que l'on utilisait pour le pénible travail de halage ainsi que pour transporter jusqu'à la garenne le filet et le reste du matériel. La pasteure doyenne aux armées Tuirevi Hillikainen, qui valait facilement deux hommes, se trouvait aussi là, comme souvent. On déchargea des traîneaux la senne, les ciseaux à glace, les gaules et les gaffes servant à les guider, ainsi que de nombreux autres outils tels que des rabouilloirs et des grappins destinés à récupérer les gaules flottant sous la glace. On avait attaché aux flancs des bœufs, à l'aide de larges sangles, d'épais gilets de sauvetage en cuir remplis de foin, au cas où la glace céderait sous leur poids. Ils protégeaient aussi les bêtes contre la bise glacée qui soufflait sur le lac.

Quand tout fut prêt, Eemeli Toropainen donna l'ordre de commencer à tirer le filet. Deux hommes plongèrent leurs gaules dans l'ouverture de mouillage, chacun en direction d'une des lignes de trous. Deux autres pêcheurs s'occupaient de rouvrir les brèches qui avaient gelé depuis la veille, tandis que les deux derniers mettaient à l'eau les filins, puis la senne elle-même. C'était un travail stimulant, plein d'expectative. Personne ne pouvait savoir à l'avance combien de poisson l'on prendrait. C'était en général à ce moment que Tuirevi Hillikainen joignait les mains et priait le Seigneur d'accorder aux senneurs une pêche aussi abondante que possible.

Une fois les gaules glissées sous la glace jusqu'au premier coude de la ligne de trous, on leur imprimait une nouvelle direction, à l'aide de gaffes spéciales. Puis on tirait la senne, des deux côtés, sur toute la longueur de la zone de pêche. Pour ce lourd travail, on harnacha les bœufs, monté chacun par un homme, et l'on fixa à leur joug l'extrémité du filin de halage. Ils avançaient l'échine courbée sur l'étendue glacée, d'un pas lent, sûrs de leur force. Arrivés au dernier coude, les hommes opérèrent un nouveau changement de direction vers l'ouverture de sortie de la senne; les bœufs marchaient maintenant l'un vers l'autre. Le halage dura près de deux heures, puis les bêtes se croisèrent, refermant les ailes du filet. Il était midi passé quand vint le moment le plus excitant. On commença à sortir la senne de l'eau, en la pliant sur les traîneaux. Les rabouilleurs, agitant leurs longs bâtons, firent fuir vers le fond de la poche les bancs de poissons qui frétillaient dans la senne, tandis que les bœufs la halaient lentement hors du lac.

Quand la poche apparut enfin, on vit que la pêche était prodigieuse. On s'occupa de transférer le poisson, à l'aide d'épuisettes, dans des tonneaux amenés sur les traîneaux. C'était une besogne fatigante mais jubilatoire. La mouvante masse argentée semblait inépuisable, les quartauts débordaient les uns après les autres. On en apporta de nouveaux, qui eux aussi se remplirent. Quand enfin on acheva de sortir le filet vide de l'eau, on put mesurer le résultat de la journée. Des dizaines de tonneaux pleins de poisson de qualité, plus de 1 200 kilos au total! La pasteure doyenne aux armées Tuirevi Hillikainen remercia chaleureusement Dieu.

Après cette excellente pêche, les chevaux et les

hommes se rassemblèrent au milieu du lac dans la petite île aux Pourceaux, où les apprentis senneurs avaient allumé des feux et construit des abris pour se protéger du vent. On fit cuire du poisson frais, sans lésiner sur le beurre.

Le soir venu, la pleine lune se leva sur l'étendue glacée du lac Laakajärvi. Du côté de la pointe aux Russes, on entendit hurler un loup. Les chiens se mirent à grogner en chœur. Les bœufs, eux, se moquaient bien des loups. On les attela au chargement de poisson et on regagna la terre ferme en file indienne. Eemeli Toropainen monta dans son traîneau de promenade avec Tuirevi Hillikainen et lança son étalon au galop sur le chemin d'Ukonjärvi. Les clochettes du cheval tintinnabulaient, la lune brillait, l'atmosphère était sereine. La pasteure doyenne aux armées tira le président de la Fondation funéraire par la manche et montra le ciel nocturne. Un missile solitaire fendait d'un vaporeux trait rose le firmament où commençaient à s'allumer de scintillantes étoiles du soir.

33

Le 13 juin 2015, le soleil se leva comme tous les jours depuis des millions d'années. Le temps s'annonçait clair, en début de matinée, mais vers 11 heures la lumière se mit soudain à baisser. Un voile de nuage noir, venu de l'est, recouvrit Ukonjärvi. Il s'épaissit rapidement, prenant un air menaçant, et boucha bientôt tout le ciel. Il n'y avait pas un souffle de vent. Les oiseaux cessèrent de chanter. Les moutons, dans les pâturages, se réfugièrent sous les arbres, les bœufs se rassemblèrent en cercle.

C'était un drôle d'orage. Les gens se mirent à l'abri, mais il ne tomba pas une seule goutte d'eau. Au lieu de pluie, on vit descendre du ciel de la poussière noire, comme de la suie, étonnamment fine. Dans l'après-midi, l'étrange nuage s'assombrit encore. Vers 13 heures, l'obscurité était totale. La radio se tut.

L'air était lourd et humide. Eemeli Toropainen fit porter des messages dans tous les hameaux de sa commune, recommandant aux habitants de se réfugier dans les caves ou autres excavations. Il fallait se couvrir le visage d'un linge mouillé et stocker de l'eau potable dans les abris.

À la lumière d'une lampe de poche, l'héroïque Sulo Naukkarinen grimpa dans la tour lanterne de l'église d'Ukonjärvi et sonna le tocsin. La cloche rendit un son assourdi, comme si son battant de bronze avait été étouffé.

La pasteure doyenne aux armées sortit de son presbytère pour se rendre à l'église. Elle alluma des cierges et, dans leur lumière fantomatique, alla s'agenouiller devant l'autel. Là, elle implora longuement la protection et la miséricorde du Très-Haut pour l'humanité et pour Ukonjärvi.

Les impénétrables ténèbres durèrent toute la soirée, toute la nuit et toute la matinée suivante. Ce n'est que dans l'après-midi du deuxième jour que le vent se mit à souffler. Une tempête de cendres chaudes balaya la terre obscure. La masse nuageuse commença à se déchirer, le monde s'éclaircit. Puis l'orage éclata, dans un déluge de pluie : les éclairs crépitaient, le tonnerre grondait comme si le ciel avait été de pierre et volait en éclats, dynamité. Les arbres ployaient, les vitres ruisselaient d'eau fuligineuse. Flaques, rigoles et rivières se teintèrent d'un noir sale ; dans les lacs, des vagues crêtées d'écume gris sombre se brisaient sur les rochers. Toute la nuit, la tempête malmena les forêts. Les cours d'eau débordaient, les arbres tombaient, le vent emportait les toits de bardeaux.

Enfin, l'aube du 16 juin se leva, les derniers lambeaux de nuages s'enfuirent au galop dans le ciel, la bourrasque se calma, le soleil revint. Les oiseaux secouèrent la suie de leurs plumes et se mirent à chanter à gorge déployée. Les ténèbres nucléaires de la Troisième Guerre mondiale étaient terminées.

Eemeli Toropainen ordonna à la compagnie de francs-tireurs de mesurer les niveaux de radiation. On envoya des cavaliers aux quatre coins de la commune afin de prélever des échantillons de terre et d'eau. Celle-ci était toujours aussi noire. La radioactivité générale avait nettement augmenté, mais était déjà plus faible qu'aux premières heures de l'obscurité. Toropainen interdit à ses administrés de se laver avant une semaine et leur ordonna de rester enfermés chez eux. Les francs-tireurs parcoururent les hameaux à cheval afin de vérifier que ces instructions étaient scrupuleusement suivies.

La cause des ténèbres de juin se révéla peu à peu. Quand on put à nouveau capter la radio, on apprit par une station pirate italienne que le nuage était dû à d'importantes charges nucléaires qui avaient explosé dans différentes régions du monde. La terre brûlée avait libéré d'énormes quantités de poussières radioactives qui s'étaient amassées dans les hautes couches de l'atmosphère, formant un nuage si épais que la lumière du soleil ne parvenait plus à le pénétrer. Cette gigantesque nuée avait survolé l'Asie et l'Europe, et donc Ukonjärvi, amenant ces ténèbres de l'enfer de la Troisième Guerre mondiale, plus immenses et plus terrifiantes qu'un déluge de feu.

Les responsables de la censure finlandaise expliquèrent que les trente-six heures de « nuit noire » de juin étaient un phénomène naturel, bien qu'assez rare. Il résultait d'une accumulation dans l'atmosphère de gaz industriels qui s'agrégeaient à divers éléments, provoquant la formation de nuages exceptionnellement épais et opaques. Les évêques, de leur côté, rappelèrent les célèbres ténèbres d'Égypte de la Bible.

Quoi qu'il en soit, le soleil était de retour et les oiseaux chantaient à nouveau. À Ukonjärvi, la vie reprit bientôt son cours habituel. La guerre mondiale se poursuivait, l'herbe poussait, les bœufs engraissaient.

Depuis déjà un an, on prenait livraison à la gare de Valtimo de caisses de matériel militaire envoyées par la France. Il en arrivait invariablement une par semaine. L'utilité des fines plaques de métal de la taille d'un billet de banque contenues dans les caisses restait un mystère. Les suppositions ne manquaient pas. Ces étranges objets fournis aux francs-tireurs d'Ukonjärvi étaient-ils des pièces de rechange pour une machine de guerre ? Peut-être les énigmatiques plaquettes étaient-elles supposées servir de moyen d'identification, par exemple lors de combats de nuit, puisqu'elles brillaient légèrement dans le noir. À moins qu'elles ne fussent destinées à servir de revêtement à un appareil inconnu, ou à se protéger des radiations nucléaires.

Yossif Nabulah avait chauffé et martelé quelques plaques dans sa forge. Il avait constaté qu'elles présentaient une très haute résistance aux chocs, n'étaient guère fusibles et faisaient d'excellents paliers lisses. Leur utilisation à d'autres fins était difficile, leur extrême dureté les rendait malaisées à façonner.

L'organiste Severi Horttanainen leur avait trouvé un usage parfait, selon lui. Il en avait carrelé le poêle de sa maison du mont de l'Ogre, ainsi que le sol devant l'âtre. Il trouvait l'ensemble particulièrement coquet. Le poêle recouvert de ces produits de l'industrie militaire française brillait d'un doux éclat dans le coin de la salle, même éteint. Mais le spectacle était encore plus beau quand on y allumait du feu. Les flammes qui dansaient dans leur écrin luminescent créaient une ambiance particulièrement chaleureuse au goût de Horttanainen. Il ne lui était pas venu à l'esprit que le faible rayonnement des plaques puisse être dangereux.

Le chirurgien de campagne Seppo Sorjonen perça finalement le secret de ces livraisons. Il se procura un dictionnaire de français et traduisit en finnois le mode d'emploi joint aux caisses.

Il apprit ainsi que les plaques avaient été envoyées par l'Entrepôt de secours des armements spéciaux du complexe militaro-industriel de l'Union européenne. Elles étaient destinées à des relevés et analyses densimétriques de l'atmosphère. Il s'agissait donc de capteurs permettant d'observer en continu la composition de l'air.

Le mode d'emploi préconisait de déballer les plaques en prenant soin de ne pas toucher leur surface luminescente sensible. Elles devaient être placées à deux mètres du sol, dans un arbre ou sur un bâtiment, par exemple, un peu à la manière des armoires de station météorologique. La compagnie de francs-tireurs d'Ukonjärvi aurait dû disposer ces détecteurs dans les forêts du Kainuu, à intervalles d'un kilomètre, les laisser trois jours dans la nature, puis enregistrer les résultats à l'aide de l'appareil d'analyse conçu à cet effet. Les plaques et les analyses devaient ensuite être réexpédiées d'urgence en France, sous le sceau du secret. De nouveaux capteurs destinés à mesurer les impuretés de l'air devaient chaque fois être installés à la place des précédents. Les instructions soulignaient la portée militaire essentielle de cette étude et indiquaient que tout manquement serait considéré comme un crime en temps de guerre, passible de la peine de mort.

Eemeli Toropainen lut la traduction d'un air songeur. Peut-être aurait-il mieux valu se renseigner sur ces étranges caisses de matériel dès qu'elles avaient commencé à arriver à Valtimo. Les Ukonjärviens avaient maintenant sur les bras un problème dont la solution semblait loin d'être simple. Le président de la Fondation funéraire alla voir Severi Horttanainen au mont de l'Ogre, dans l'espoir que son vieux camarade ait une idée.

L'organiste prit connaissance du mode d'emploi. Son contenu ne sembla pas l'inquiéter outre mesure. Il écarta d'un haussement d'épaules les menaces de châtiment suprême. Selon lui, les expéditeurs, autrement dit les bureaucrates de l'Entrepôt de secours des armements spéciaux du complexe militaro-industriel de l'Union européenne, avaient intérêt à rester en France s'ils tenaient à s'en sortir vivants. Ce n'étaient pas des buveurs de picrate qui allaient faire peur aux francs-tireurs d'Ukonjärvi.

Eemeli Toropainen s'étonna des étranges reflets du poêle de Severi Horttanainen. La dernière fois qu'il était venu chez lui, l'âtre avait l'air tout à fait normal.

L'organiste expliqua qu'il l'avait carrelé avec les plaques envoyées par les Français. Elles brillaient d'une lueur particulièrement agréable dans la pénombre du soir.

Eemeli resta interloqué. Severi ne craignait-il pas les effets de ce rayonnement ? Et qui l'avait autorisé à utiliser du matériel militaire secret pour décorer son poêle ?

Horttanainen n'avait que faire des craintes du président de la Fondation funéraire. Il se moquait bien des radiations, un aussi faible éclat ne risquait pas d'affecter un vieux dur à cuire comme lui. Il semblait aussi inoffensif qu'un ver luisant dans la nuit d'été.

« Écris en France pour leur dire que nous n'avons jamais eu d'appareil d'analyse de ce genre et qu'ils peuvent se carrer leurs plaques dans le cul, à partir de dorénavant. »

Eemeli Toropainen envoya un message secret à l'entrepôt de secours. Le seul effet notable de cette correspondance fut qu'il arriva désormais à la gare de Valtimo deux caisses au lieu d'une, dont la seconde avec un mode d'emploi en finnois. Il en alla ainsi jusqu'à la fin de la guerre.

Alors qu'ils se rendaient une fois de plus en car-riole à la gare de Valtimo afin d'y chercher deux caisses de matériel militaire, Eemeli Toropainen et Severi Horttanainen se trouvèrent nez à nez avec une horde de plus d'une dizaine de cavaliers aux épais sourcils noirs surgis de la forêt au sud du lac de l'Ogre. C'était une patrouille de cosaques du Don.

Leur chef demanda si l'on était en Finlande. Toropainen ayant admis que oui, l'homme expliqua qu'il était là, avec ses compagnons, pour prévenir la population de l'arrivée d'une immense vague de femmes, prête à déferler sur le pays. Elles étaient au moins 40 000.

34

L'ataman à la moustache en croc s'expliqua en anglais. Il formait avec ses cosaques l'avant-garde officieuse, en mission de reconnaissance, d'une croisade de femmes. Il voulait rencontrer le roi de Finlande, s'il y en avait un, ou du moins le chef de la principale tribu locale. Eemeli Toropainen l'invita dans son manoir.

L'ataman offrit à son hôte un sabre avec son fourreau. Le président de la Fondation funéraire ordonna de servir un festin dans la salle du manoir. Tout en mangeant, l'ataman délivra son message.

La patrouille de cosaques chevauchait depuis l'arrivée dans la vallée du Don, plus de deux ans auparavant, de milliers de réfugiées, parties à l'origine de quelque part en Inde ou au Pakistan. Il y avait eu en Asie méridionale plusieurs guerres locales dont les femmes et les enfants avaient été les principales victimes.

Au début, les déplacées n'étaient que quelques

centaines. Elles avaient fui vers le nord à la recherche de régions moins troublées. Elles étaient accompagnées d'enfants, mais n'acceptaient parmi elles ni hommes ni adolescents mâles. C'était leur façon muette de protester contre la guerre, de se détourner des combattants, d'échapper aux conflits — du moins d'après l'ataman, que la méthode laissait perplexe.

Les femmes avaient migré par petits groupes, traversant l'Afghanistan, en direction de la côte orientale de la Caspienne. Après l'avoir contournée en longeant la mer d'Aral asséchée, elles avaient obliqué vers l'ouest pour atteindre la plaine du Don, où elles avaient recruté des cosaques comme auxiliaires car, comme chacun sait, les femmes (et les Arabes) n'ont aucun sens de l'orientation. Pendant tout ce temps, leurs rangs n'avaient cessé de grossir, surtout depuis le début de la Troisième Guerre mondiale. À son maximum, leur peuple errant avait compté près de 60 000 femmes, soit près de 100 000 personnes, avec les enfants et les quelques hommes âgés qui avaient été autorisés à se joindre à elles.

Les cosaques, qui n'étaient pas admis à vivre dans le camp des migrantes, si tant est que l'envie les en ait démangés, avaient pour mission de chevaucher en éclaireurs, de reconnaître le terrain, de prendre contact avec les populations rencontrées et de servir d'interprètes.

L'ataman expliqua qu'il avait appris l'anglais à l'Institut des langues d'Irkoutsk, à la fin du précédent millénaire. Il avait maintenant soixante ans.

Eemeli Toropainen voulut savoir comment un chef cosaque de son rang en était venu à commander une petite patrouille de cavaliers en pays étranger.

« Nous avons été plus ou moins obligés de partir, peu après l'arrivée des femmes, quand la plaine du Don a été envahie par un million d'Ouïgours. Ils n'étaient pas à pied, eux, mais en blindés. »

Toropainen demanda pourquoi les femmes avaient choisi de venir en Finlande. Le climat n'était-il pas trop froid pour des gens du Sud ?

L'ataman révéla que les exilées avaient passé l'hiver à Novgorod, en chemin. L'expérience les avait endurcies. Leur but était d'aller aussi loin que nécessaire pour trouver un coin tranquille où s'installer avec leurs enfants. Tant que la guerre faisait rage, l'Europe de l'Ouest n'offrait aucun refuge, il semblait donc logique de pousser vers le nord.

Au nom des dirigeantes du peuple des femmes en marche, l'ataman invita Eemeli Toropainen à venir discuter de leur éventuelle installation à Ukonjärvi ou dans les environs. Il lui suggéra de ne pas se rendre seul à cette réunion, vu son sexe, et de se faire plutôt accompagner par au moins quelques-unes de ses épouses. Il devait bien en avoir ? Les négociations se dérouleraient dans une atmosphère plus sereine s'il y avait aussi des femmes dans la délégation.

Eemeli Toropainen demanda au commandant des francs-tireurs Taneli Heikura de lui prêter son ex-épouse, Henna. En sa compagnie et en celle de Taina, il partit sous la conduite des cosaques à la rencontre des envahisseuses.

La troupe chevaucha jusqu'au lac Kuohatti, qui se trouvait à soixante-dix kilomètres environ d'Ukonjärvi. C'était un lac de forêt d'une dizaine de kilomètres de long, au nord-nord-est de Nurmes, à mi-chemin entre la ville et l'avant-poste du mont Murto, d'où un détachement de francs-tireurs avait fait route vers le lieu de rendez-vous. Ils prirent Toropainen et sa suite sous leur protection à partir de Petäiskylä, au nord-ouest du lac. Les francs-tireurs d'Ukonjärvi et les cosaques du Don conduisirent ensemble le président de la Fondation funéraire et ses deux femmes à destination. À la pointe ouest du lac Kuohatti, ils furent accueillis par des gardes à l'allure guerrière, armées de lances et de fusils. Elles demandèrent à voir les laissez-passer des arrivants. Les cosaques leur expliquèrent qu'elles avaient devant elles le roi local des Finlandais. Toropainen fut autorisé à poursuivre sa route. Les francs-tireurs et les cosaques, par contre, durent rester à l'attendre là.

Eemeli Toropainen et ses compagnes longèrent à cheval la rive nord du lac. Le camp des réfugiées s'étendait sur une dizaine de kilomètres dans les forêts au bord de l'eau. Il y avait partout des tentes et, devant, des feux sur lesquels des femmes cuisinaient. Elles étaient pour la plupart vêtues de robes longues et chaussées de sandales, ou pieds nus pour certaines. Il y en avait de tous âges, jeunes et vieilles, et des enfants couraient partout dans leurs jambes.

Leurs centaines de chariots avaient été regroupés sur une presqu'île, avec leurs animaux de trait, principalement des mules, mais aussi des bœufs, des chevaux et même quelques chameaux. Des chiens aboyaient aux abords et, dans l'entrelacs des tentes, des chats se faufilaient. Il y avait partout des poules et des moutons. Dans l'ensemble, on avait l'impression que le peuple des femmes était plutôt bien équipé, on aurait dit une armée efficacement organisée, avec assez de vivres et de matériel.

Le camp avait beau être immense — au moins 40 000 personnes ainsi que des milliers d'animaux —, il était propre et ordonné. Des réfugiées lavaient leur linge dans le lac et l'étendaient à sécher sur des cordes. Des enfants nageaient, surveillés par leurs mères, dont beaucoup se baignaient aussi. Les abords des tentes bruissaient de joyeux bavardages et, un peu partout, de douces voix féminines chantaient en chœur des airs dont les paroles résonnaient étrangement aux oreilles des Toropainen.

La chef de l'expédition était une grande et belle femme au nez en bec d'aigle, d'une soixante d'années environ. Peut-être indienne, à en juger par son teint foncé. Elle parlait un excellent anglais.

La souveraine, qui avait un port de déesse et une silhouette de rêve, reçut Toropainen en plein air sur la rive du Kuohatti. Elle demanda ce que signifiait le nom du lac. Quand on lui expliqua qu'il avait un rapport avec la castration des animaux mâles, un beau sourire de femme moderne illumina son visage.

La chef des exilées fit d'abord à Eemeli Toropainen un bref mais éloquent discours pacifiste fustigeant l'esprit belliqueux et autres atrocités des mâles. Elle voulut ensuite savoir si l'on s'était battu ces derniers temps dans la région. Elle souhaitait guider son peuple loin de la guerre et aurait aimé avoir plus d'informations sur la situation en Finlande.

Eemeli Toropainen lui apprit qu'il n'y avait pas eu de combats dans la zone, même si on avait vu passer des bombardiers, et surtout des missiles, dans le ciel. Et les ténèbres de juin avaient bien sûr aussi touché les forêts du Kainuu.

La souveraine informa Eemeli Toropainen que le peuple des femmes envisageait de s'installer à

Ukonjärvi. Les renseignements recueillis sur la région par la patrouille des cosaques semblaient prometteurs.

Pendant un instant, Eemeli joua avec l'idée d'héberger 40 000 réfugiées dans sa commune. À première vue, la perspective de cohabiter avec ces visiteuses exotiques ne semblait pas désagréable. L'âge commençait hélas à peser un peu trop sur ses épaules. Il regarda l'animation du camp et les créatures à la peau sombre qui se baignaient nues dans le lac Kuohatti. Si seulement son cœur était plus solide…

Eemeli Toropainen déclara d'un ton officiel qu'il ne pouvait accueillir une telle vague de déplacées. La proposition était certes séduisante, sur le principe, mais les ressources d'Ukonjärvi étaient très loin d'être suffisantes pour nourrir autant de bouches. Sans compter que sa compagnie de francs-tireurs avait reçu l'ordre de maintenir à distance tout envahisseur étranger, qu'il s'agisse de soldats ennemis ou de femmes. Ukonjärvi faisait malgré tout encore partie de l'Europe, et les lois communautaires s'appliquaient sur son territoire.

Le président de la Fondation funéraire révéla en outre qu'il y avait dans les environs une arme nucléaire qui présentait un risque militaire certain. Si elle explosait, toute la région serait détruite. Il ne voulait pas risquer la mort de 40 000 femmes.

Il étala sur l'herbe une carte de Finlande. La petite assemblée s'agenouilla pour l'examiner.

«Je vous conseille de conduire votre peuple en Ostrobotnie. On y trouve de vastes plaines fertiles et un nombre incroyable de maisons qui peuvent compter jusqu'à dix pièces, mais où ne vivent que deux ou trois personnes. Et les hommes de la région savent apprécier les femmes à leur juste valeur, souligna Eemeli Toropainen.

— Cette tribu n'est-elle pas belliqueuse?» s'interrogea la souveraine. Il lui semblait avoir entendu dire quelque chose de ce genre, pendant la longue marche des réfugiées. On parlait jusqu'à Novgorod d'une ancienne guerre d'hiver, ou d'une aventure de ce genre, à laquelle les Ostrobotniens auraient été mêlés.

Eemeli réfuta ces rumeurs sur l'agressivité des habitants de la région. Il assura qu'il s'agissait d'une tribu pacifique, dont les hommes travaillaient volontiers la terre et prenaient garde de ne participer à aucune péripétie militaire ou politique. Ils aimaient sculpter le bois, à leurs heures perdues, et chanter des airs traditionnels.

Eemeli Toropainen conseilla aux réfugiées de prendre la direction de l'ouest, en contournant Nurmes par le nord, vers Rautavaara, puis Iisalmi et Pihtipudas, où commençaient les plaines d'Ostrobotnie. Il leur recommanda de s'installer à Alajärvi,

Lapua, Kauhava, Ilmajoki et Kurikka, ainsi que dans d'autres bourgades voisines. Ces zones présentaient depuis le dernier millénaire un solde migratoire négatif, il y avait donc largement la place pour 40 000 nouveaux venus, surtout s'il s'agissait de femmes et d'enfants.

Eemeli Toropainen ajouta que la cuisine ostrobotnienne était particulièrement nourrissante et savoureuse. Il vanta par-dessus tout la bouillie de seigle et la soupe de pommes de terre.

Toropainen recommanda à la souveraine d'envoyer aussi un ou deux milliers de réfugiées dans les forêts de l'Ouest de la Laponie. Il lui semblait qu'avec un tel nombre de femmes aux alentours de Kittilä et d'Enontekiö, il trouverait plus facilement l'hospitalité s'il décidait un jour d'aller pêcher dans le Nord avec Severi Horttanainen.

La question fut ainsi réglée, et par la même occasion l'avenir de l'Ostrobotnie. Les 40 000 femmes se remirent en marche quelques jours plus tard. On eût dit la mobilisation d'une armée : on plia les tentes, on chargea le matériel, on attela les bêtes. Alors que le premier chariot était parti vers l'ouest dès le matin, le dernier ne s'engagea sur la piste transformée en boue noire que dans l'après-midi. La caravane s'étirait sur quinze kilomètres de long. En une journée, elle pouvait parcourir une distance impressionnante, vingt kilomètres, voire plus si elle trouvait à emprunter une grande route. Lorsque les exilées passèrent au sud d'Ukonjärvi, Eemeli Toropainen leur fit parvenir, en guise de cadeau d'adieu, cinq bœufs et dix tonneaux de vendaces salées.

Quand les réfugiées, à la fin de l'été, se furent répandues en Ostrobotnie, les mâles de la région en vinrent à envisager de fuir. Ç'aurait été la première fois depuis longtemps que les autochtones auraient été obligés d'émigrer, chassés par une autre tribu. Mais où aller, dans un monde ravagé par la guerre atomique ? Les Ostrobotniens ne purent qu'admettre la dure réalité et s'habituer à vivre avec 40 000 étrangères.

35

L'exode massif des femmes fit réfléchir Eemeli Toropainen. Jusque-là, la Troisième Guerre mondiale n'avait guère perturbé la vie des Ukonjärviens, mais qu'adviendrait-il, doux Jésus, si de telles invasions de dizaines de milliers de personnes se reproduisaient? Le déferlement des réfugiées avait été une totale surprise. On n'avait pas beaucoup de nouvelles du monde : les informations données à la radio étaient loin d'être fiables et les émissions restaient souvent inaudibles, à cause des parasites. Les journaux ne paraissaient plus, même *Helsingin Sanomat*, d'abord réduit à ne sortir qu'une fois par semaine, avait fait faillite peu après le début de la guerre. Sur les écrans de télévision, on ne captait plus depuis longtemps que de la neige. L'Ange volant galopait certes à son rythme habituel entre Ukonjärvi et Valtimo, mais les nouvelles qu'elle colportait ne concernaient en général que la vie locale, et reposaient sur des rumeurs. On avait besoin d'informations plus sérieuses sur la situation mondiale afin de pouvoir se préparer à de possibles bouleversements futurs.

Eemeli Toropainen décida d'envoyer un agent de renseignements prendre le pouls de la planète. L'organiste Severi Horttanainen se porta volontaire. Il était disponible car, à soixante-dix-huit ans, il n'avait plus la force de trimer dans les champs, en plus de jouer de l'orgue. Il avait cependant toujours l'esprit vif et aspirait, sur ses vieux jours, à voir du pays.

Il fut convenu que Horttanainen prendrait d'abord le train pour la capitale, puis tenterait par tous les moyens de poursuivre son voyage vers Saint-Pétersbourg. Si possible, il devrait revenir par Arkhangelsk. Il s'agissait d'une mission d'espionnage : il devait se renseigner sur la situation en Russie et chercher à savoir s'il fallait s'attendre à de nouvelles migrations venues de l'Est. Si des intrus s'annonçaient, comment fallait-il les accueillir ? Ne serait-il pas bon de les exterminer proprement dès la frontière franchie ?

Severi Horttanainen se mit en route aussitôt les moissons terminées. On le munit de pain, de salaisons, de poisson séché et d'un tonnelet d'eau-de-vie, ainsi que de l'argent nécessaire.

On conduisit l'organiste en carriole à la gare de Valtimo, où il monta dans un train tiré par une locomotive à vapeur. Son escorte lui souhaita un fructueux voyage et rentra à Ukonjärvi. On pensait le revoir aux environs de Noël.

Décembre arriva, mais pas Severi Horttanainen. Le printemps et l'été passèrent, il demeura absent. Vinrent un autre Noël, un nouveau printemps et un nouvel été. Toujours aucun signe de lui. Ce n'est qu'en 2017 que l'on apprit qu'il était quand même encore en vie. L'Ange volant accourut essoufflée de Valtimo, un soir d'août, pour raconter qu'un homme prétendant être Horttanainen avait été vu à Nurmes et faisait paraît-il route vers le nord.

Eemeli Toropainen ordonna d'atteler un trotteur et d'aller à la rencontre de Severi à la gare de Valtimo. Quelques jours plus tard, on ramena enfin l'espion à Ukonjärvi.

Le malheureux vieillard était dans un triste état. Il n'avait plus que la peau sur les os, ses vêtements tombaient en loques. Il boitait, appuyé sur une canne, et semblait avoir cent ans, alors qu'il n'était qu'octogénaire.

Horttanainen se traîna jusque dans la salle du manoir de Toropainen. Le chirurgien de campagne Seppo Sorjonen vint l'examiner et lui prodiguer des soins. Le vieil homme souffrait de malnutrition et d'une grave dépression. Le médecin ordonna de lui servir pour commencer un léger bouillon de poule, avec du lait caillé comme boisson. On conduisit le malade au sauna et on l'habilla de propre. On le laissa se reposer quelque temps dans un mazot aéré et tranquille où les femmes du manoir lui apportaient à manger et à boire. Tous les deux jours, une masseuse de Verte-Colline venait rendre visite au vieil espion pour tenter d'assouplir ses membres raidis.

Peu à peu, Severi Horttanainen reprit goût à la vie. Son état physique s'améliora grâce à une nourriture saine et à des soins attentifs, au point qu'au bout d'une semaine il put sortir de son mazot et faire le récit des péripéties de sa mission d'espionnage de deux ans.

C'était une longue histoire. Pour commencer, Severi Horttanainen avait brinquebalé dans le train jusqu'à Hämeenlinna, où il avait appris que les civils n'étaient pas les bienvenus à Helsinki : la ville était bouclée, en raison de la guerre, et la majeure partie de sa population avait été évacuée à la campagne. À Hämeenlinna, par contre, la situation était relativement sûre. L'organiste y était resté quelques jours à boire et faire la bringue en agréable compagnie, vu qu'il avait du temps à perdre.

De Hämeenlinna, il avait trouvé un camion pour l'emmener à Kotka, d'où il avait pu gagner l'Estonie en traversant le golfe de Finlande à bord d'une gabarre. Il avait humé l'atmosphère de la guerre mondiale à Tartu pendant quelques semaines, en attendant l'occasion de se rendre à Saint-Péters-bourg. Manque de chance, il avait attrapé une chaude-pisse et avait dû rentrer se faire soigner en Finlande. À la fin de l'automne, il avait franchi clandestinement la frontière russe en barque, par la baie de Virolahti, et marché vers le nord jusqu'à la voie ferrée de Vyborg. Aucun train ne circulait, les rails étaient envahis d'herbes folles. Les bois étaient infestés de brigands, mieux valait s'en méfier. Severi Horttanainen avait suivi le chemin de fer jusqu'à Vyborg. La ville, à demi brûlée, était totalement déserte. Il avait dû continuer à pied par la voie fer-rée jusqu'à Saint-Pétersbourg.

Severi Horttanainen y était arrivé début novem-bre. Les vastes faubourgs semblaient abandonnés et plus il approchait du centre, plus la métropole auparavant peuplée de millions d'habitants avait piteuse allure. Il n'errait que quelques âmes dans la cité déserte. L'espion avait bien croisé deux ou trois soldats, mais en pratique la ville était vide.

Severi Horttanainen avait demandé aux rares passants où avaient disparu tous les habitants. On lui avait expliqué que Saint-Pétersbourg avait été évacuée parce qu'elle était devenue un foyer d'épi-démies. Derrière le grand barrage anti-inondations, la baie de la Neva s'était remplie d'une boue nau-séabonde, car les égouts de la ville étaient bouchés depuis des années et les ordures avaient tout envahi.

Un peu le même cas que New York, donc, sauf qu'ici on avait vite abandonné tout espoir de sauver la ville. On construisait paraît-il une nouvelle Saint-Pétersbourg de l'autre côté du Ladoga, à Tikhvine. Il y vivait déjà quelque deux millions de personnes, pensait-on. C'était, à ce qu'on disait, la plus grande ville en bois du monde. Si Saint-Pétersbourg s'était effondrée, les choses n'allaient guère mieux à Moscou. On envisageait de faire de Tikhvine la nouvelle capitale de la Russie, une fois sa construction achevée. À cause de la guerre, les travaux avançaient lentement. On avait transporté là-bas, pour édifier les quais du port, des pierres des palais de Saint-Pétersbourg. On avait aussi utilisé les piles des ponts de la Neva, qui s'étaient presque tous écroulés. Le lit du puissant fleuve s'était engorgé, comme tout le reste de la ville, et il s'était frayé un nouveau cours vers le golfe de Finlande, à travers Peterhof. La nouvelle Neva avait entraîné avec elle bon nombre de vieux palais. La majeure partie du superbe centre historique était cependant encore intacte.

Des renards et des chiens viverrins trottaient dans les artères de la ville et parfois, la nuit, on entendait hurler des loups. Horttanainen s'était nourri en chassant, disputant aux goupils les lièvres qui gîtaient près de la gare de Finlande et gambadaient dans les parcs à l'abandon.

Les rues et les canaux étaient recouverts d'un mètre de boue, charriée par la Neva. Avec le froid, elle avait gelé, et Horttanainen avait patiné dans les avenues glacées, contemplant avec tristesse les palais en ruine. Au dernier millénaire, il avait visité un certain nombre de fois ce qui était alors Leningrad, et il se rappelait avec nostalgie les nuits blanches de la métropole, quand les portières de taxi claquaient, la vodka coulait à flots et les accortes Russes pratiquaient une hospitalité lascive.

Severi Horttanainen avait retrouvé des lieux qu'il connaissait, des restaurants délaissés et des musées dont les collections avaient été pillées ou emportées. Les vitres étaient brisées, les portes enfoncées. Il ne restait plus grand-chose de l'ancien musée de la grande révolution socialiste d'Octobre : le plafond de la salle principale s'était effondré et, au milieu de la gadoue, gisait un autocar abandonné à l'intérieur duquel un écriteau en russe interdisait de fumer et de boire de la vodka. Les collections de l'Ermitage avaient heureusement été déménagées, car tout le palais était lui aussi noyé dans la fange.

Horttanainen avait parcouru à patins la perspective Nevski, de l'ancien Musée russe à la cathédrale Saint-Isaac, autrefois si splendide. Elle se dressait obstinément à sa place, la guerre et la boue n'avaient pas réussi à beaucoup l'ébranler. Ses coupoles dorées avaient certes pris des tons gris et l'intérieur avait été dépouillé de ses trésors, même le pendule de Foucault accroché sous son dôme afin de démontrer le mouvement de rotation de la terre avait disparu. Où pouvait-il bien se balancer aujourd'hui ? s'était demandé Horttanainen en allumant un feu de camp sur un piédestal du parvis de la cathédrale. Y avait-il eu un jour sur ce socle une statue de Lénine, difficile à dire, mais à présent il était vide, et c'était un bon endroit pour faire la popote. Les flammes dansaient sur un support de marbre, au sommet de marches de granit rose.

Horttanainen avait préparé du civet de lièvre. Un petit groupe de soldats transis vinrent aux nouvelles. Il leur distribua quelques bons morceaux et leur demanda d'où ils étaient. Deux venaient d'Astrakhan, le troisième de Sibérie. Pour l'heure, ils avaient pour mission de fournir en légumes les derniers gardiens de la ville. Dans des charrettes à mule, ils trimballaient des choux de Schlusselbourg à Saint-Pétersbourg. L'organiste leur avait acheté pour deux peaux de lièvre une toile d'Ilia Répine, *L'Ukrainienne*, soigneusement roulée, qu'ils avaient trouvée l'automne précédent, ballottée par le vent, non loin de l'Ermitage.

Severi Horttanainen était aussi allé visiter la forteresse Pierre-et-Paul, construite sur une île de la Neva. À sa grande surprise, il avait constaté qu'il y régnait une activité feutrée : la citadelle servait toujours de prison, comme depuis des siècles. On y avait jadis enfermé des décabristes, des révolutionnaires de tout poil et même des contre-révolutionnaires finlandais, ainsi que plus tard des généraux blancs et des représentants de la vieille noblesse pétersbourgeoise. Curieux, l'organiste avait demandé au secrétariat du commandant de la forteresse qui l'on gardait maintenant au frais dans les cellules. On l'avait accueilli avec méfiance et on lui avait réclamé son *propusk*, son laissez-passer. Horttanainen avait expliqué qu'il n'était qu'un inoffensif touriste finlandais et avait voulu faire demi-tour. Mais il en avait été empêché. Son cas exigeait d'être examiné et, en attendant, on l'avait mis au cachot.

Il y avait dans la prison toutes sortes de détenus attendant d'être fixés sur leur sort, et rares étaient ceux qui étaient passés en jugement. Ils avaient été raflés ici ou là et, comme ils paraissaient suspects — comme tout un chacun —, on les maintenait provisoirement en cellule. Un religieux américain, par exemple, s'était retrouvé à la forteresse, six ans auparavant, pour la seule raison qu'il ne parlait pas russe, à l'époque. Il avait eu l'intention de fonder une église mormone à Schlusselbourg, mais on l'avait incarcéré avant qu'il ne mette son projet à exécution. Depuis, il avait appris le russe, mais cela ne lui était d'aucun secours. Quelqu'un qui pratiquait l'argot des prisons ne pouvait guère être innocent.

Les gardiens étaient bienveillants, presque attentionnés ; ils éprouvaient de la pitié pour les prisonniers qui croupissaient dans les sinistres cellules du fort, mais n'y pouvaient rien. Ils leur distribuaient quotidiennement une maigre soupe aux choux par les petits guichets des portes et emportaient en échange des seaux d'ordures qu'ils vidaient sans scrupule du haut des murs d'enceinte sur la glace de la Neva. Ils faisaient leur possible pour transmettre au monde extérieur les suppliques désespérées des détenus. Elles ne recevaient jamais de réponse, car il n'y avait plus dans toute la ville une seule administration compétente. Les tribunaux avaient été transférés à Tikhvine, tous les juges et les commissaires de police s'y trouvaient, c'était là-bas que tout se traitait et se décidait. Mais Saint-Pétersbourg était Saint-Pétersbourg et les Tikhvinais considéraient que les problèmes pénitentiaires de l'ancienne métropole n'étaient pas de leur ressort. Ils avaient assez à faire avec leurs propres criminels, ce que nul ne niait, car la mafia de Tikhvine avait des méthodes d'une efficacité et d'une cruauté sans précédent.

L'organiste espion Severi Horttanainen avait sympathisé avec ses codétenus, originaires de nombreux pays, et obtenu d'eux d'excellents renseignements sur le déroulement de la Troisième Guerre mondiale, les États belligérants et les pertes subies selon les régions. Il avait aussi appris pas mal de choses sur la situation en Russie, des côtes du Pacifique à celles de l'Arctique. Mais il n'avait hélas pas pu transmettre à Ukonjärvi ces importantes informations, car il moisissait en cellule à la forteresse Pierre-et-Paul, aussi solidement cloîtré qu'un tueur en série ou un dissident — rien ne servait de songer à la Fondation funéraire à laquelle il ne pouvait faire part de ces grandes nouvelles et révélations sensationnelles, qui d'ailleurs vieillissaient à vue d'œil et finiraient bientôt dans le tonneau sans fond de l'Histoire. Les mois et les années s'étaient ainsi écoulés sans qu'il se passe rien, à part la Troisième Guerre mondiale.

Enfin, au début de l'été, la chance avait voulu qu'un professeur d'université sibérien passe de vie à trépas. Horttanainen s'était vu confier la délicate mission de traîner dehors le corps de son codétenu et de le balancer dans un chariot à mules. Il avait saisi l'occasion, bondi dans la voiture aux côtés du cadavre, et fouette cocher! Sous une pluie de balles, il avait traversé tout Saint-Pétersbourg au galop des mules emballées, avant de sauter du corbillard à un endroit propice et de se cacher dans le dédale des ruines désertes de la ville.

Il lui avait fallu plus de deux mois pour rentrer en

Finlande et remonter vers le nord. L'épreuve avait été rude pour le vieil homme épuisé par la captivité, mais le parfum de la liberté l'avait maintenu debout et en vie. Enfin il était là, avec des informations sur ce qui se passait dans les taïgas de l'Est.

« Si vous voulez le fond de ma pensée, je n'ai plus trop envie de courir le monde », conclut l'organiste Severi Horttanainen.

Il montra un petit rouleau de toile usé, au recto duquel se trouvait une peinture à l'huile. C'était une étude d'Ilia Répine pour sa célèbre *Ukrainienne*.

« Si quelqu'un voulait bien lui bricoler un cadre, j'aurais au moins l'impression de ne pas avoir complètement perdu mon temps », soupira le vieillard en regardant tristement l'œuvre d'art.

36

Au printemps 2017, le bruit courut que la Troisième Guerre mondiale était terminée. On ne voyait plus passer de groupes armés, mais guère de civils non plus. Le côté russe de la frontière semblait totalement désert.

Eemeli Toropainen se dit que le moment était venu d'envoyer quelques explorateurs sur les côtes de la mer Blanche, afin de voir s'il était possible d'y pêcher. Si la région était réellement vide de tout occupant, les Ukonjärviens pourraient peut-être y établir des garennes. Le sennage dans le lac Laakajärvi était toujours aussi productif, mais le nombre d'habitants de la commune avait augmenté tout au long des années de guerre et l'on avait besoin de nouveaux lieux de pêche.

On pourrait par la même occasion évacuer la bombe H des Arabes stockée à l'avant-poste du mont Murto. Maintenant que la paix était revenue dans le monde, elle risquait d'être source de problèmes. Que dirait-on aux autorités qui ne tarderaient pas à venir poser des questions embarrassantes ? La Fondation funéraire avait-elle pour mission de s'équiper d'armes nucléaires ?

On entreprit de préparer la grande expédition arctique. Elle devait compter soixante-dix hommes, des francs-tireurs, des pêcheurs, des forgerons, des charpentiers, ainsi que la pasteure doyenne aux armées. L'organiste Severi Horttanainen n'était pas disposé à y participer. Il déclara avoir eu sa part de voyages à l'Est. À son âge, il préférait éviter les séductions de l'Orient, sachant qu'elles pouvaient, si les choses tournaient mal, vous valoir de moisir des années dans des cachots humides. Eemeli Toropainen n'entendait pas non plus se joindre à l'expédition, il se faisait vieux, lui aussi, et avait le cœur fragile. On confia la direction des opérations au commandant de la compagnie de francs-tireurs Taneli Heikura.

Les explorateurs devaient emporter de grandes quantités de matériel : armes, outils, cordes, clous, engins de chasse et de pêche et réserves de vivres, aussi bien pour les hommes que pour les bœufs qui les accompagneraient. Le but était d'aller d'abord au mont Murto, où l'on attellerait les bêtes à la bombe H. De là, on se dirigerait vers la côte de la mer Blanche, où l'on établirait un chantier naval afin de construire cinq bateaux de pêche. On bâtirait aussi une étable pour les bœufs, et quelques chalets pour une partie de l'expédition.

Quand les bateaux seraient prêts à lever l'ancre, vers Noël, on y chargerait l'arme nucléaire, ainsi que du matériel de pêche. Le plus gros des hommes, cinquante pêcheurs et francs-tireurs, embarqueraient à bord. De la mer Blanche, la flottille d'Ukonjärvi gagnerait la mer de Barents et poursuivrait son voyage jusqu'à la Nouvelle-Zemble, où elle se débarrasserait de la bombe H ; si l'on trouvait dans l'île des troupes russes opérationnelles, on tenterait de s'arranger avec elles pour qu'elles détruisent l'engin de mort. Sinon, on signalerait soigneusement sa position, on le protégerait d'un auvent et on veillerait à ce qu'il ne puisse pas exploser par accident.

Au retour, les hommes traîneraient leurs chaluts dans l'océan Arctique et, si possible, débarqueraient quelque part dans la presqu'île de Kola afin d'y pêcher du saumon de rivière, que l'on salerait. Ils reviendraient en mer Blanche au début de l'été et ramèneraient leur butin à Ukonjärvi à l'automne 2018.

La grande expédition arctique prit le départ. Eemeli Toropainen, Severi Horttanainen et de nombreux autres Ukonjärviens l'accompagnèrent en cortège jusque derrière le mont de l'Ogre. L'Ange volant était aussi du voyage, en tant qu'estafette :

elle devait rapporter des nouvelles de la première partie de la mission en mer Blanche.

L'Ange volant revint en coup de vent à Ukonjärvi avec les premières neiges. Elle était comme toujours très excitée : l'expédition était bien arrivée au mont Murto, puis au bord d'une mer lointaine, où elle avait entrepris de couper des arbres et installé une scierie forestière afin de débiter du bois de charpente de marine. On avait aussi construit des chalets et une étable pour les bœufs. On n'avait croisé personne en chemin. Au retour, la messagère était tombée sur quelques cueilleurs d'airelles, aux abords de la frontière. L'Ange volant avait aussi ramassé des baies, mais les avait oubliées quelque part, dommage !

Le détachement de francs-tireurs du mont Murto apporta au printemps suivant d'autres nouvelles du chantier naval et du camp de la mer Blanche. Tout allait bien, les hommes pêchaient et se rendaient de temps à autre dans l'île-monastère de Solovki. À Noël, la pasteure doyenne aux armées Tuirevi Hillikainen y avait célébré un office religieux dans la cathédrale de la Sainte-Trinité. Quelques vieilles Caréliennes du village de Solovki avaient assisté à la cérémonie. Les ermites russes de la colline de Sekirnaïa gora s'étaient offusqués de voir un prêtre luthérien, et une femme, par-dessus le marché, venir prêcher au monastère, mais dans l'ensemble, les relations avec la population locale étaient restées bonnes. On avait commercé, vendu du poisson et acheté de la farine.

Au printemps 2018, un étrange phénomène lumineux se produisit dans le ciel, du côté du nord-est. Les Ukonjärviens, la peur au ventre, se demandèrent si ce n'était pas leur bombe H qui avait explosé, et avec elle les hommes envoyés dans la presqu'île de Kola. Ils vécurent dans cette crainte tout le printemps et l'été. Ce ne fut qu'à l'automne, quand les voyageurs au long cours revinrent de l'Arctique, que l'on sut ce qui s'était passé.

Les membres de l'expédition se portaient bien et leurs chariots regorgeaient de marchandises. Taneli Heikura raconta qu'une fois les bateaux construits et accastillés, sur les rives de la mer Blanche, on avait mis le cap sur Solovki, puis longé la côte sud de la presqu'île de Kola pour gagner la vaste mer de Barents. Au passage, on avait croisé des troupeaux entiers de bélougas. On en avait tué trois.

À l'est de la presqu'île, à l'embouchure du Ponoï, on avait loué des zones de pêche aux autochtones, pour la plupart des Sames de Kola. On avait fait du commerce avec eux et sympathisé au point qu'au retour deux hommes de l'expédition avaient épousé des filles du coin et décidé de se consacrer à prendre du poisson dans le riche delta du Ponoï ;

ils avaient aussi promis de veiller sur les droits de pêche d'Ukonjärvi dans la région.

On avait ensuite fait voile vers la Nouvelle-Zemble, afin d'y déposer la bombe nucléaire apportée du mont Murto. La flottille s'était trouvée prise dans les dernières tempêtes hivernales et avait dérivé au large de l'archipel, loin dans l'océan Arctique. On s'était abrité dans une crique, du côté sous le vent d'un îlot rocheux, si petit qu'on ne le trouvait pas sur les vieilles cartes générales de la zone.

«Après ce qui s'est passé, on ne le trouvera d'ailleurs plus non plus sur les cartes à grande échelle… et même s'il y est, on ne le trouvera pas lui-même, vu qu'il nous a explosé dans les pattes», expliqua Taneli Heikura.

Le bateau au fond duquel la caisse contenant l'arme nucléaire était arrimée s'était en effet échoué sur la grève. Quand la tempête s'était à nouveau levée, il avait été jeté plus haut sur les rochers. Il avait fallu l'y abandonner. Impossible de transborder la bombe, la pente était trop forte et on n'avait pas de poutres pour bricoler un engin de levage. Il avait fallu trouver une autre solution. À l'aide d'un cabestan, on avait hissé la caisse au sommet de l'îlot, on avait construit un auvent pour la protéger et on l'avait attachée à des blocs de pierres et à des saillies de la roche. On avait écrit sur le couvercle, dans toutes les langues que l'on connaissait, des avertissements enjoignant aux éventuels visiteurs d'éviter l'îlot, pour cause de danger atomique.

« Et puis on a eu comme l'impression que la bombe faisait un drôle de bruit. On a ouvert la caisse et on a posé l'oreille sur le métal, il y avait un petit sifflement et une sorte de léger cliquetis. »

Le forgeron somalien Yossif Nabulah avait émis l'hypothèse qu'il y avait à l'intérieur un système de mise à feu automatique qui avait été enclenché par les secousses de la tempête et du naufrage. D'après lui, on utilisait ce genre de mécanismes au début de la Troisième Guerre mondiale. Le but était sans doute de faire exploser l'engin au cas où l'ennemi tenterait de le neutraliser.

« On s'est dépêché de filer. On a sauté dans les canots pour retourner aux bateaux, la bombe est restée à siffler sur son rocher. On a hissé les voiles et on a cinglé vers la presqu'île de Kola. Ça faisait trois jours qu'on naviguait sans désemparer quand, un matin, on a entendu un grondement interminable. Tout l'horizon, au nord, s'est illuminé d'une lueur aveuglante, d'abord blanche, puis couleur rouille. On en a conclu que l'îlot n'existait plus. Quatre heures plus tard, une déferlante de plus de dix mètres de haut est arrivée de la même direction. Toute la flottille a failli chavirer, une énorme vague écumante a balayé les bateaux, des marchandises ont été emportées et les hommes se sont retrouvés couverts de bleus. »

La grande expédition de la presqu'île de Kola rapportait dans ses bagages 140 tonneaux de poisson salé, principalement du saumon, mais aussi d'autres poissons écailleux tels que lavarets et ombles, plus 15 futailles d'huile de baleine et 1,4 tonne de morue séchée. On avait pêché le bélouga en mer Blanche, et un peu en mer de Barents. La chasse aux animaux à fourrure avait aussi été bonne : deux peaux d'ours blanc, cinq ballots d'isatis, sans compter quelques loups et une centaine de renards destinés à finir en manteau.

Les explorateurs ramenaient aussi cinq femmes, originaires d'Arkhangelsk où ils avaient fait escale sur le chemin du retour. La ville tombait en ruine et les candidates au mariage auraient été bien plus nombreuses à vouloir venir à Ukonjärvi. Après les grandes guerres, ce ne sont pas les femmes qui manquent. Mais comme on n'en avait pas besoin de plus, on s'était contenté des cinq plus enthousiastes.

37

En août 2022, on organisa à Ukonjärvi une exposition agricole. C'était la première foire de ce genre dans les pays nordiques depuis la Troisième Guerre mondiale. Alors qu'ailleurs en Europe on souffrait encore des séquelles du conflit, la Fondation funéraire ne manquait de rien.

Eemeli Toropainen voyait dans cette exposition un bon moyen de faire connaître les produits naturels de la commune, à des fins d'exportation. La manifestation permettrait aussi de renforcer l'estime de soi et la foi dans l'avenir des Ukonjärviens. L'occasion était d'autant plus solennelle que le président de la Fondation funéraire fêterait au même moment ses soixante-quinze ans.

L'adjoint aux affaires économiques de la municipalité de Kajaani avait suggéré dès le printemps une organisation conjointe de l'exposition. Il avait même publiquement exprimé l'idée d'une fusion de sa commune avec celle d'Ukonjärvi, et d'un transfert vers cette dernière du centre névralgique et de l'administration de la région. Eemeli avait refusé la proposition. À ses yeux, il n'entrait pas dans les attributions de la Fondation funéraire d'Asser Toropainen d'intégrer les villes voisines. Kajaani conserva donc son indépendance et Ukonjärvi assura seul la supervision de l'événement.

On choisit pour siège de la manifestation la nouvelle école du mont de l'Ogre, dont la construction avait été achevée l'été même. On installa dans la cour un certain nombre de tentes, ainsi qu'un grand pavillon regroupant plusieurs stands. La salle des fêtes accueillerait le cœur de l'exposition.

Ukonjärvi comptait alors plus de 7 000 habitants. La foire attira aussi par milliers des visiteurs des alentours. On invita en outre des personnalités telles que l'évêque de Kuopio Julius Ryteikköinen. La fanfare du corps des sapeurs-pompiers volontaires de Sotkamo fut engagée pour assurer l'animation musicale.

Eemeli et Taina Toropainen firent visiter l'exposition agricole à leurs invités. Le commandant des francs-tireurs Taneli Heikura était également présent avec son épouse, de même que Severi Horttanainen et le fils d'Eemeli et Taina, Jussi, un costaud qui allait sur ses trente ans.

On commença par le matériel. On avait remorqué dans la cour de l'école une batteuse et une machine à vapeur, des faucheuses et des râteaux mécaniques, des charrues, des désoucheurs, une rigoleuse. La laiterie avait fourni des moules à fromage et une baratte mécanique, la distillerie un ancien alambic et une embouteilleuse manuelle.

Dans les champs de Laakajärvi, différents spectacles étaient prévus pendant les trois jours de foire. Les démonstrations biquotidiennes de labour étaient particulièrement appréciées du public. Avec une charrue à quatre versoirs, tirée par des bœufs, on retournait d'un coup quatre billons : dans une bonne odeur d'humus, l'attelage avançait d'un pas lent et solennel, traçant des sillons fertiles. Sur le lac tout proche, des senneurs travaillaient sous le regard des visiteurs : ils remontèrent dans leurs filets quatre cents kilos de vendaces, que l'on cuisina sur place. À la pointe aux Russes, on extrayait du minerai du fond du lac. On offrit à l'épouse de l'évêque un pendentif en limonite représentant l'église sylvestre d'Ukonjärvi.

Dans le hameau des Forges, on avait organisé un concours d'essartage : la formation locale se classa première, Ukonjärvi deuxième et l'équipe invitée de Sotkamo troisième. Une fois les médailles remises, on alluma une énorme fosse à goudron, après que monseigneur Ryteikköinen l'eut bénie.

Les écolos de Verte-Colline promenèrent les invités dans leurs pépinières, qui passaient pour les plus modernes des pays nordiques, et leur offrirent un assortiment d'herbes aromatiques séchées spécialement sélectionné pour la foire.

Les artisans exhibèrent leur savoir-faire : le cordier toronnait du chanvre sauvage, le tanneur raclait des peaux, le cordonnier fabriquait des bottes en cuir souple, le tailleur prenait les mesures des visiteurs. Le bourrelier exposait son chef-d'œuvre, une selle de franc-tireur à cheval, le menuisier un fauteuil à bascule, le tonnelier des tines et des quartauts, les tisserands de magnifiques tapisseries teintes avec des colorants naturels, ainsi que d'autres ouvrages, et les couturières des créations vestimentaires.

Les stands proposaient de nombreux produits locaux : goudron de pin, chanvre, lin, noir de fumée, poteries, et aussi de la ferronnerie, de la verrerie, de la dinanderie. On trouvait des skis, des luges, des traîneaux, des harnais, des travois, des charrettes et même une diligence à deux chevaux, copiée sur un ancien modèle français. Au bord du lac Ukonjärvi, on pouvait admirer différentes sortes de barques, un radeau et deux canoës.

La salle des fêtes de l'école accueillait une exposition d'art dont la section classique pouvait s'enorgueillir de deux œuvres de qualité : *L'Ukrainienne* d'Ilia Répine et *La Joconde* de Léonard de Vinci. Cette dernière était arrivée à Ukonjärvi dans les bagages d'un vieux moine alcoolique qui l'avait volée au Louvre dans le tumulte de la dernière guerre. Passant par la commune, il avait troqué le tableau, plutôt crasseux, contre deux quartauts de salaisons. On l'avait nettoyé et réencadré.

Les murs s'ornaient en outre de dessins anatomiques au fusain du chirurgien de campagne Seppo Sorjonen et de deux pastiches à motif religieux de Tuirevi Hillikainen. Les artistes immigrés étaient bien représentés : l'art nègre en fer forgé du Somalien Yossif Nabulah voisinait avec deux icônes prêtées par les Russes, tandis que les aviateurs arabes exposaient des céramiques émaillées décorées d'arabesques exprimant d'après eux les profondes pensées du prophète Mahomet.

Il y avait également dans les locaux de l'école une grande et intéressante salle réservée à la chasse, avec des armes traditionnelles, des collets, des trappes et des trébuchets, ainsi que des dépouilles d'animaux. Le trophée le plus précieux était un crâne d'ours blanc rapporté de la mer de Barents. Parmi les clous de l'exposition, on remarquait une vertèbre de bélouga et une dent de bœuf musqué trouvée dans la vallée du Ponoï.

Pour clore cette longue visite, Eemeli Toropainen présenta à ses hôtes les collections du musée des Arts et Traditions populaires d'Ukonjärvi, qui venait d'être inauguré. Il rassemblait toutes sortes d'objets datant du précédent millénaire : une perceuse électrique ayant servi à forer les emplacements des chevilles d'assemblage des madriers de l'église sylvestre, une pendulette numérique, un téléviseur couleur cabossé, une brosse à dents électrique, un sèche-cheveux, un cadre de moto et bien entendu l'ordinateur portable aujourd'hui réduit au silence de Jaritapio Pärssinen. Ces vestiges du temps passé firent sourire les visiteurs. C'était fou, tout ce à quoi les gens avaient pu dépenser leur argent à l'époque ! Parmi les pièces les plus intéressantes figurait un dispositif de mise à feu de bombe nucléaire, dont les aviateurs arabes avaient fait don au musée. Dans l'ensemble, il paraissait certain que les collections de l'établissement seraient reconnues à leur juste valeur au plus tard au quatrième millénaire.

Puis Eemeli Toropainen, accompagné de son épouse et de ses invités d'honneur, monta dans la diligence afin de se rendre, dans la chaude soirée d'août, au parc à sangliers qui avait ouvert ses portes à Kamulanmäki. Au passage, la compagnie fit un saut à la distillerie de Rätsi, où l'on eut droit à une dégustation : les invités furent encouragés à deviner avec quelles herbes chaque produit était aromatisé. Une table avait été dressée au bord de l'étang, avec de petits verres à liqueur remplis à ras bord de différentes eaux-de-vie.

L'épreuve fut remportée haut la main par monseigneur Ryteikköinen, auquel même Severi

Horttanainen n'arrivait pas à la cheville en matière d'herbes aromatiques. L'évêque expliqua tout fier qu'il s'y connaissait en jardins, surtout paradisiaques.

La compagnie était plutôt gaie en arrivant au parc à sangliers. Toropainen et ses hôtes prirent place dans des fauteuils de toile, devant le grillage, afin d'admirer les cochons sauvages venus les regarder avec curiosité. On leur servit pour en-cas des canapés garnis de viande de sanglier. Monseigneur Ryteikköinen avoua qu'il n'avait rien goûté d'aussi savoureux depuis l'avant-guerre.

« D'ailleurs, à propos de guerre, poursuivit-il, j'ai entendu dire, juste avant de venir ici, qu'un million de Houngouzes, ou quelque chose de ce genre, avaient traversé l'Allemagne en direction de la Belgique. Vous n'avez pas dû être confrontés à trop d'invasions, à Ukonjärvi, j'imagine ? »

Eemeli admit que les hordes étrangères n'avaient guère troublé la tranquillité de la commune au cours des années de guerre. C'était à peine si 40 000 femmes étaient passées une fois à proximité.

« Eh oui… vous menez vraiment une vie idyllique », soupira l'évêque.

On retourna au village afin d'assister dans l'église d'Ukonjärvi à un office religieux solennel, avec pour prêtre célébrant monseigneur Julius Ryteikköinen et pour prêcheur la pasteure doyenne aux armées

Tuirevi Hillikainen. Severi Horttanainen tenait l'orgue.

La grande foire agricole ainsi clôturée, Eemeli Toropainen fut victime d'une crise cardiaque plus violente que d'habitude.

38

Le chirurgien de campagne Seppo Sorjonen ordonna à Eemeli Toropainen de garder la chambre. Deux jours plus tard, le patient était suffisamment remis pour se lever. Le médecin lui administra quelques remèdes et suggéra un pontage coronarien. Il pensait avoir acquis au fil des ans les compétences nécessaires pour réaliser l'opération.

Sorjonen conduisit Eemeli dans un mazot du presbytère transformé en clinique avant même la Troisième Guerre mondiale. On y avait aménagé un petit service hospitalier de trois lits, avec une salle d'opération isolée par un rideau. Elle ne mesurait certes que cinq mètres sur cinq, mais était bien assez spacieuse au goût de Sorjonen. En général, il n'y soignait que des affections bénignes. Le chirurgien de campagne avait commencé à pratiquer des opérations une dizaine d'années plus tôt, en enlevant les varices de la mère Matolampi. Il s'était ensuite fait la main en intervenant sur quelques appendicites et hernies inguinales. Dans le domaine de la chirurgie plastique, il pouvait se targuer d'avoir recollé les oreilles d'un certain nombre de gamins.

Eemeli Toropainen regarda d'un œil méfiant le matériel de la salle d'opération. Une ampoule nue pendait du plafond. Le forgeron somalien Yossif Nabulah avait fabriqué un billard à l'aide de tubes d'aluminium pris dans le bombardier des Arabes. On y avait aussi trouvé des tuyaux flexibles. La majeure partie du matériel avait été façonnée par le forgeron, mais Sorjonen avait aussi acheté à la pharmacie de Kajaani quelques aiguilles creuses et autres instruments de précision. En ces temps de pénurie, ils étaient cependant hors de prix, et on ne trouvait même plus de seringues à injection jetables. Pour les indispensables mesures d'hygiène, il y avait une canalisation d'eau, amenée de la rivière d'Ukonjärvi ; la centrale électrique construite sur cette dernière fournissait de l'électricité et les instruments étaient désinfectés à l'eau bouillante. La distillerie de l'étang de Rätsi livrait les quantités nécessaires d'alcool à 90°, convenant aussi bien à un usage interne qu'externe. Seppo Sorjonen se procurait auprès des mailleurs de senne le fil qu'il utilisait pour recoudre les incisions.

Le mur du fond de la clinique était garni d'une bibliothèque où il conservait les sources de son savoir médical, dont deux traités en allemand, l'un consacré aux maladies internes et l'autre à la chirurgie thoracique. Il avait aussi des manuels d'anesthésie et de chimie et bien sûr quelques livres de médecine plus généraux, sans compter un ouvrage illustré saisissant, *Anatomischer Atlas.* Les annotations portées dans ses marges prouvaient que le chirurgien de campagne avait soigneusement étudié le métier.

Les murs de l'hôpital étaient ornés de posters en quadrichromie représentant des écorchés en taille réelle. On y voyait tous les organes — cœur, poumons, foie, reins et rate. Sorjonen montra à son patient la coupe d'un ventricule :

« Tu souffres d'une insuffisance cardiaque, *insufficientia cordis*, due à une maladie coronarienne, *morbus cordis coronarius.* Ça veut dire que ton muscle cardiaque ne reçoit pas assez de sang et d'oxygène, parce que tes vaisseaux sont rétrécis ou peut-être même déjà obstrués. Le remède le plus efficace, et le seul possible à ce stade, serait un pontage. »

Eemeli Toropainen regardait fixement le cœur ouvert sur l'image. Il en avait le vertige.

« Je crois que je vais aller me faire opérer à Helsinki », grogna-t-il, et il sortit les mains crispées sur la poitrine sur le perron de la clinique.

Sorjonen le suivit.

« Tu n'as pas l'air d'avoir confiance dans le succès de l'intervention. »

Le président de la Fondation funéraire ne voulait pas vexer l'attentionné chirurgien de campagne. Mais la salle d'opération installée dans le mazot ne l'incitait pas, Dieu sait pourquoi, à courir le risque. Il avait d'ailleurs d'autres affaires à régler à Helsinki, il devait vérifier à la Direction des impôts la situation fiscale de la commune d'Ukonjärvi.

Seppo Sorjonen se vanta d'avoir déjà pratiqué des pontages, Eemeli n'était pas son premier malade du cœur. Avant l'abattage, à l'automne, il avait procédé à titre expérimental à une intervention tout aussi exigeante sur le bélier le plus teigneux du troupeau de moutons.

« Il a survécu ? demanda Eemeli Toropainen.

— Peu importe, j'ai le sentiment que dans ton cas je réussirai. »

Malgré les généreuses offres de service de Sorjonen, Eemeli Toropainen se prépara à se rendre à Helsinki. Son épouse Taina l'accompagna. Elle n'osait pas laisser un vieil homme cardiaque partir seul en voyage dans la capitale. Seppo Sorjonen lui demanda de lui rapporter de la ville, pour sa clinique, des ampoules d'anesthésique et du fil chirurgical en nylon. Le fils des Toropainen, Jussi, conduisit ses parents à la gare de Valtimo, où ils montèrent dans le train. Vingt-quatre heures plus tard, la locomotive à vapeur était à quai à Helsinki.

La capitale de la Finlande avait bien changé

depuis le dernier séjour des Toropainen. Le quartier de la gare était crasseux et décrépit. Il n'y avait pas grand monde, à part des ivrognes et d'autres rebuts de la société. Le toit de l'aile ouest du hall d'arrivée s'était écroulé des années plus tôt. Il était maintenant soutenu par des étais. Le dallage était constellé de flaques de boue. Il n'y avait plus un seul restaurant dans toute la gare. Des clochards se réchauffaient autour d'un feu de camp au coin de l'immeuble de la poste centrale. Le bâtiment lui-même n'avait plus de vitres. L'ancien grand magasin Sokos n'était pas en meilleur état.

Taina trouva une chambre pour la nuit à l'hôtel Klaus Kurki, sur la place Erottaja. L'établissement avait perdu sa splendeur. On ne faisait pratiquement plus le ménage dans les chambres, les restaurants étaient fermés; le chauffage fonctionnait encore, mais il était recommandé de ne pas boire l'eau du robinet. Eemeli Toropainen étancha sa soif avec de la bière extra d'Ukonjärvi.

La dernière édition de l'annuaire du téléphone datait d'avant guerre. Les renseignements ne répondaient pas. Taina alla faire un tour en ville pour voir où l'on pratiquait des pontages coronariens. Elle revint déçue à l'hôtel. Le centre hospitalier universitaire de Helsinki n'existait plus. Jorvi fonctionnait encore, mais n'hébergeait plus qu'une maternité. Le seul établissement plus ou moins opérationnel accueillant encore des patients de tous âges était l'antique Hôpital chirurgical d'Eira. Taina y conduisit Eemeli.

L'endroit était en piteux état. Il y avait deux heures d'attente à l'accueil. Des malades vêtus de vieilles nippes erraient dans les couloirs. Les blouses jadis si blanches des médecins auraient mérité d'être lavées. Quand un chirurgien reçut enfin les Toropainen, Eemeli remarqua qu'il sentait l'alcool.

La consultation était payable d'avance. Cent écus, ou, en comptant en nature, dix kilos de viande de bœuf surchoix. Impossible de marchander, il n'y avait déjà que trop de patients. L'examen fut superficiel. Le médecin conclut qu'Eemeli était cardiaque. Il sortit de sa poche un petit flacon contenant des pilules jaunes. Le patient devait en prendre une chaque fois qu'il se sentait oppressé.

Taina Toropainen expliqua que les médicaments n'étaient d'aucun secours. Eemeli avait besoin d'un pontage. C'était le diagnostic établi par le docteur local avant leur départ.

Le médecin consulté se refusa à opérer. Il expliqua qu'il était trop alcoolisé pour pouvoir répondre des conséquences s'il maniait le scalpel. Sans compter que le patient était plutôt âgé. Place aux jeunes !

« L'homme n'est pas éternel. *Vita brevis, medicina longa* », conclut-il.

Taina ne se satisfit pas de la sentence. Elle exigea une intervention. Son époux mourrait si on ne l'opérait pas.

Le médecin, contraint et forcé, entreprit d'étudier la question. La liste d'attente du service de chirurgie de l'hôpital s'avéra si désespérément longue qu'Eemeli Toropainen ne pourrait subir son pontage que dans vingt-neuf ans. Le patient calcula qu'il en aurait alors cent quatre. Il ne semblait guère utile de faire la queue aux portes de l'enfer.

« Dans le privé, il est bien sûr possible d'obtenir un coupe-file, si l'intéressé a les moyens », fit remarquer le médecin. Il sortit une feuille de papier où figuraient les tarifs des différentes opérations. Il précisa que les sommes indiquées pouvaient sans problème être converties en paiements en nature. Le cours était avantageux, souligna-t-il.

Taina calcula le prix de la vie de son mari. Un pontage valait 6 tonnes de vendaces salées. Une appendicectomie, à titre de comparaison, était facturée 1,5 tonne, des hémorroïdes 500 kilos. Il aurait été moins onéreux de souffrir de problèmes de prostate, l'opération ne coûtait qu'un quintal de poisson. Pour la pose d'une hanche artificielle, par contre, la facture atteignait 100 tonneaux.

Déprimé, Eemeli parcourut les rues de Helsinki. L'Union de l'Europe occidentale avait installé son quartier général dans le palais du Parlement. L'Assemblée nationale siégeait maintenant dans les anciens bureaux de la banque KOP, mieux connus sous le nom d'hôtel Kämp. Il n'y avait plus que cent députés, moitié moins que dans le temps. Ils se réunissaient une fois par an, pour une durée de deux semaines. Quel intérêt y aurait-il eu à voter des lois que l'on ne pouvait appliquer ? La Finlande décidait, l'Europe légiférait.

Le magnifique opéra construit au précédent millénaire au bord de la baie de Töölö avait été transformé en maison de retraite internationale pour les invalides de guerre. Dans le jardin, des Italiens et des Français claudiquaient sur leurs béquilles. Les combattants mutilés ou mentalement diminués dans la tourmente du conflit nucléaire s'aidaient les uns les autres, il y avait un manque criant de personnel soignant. La grande salle de l'opéra avait paraît-il été transformée en réfectoire, avec sur la scène une cuisine roulante. De l'autre côté de la baie, le vieux palais Finlandia avait été recouvert de tristes bardeaux de bois goudronnés. Sa sombre silhouette s'accordait bien avec l'eau noire dans laquelle il se mirait.

Taina accompagna Eemeli au cimetière de Hietaniemi, où gambadaient des écureuils affamés. Le vieil homme voulait voir la tombe de Mauno Koivisto, décédé peu avant Noël. L'ancien président avait atteint l'âge de quatre-vingt-dix-neuf ans. Une stèle de granit rose polie sur une face marquait sa sépulture. Sur le tertre gisaient quelques bouquets fanés, dont l'un s'ornait d'une dédicace de la Caisse d'épargne ouvrière de Finlande. Deux femmes âgées s'approchèrent, portant des fleurs fraîches. L'une avait sûrement près de cent ans, l'autre n'était plus très jeune non plus. Taina poussa Eemeli du coude et l'entraîna à l'écart.

Il y avait là Mme Tellervo Koivisto, appuyée sur sa fille Assi. Elles venaient déposer des œillets rouges sur la tombe de leur époux et père — où donc en avaient-elles d'ailleurs trouvé en ces temps de restrictions? La veuve tendit les fleurs à sa fille, qui les disposa sur la sépulture. Les deux femmes se recueillirent un instant. Taina calcula rapidement qu'Assi devait déjà avoir plus de soixante ans, mon Dieu comme le temps passe!

En silence, les visiteuses se dirigèrent lentement vers la sortie, par les arcades de la chapelle. Dans la rue, elles montèrent dans un cabriolet. Aucune ordonnance ne semblait les attendre. Assi prit les rênes. Eemeli se fit la remarque que son propre phaéton, à Ukonjärvi, avait nettement plus d'allure. Le cheval des Koivisto n'avait pas non plus l'air très fringant. Peut-être les deux femmes vieillissantes connaissaient-elles des difficultés financières? Dans le pays, rares étaient ceux qui s'en sortaient bien ces temps-ci.

Ses affaires d'argent conduisirent Eemeli à la Direction des impôts, où il voulait vérifier le calcul de la capacité fiscale de la commune d'Ukonjärvi. Celle-ci avait été relevée de quelques pour cent, sous prétexte d'un enrichissement exceptionnellement rapide.

On apprit à Toropainen que la capacité fiscale des communes n'était plus déterminée, depuis l'automne, par Helsinki mais par Bruxelles. S'il voulait obtenir un changement de catégorie dans l'échelle servant de base au taux d'imposition, c'était là-bas qu'il devait adresser ses observations.

La Direction des impôts tenait par contre à la disposition de la commune d'Ukonjärvi le remboursement de quelques années de trop-perçu de la taxe ecclésiastique. En vertu des nouvelles réglementations, les communes n'y étaient plus assujetties. Toropainen n'avait-il pas reçu notification de ces remboursements? Quoi qu'il en soit, on lui donna un document l'autorisant à prendre livraison de 100 tonneaux de pemmican à l'entrepôt de la Direction des achats publics, à Pasila.

Eemeli était ravi, cette rentrée inattendue lui permettrait peut-être de se payer un pontage. Tout heureux, les Toropainen allèrent prendre possession de leurs fûts de viande.

L'entrepôt de Pasila avait été aménagé dans un vieil abri creusé dans le roc où l'on pénétrait par un escalier métallique en colimaçon. Les ascenseurs étaient en panne. Plus on s'enfonçait sous terre, plus l'odeur était écœurante. Arrivés dans l'immense hall, les Toropainen eurent du mal à se retenir de vomir. Quand on ouvrit les tonneaux, on ne put que constater l'état de putréfaction avancée du pemmican. Il aurait fallu prendre livraison des remboursements des années plus tôt.

Eemeli Toropainen refusa de donner quittance des infects trop-perçus de taxe ecclésiastique. On lui remit un formulaire en langue étrangère, au cas où il souhaiterait se plaindre de la qualité de la viande auprès de la Commission européenne de contrôle des produits alimentaires avariés. Les réclamations étaient en général traitées dans un délai de cinq ou six ans. D'ici là, la marchandise serait encore plus détériorée.

Les Toropainen abandonnèrent leurs trop-perçus dans l'entrepôt. Eemeli renonça aussi à toute récrimination, car sa cardiopathie ne lui laisserait sans doute pas le loisir de voir aboutir la procédure.

Il avait envie de rentrer chez lui, que la mort l'y attende ou pas. Il se refusait à payer pour sa santé le tarif exorbitant demandé par les chirurgiens. Il ne céderait pas à l'extorsion, fût-ce au prix de sa vie.

39

Alors qu'Eemeli et Taina Toropainen étaient encore à Helsinki, un vieil ours cardiaque vint traîner du côté d'Ukonjärvi. Il était apparenté à la femelle qui avait jadis mangé le guichetier des postes de Valtimo et se trouvait aussi par hasard être un descendant direct de l'animal qui avait tué la Finlandaise d'Amérique Eveliina Mättö. À l'origine, les plantigrades étaient russes. Leur ancêtre avait quitté les côtes de la mer Blanche pour la Finlande à l'époque des purges staliniennes. Sans doute ne fuyait-il pas la dictature — les bêtes sauvages ignorent ce genre de choses — et avait-il juste vagabondé librement à travers les forêts.

L'ours était âgé et malade. Il souffrait depuis déjà deux ans de graves problèmes cardiaques. Dès qu'il galopait un peu trop longtemps derrière une proie, son cœur se mettait à battre la chamade et il était obligé de s'arrêter. Un défaut de famille. Il devait se contenter de charognes et autres mets de fortune. Il croquait volontiers des moutons et se servait dans les nasses oubliées des étangs de forêt. Il ne mangeait pas souvent à sa faim.

Un matin d'août, sur la route de Valtimo, il tomba sur l'Ange volant qui, l'âge venant, ne courait plus aussi vite que dans sa jeunesse. L'ours, pensant avoir trouvé là une proie facile, se lança plein d'espoir aux trousses de la malheureuse.

Ils arrivèrent à un train d'enfer dans la cour du manoir d'Ukonjärvi. L'Ange volant hurlait de terreur, l'ours haletait derrière elle, la langue pendante, si épuisé par la poursuite qu'il s'écroula près du puits, les pattes crispées sur la poitrine. L'Ange volant se précipita dans la salle pour avertir la population de la présence de l'animal.

John Matto aurait bien abattu l'ours sur-le-champ, mais le chirurgien de campagne Seppo Sorjonen s'interposa. Il manquait cruellement de patients pour s'entraîner à réaliser des pontages coronariens. En l'absence de volontaires humains pour ce genre d'expériences médicales, le plantigrade ferait l'affaire, décida-t-il. Son organisme était très proche de celui de l'homme, un ours écorché ressemblait à s'y méprendre à un Finlandais rougeaud sortant du sauna, et leur mode de vie aussi était similaire, surtout en été.

On plongea le nez de l'ours dans un sac contenant de la poudre d'amanite tue-mouche mélangée à de l'éther et à de l'alcool. L'anesthésique avait été commandé par Sorjonen à la distillerie de l'étang de Rätsi. Jalmari, le fils de la vieille bouilleuse de cru Tyyne Reinikainen, avait réussi, en faisant chauffer de l'éthylène en présence d'eau et d'acide sulfurique, à obtenir du sulfate d'éthyle qui, en réagissant avec l'éthanol, avait donné de l'éther, produit assez violent pour assommer même un ours. À plusieurs, on hissa le roi de la forêt endormi sur un char à bœufs.

Seppo Sorjonen entreprit sans tarder de préparer sa grande intervention chirurgicale. Il décida d'y procéder directement sur le char, dont le plancher se trouvait par chance à la même hauteur qu'un billard. Le véhicule était par contre trop grand pour passer par la porte de la clinique, il fallait trouver un local plus vaste. Sorjonen demanda à la pasteure doyenne aux armées l'autorisation d'utiliser l'église d'Ukonjärvi comme salle d'opération. Tuirevi Hillikainen mit d'abord son veto au projet, répandre du sang dans un lieu saint ne lui semblait pas très chrétien, et y faire entrer un animal païen n'était de toute façon pas souhaitable. Seppo Sorjonen invoqua cependant le nécessaire progrès de la recherche médicale et rappela que la présence de sang dans une église n'était nullement exceptionnelle, ne fût-ce qu'au travers de la célébration de l'eucharistie. Tuirevi Hillikainen céda, et prononça même une prière d'intercession pour la réussite de l'opération.

Sorjonen réunit une équipe chirurgicale d'une demi-douzaine de personnes : des brancardiers de la compagnie de francs-tireurs, Henna Toropainen-Heikura, Severi Horttanainen et Tuirevi Hillikainen. Il distribua des blouses blanches à ses assistants. Tous se lavèrent soigneusement les mains et se couvrirent la bouche d'un linge propre.

On rassembla les instruments nécessaires : une hache, une scie à métaux, des clamps, des ciseaux, un couteau de chasse et des porte-aiguille que Sorjonen avait pu se procurer à la pharmacie de Kajaani. On compta soigneusement les compresses en lin blanc avant de commencer l'opération. Quand on refermerait la cage thoracique de l'ours, il faudrait les recompter, et malheur s'il en manquait une seule ! Pour les sutures, Sorjonen décida d'utiliser du fil glacé d'épaisseur moyenne, non teint.

On conduisit le chariot dans l'église, où on le plaça à la croisée du transept, près de la chaire. On fit rouler le patient sur le dos et on lui attacha les membres, à l'aide de larges sangles de cuir, aux quatre coins du char et, pour plus de sûreté, aux bancs des fidèles. Il fallait s'assurer qu'il ne puisse pas se débattre et se détacher pendant l'opération. On lui administra une nouvelle dose d'anesthésique.

On accrocha au lustre un goutte-à-goutte relié

par un tuyau à une veine de la patte gauche de l'ours. On y versa quelques litres de sérum physiologique. Du haut de la chaire, on fit descendre un tube d'aluminium rigide jusque dans la gueule du malade. Le but était de lui insuffler de l'air comprimé dans les poumons, afin d'éviter qu'ils ne se rétractent pendant l'opération. Tuirevi Hillikainen monta dans la chaire, prête à souffler dans le tube. C'était à elle qu'il incombait, en plus d'implorer le Seigneur, de veiller pendant toute l'opération à maintenir une pression suffisante dans les organes respiratoires du patient. Le sang épanché dans la cavité thoracique au cours de l'intervention serait évacué à l'aide d'un tuyau flexible dans un seau placé sous le char.

Tout fut prêt avant midi. Le temps était clair, mais on alluma quand même les chandelles du lustre. La chirurgie cardiaque est un travail de précision.

Sorjonen fendit à la hache le sternum de l'ours et, quand l'ouverture fut assez grande, entreprit de scier la cage thoracique. Les brancardiers l'aidèrent à écarter les côtes. Afin qu'elles ne puissent pas se refermer, Severi Horttanainen les cala avec un bout de bois qu'il avait taillé pour la circonstance.

Tuirevi Hillikainen souffla de toutes ses forces dans son tube. À ce stade de l'intervention, Seppo Sorjonen se remémora l'autobiographie du grand chirurgien et espion Ferdinand Sauerbruch, *Das war mein Leben.* L'auteur y évoquait entre autres le succès d'une importante opération à thorax ouvert. Il avait été le premier à utiliser une chambre à basse pression. Dans le cas présent, c'était la pasteure doyenne aux armées qui s'occupait du haut de la chaire d'égaliser la pression.

Seppo Sorjonen écarta légèrement le bord antérieur du diaphragme, ainsi que le péricarde, dévoilant le cœur palpitant de l'ours. Il entreprit d'ausculter les artères coronaires et trouva tout de suite quelques indurations, signe d'une affection, *morbus cordis coronarius.* Le but du pontage était précisément de remplacer ces artères malades par des artères saines, expliqua Sorjonen à ses assistants qui fixaient avec une curiosité mêlée d'effroi le cœur frémissant à nu.

Comme greffons, le chirurgien préleva sur les veines des jambes du patient quelques segments de cinq centimètres de long. Un triple pontage était nécessaire, donc trois bouts de vaisseau, et au total six sutures. Chez l'homme, Sorjonen savait que le diamètre des vaisseaux était de trois à cinq millimètres environ, tandis que chez l'ours il en atteignait sept.

Quand tout fut prêt pour la phase la plus importante de l'opération, on arrêta le cœur du patient. Cela se fit simplement en abaissant sa température à l'aide d'une poche de glace ; ses battements se ralentirent, jusqu'à s'arrêter complètement. Sans perdre de temps, Seppo Sorjonen ligatura les vaisseaux atteints et greffa à la place de nouveaux segments. Pendant ce travail, les artères coupées furent clampées à l'aide de pinces à linge spéciales, dont la face interne avait été capitonnée.

Suturer les greffons était un travail minutieux et stressant, il fallait procéder vite, car on ne pouvait pas garder le cœur de l'ours arrêté trop longtemps. Seppo Sorjonen fit en tout six coutures.

Henna Toropainen-Heikura essuyait la sueur du front du chirurgien. Severi Horttanainen alla fumer une cigarette dans la sacristie pour se calmer les nerfs. Les jeunes brancardiers passaient ses instruments à Sorjonen. Une fois toutes les sutures soigneusement vérifiées, il ordonna d'ôter la poche de glace de la cavité, referma le péricarde et vit que le muscle cardiaque s'était remis à battre. La phase la plus critique de l'intervention était terminée.

Dans l'entrebâillement de la porte de la sacristie, une minuscule souris d'église — une descendante, qui sait, de celle arrivée jadis à Ukonjärvi dans la chapka d'Asser Toropainen — observait la magistrale et passionnante opération. Poussée par la curiosité et alléchée par d'intéressantes odeurs, elle se faufila le long du mur et des bancs de l'église jusque sous le char. Il y était tombé quelques gouttes de sang d'ours frais qu'elle lécha sans hésiter. C'était une souris sanguinaire et audacieuse, et elle n'était pas pressée de retourner dans la sacristie.

On retira le bout de bois qui maintenait ouverte la cage thoracique de l'ours et on la referma par une couture solide. On laissa provisoirement en place le drain par lequel le sang pouvait s'écouler dans le seau sous le char. On autorisa Tuirevi Hillikainen à cesser de souffler dans son tube. Le visage en feu, elle descendit en chancelant de la chaire.

Seppo Sorjonen contrôla la tension artérielle de l'ours, qui revenait lentement à la normale. Il continua de surveiller son pouls et sa respiration. Dans l'après-midi, tout permettait de penser que l'opération avait été un succès. On fit doucement rouler le char hors de l'église et on le tira à bras d'homme jusque dans la grange du manoir, où l'on suspendit le goutte-à-goutte à une poutre. Par précaution, on attacha l'ours par des sangles à des crampons plantés dans les murs en rondins. Seppo Sorjonen organisa des tours de veille afin de parer à toute évolution de l'état du patient.

Le lendemain matin, l'ours était réveillé de son anesthésie. Il avait l'air de mauvaise humeur. Le chirurgien n'en fut pas étonné, car après des opérations de ce genre, les patients souffrent souvent d'une profonde dépression, du fait du manque d'oxygénation du cerveau pendant l'intervention. Le cafard ferait cependant place à une joie sauvage quand l'ours constaterait l'amélioration de ses capacités, et par conséquent de sa qualité de vie.

Seppo Sorjonen prescrivit au patient un régime riche en légumes et fruits des bois, car après une opération du cœur il est important de surveiller son cholestérol. On pourrait retirer les fils dans une quinzaine de jours, mais il n'était pas question de laisser l'ours galoper tout de suite dans la forêt, car après une intervention chirurgicale, même réussie, les efforts physiques sont interdits pendant quatre semaines.

40

Eemeli et Taina Toropainen rentrèrent plutôt déprimés de leur vaine expédition à Helsinki. Le voyage avait été fatigant et décourageant. À Ukonjärvi, la vie suivait son cours, les travaux d'automne battaient leur plein dans les champs et, sur les lacs, les pêcheurs tiraient la senne. Les chiens, reconnaissant les arrivants, les accueillirent en aboyant. Quand ils passèrent devant la grange du manoir, les Toropainen entendirent aussi des grognements d'ours.

Au coin du bâtiment, un groupe d'hommes discutaient pour savoir s'il fallait ou non tuer l'animal qui grondait à l'intérieur. On expliqua à Eemeli que pendant son absence, on avait pris un ours vivant, à qui Seppo Sorjonen avait fait un pontage coronarien parfaitement réussi. John Matto et plusieurs autres voulaient abattre la bête, mais le chirurgien aurait voulu observer sa convalescence pendant encore quelques semaines. Sans compter que c'était du gâchis de tuer un patient que l'on avait guéri de ses maux au prix d'une aussi lourde intervention.

Le chirurgien de campagne Seppo Sorjonen demanda à Eemeli comment s'était passée son opération, à Helsinki. Il revenait bien vite et ne semblait pas se porter mieux qu'au départ. Le malade répondit d'un air sombre que toute la ville tombait en quenouille, inutile d'y aller chez le docteur.

Sorjonen se proposa aussitôt pour faire un pontage à Eemeli. L'ours était un exemple vivant de son savoir-faire.

Eemeli alla rendre visite au patient, qui était attaché par des sangles aux rondins de la grange. Il était couché sur de la paille. On l'avait nourri de baies et de champignons, dont les forêts regorgeaient à cette époque de l'année. On lui avait aussi servi quelques kilos de lottes, qu'il mangeait paraît-il avec appétit. Sorjonen expliqua qu'il n'avait pas encore droit à la viande, il fallait surveiller son cholestérol. L'ours avait l'air en pleine forme. Il grognait, comme tous ses congénères, mais ne semblait pas trop souffrir de sa captivité. Eemeli se dit que s'il avait survécu à l'opération pratiquée par Sorjonen, il n'y avait pas de raison qu'il n'en fasse pas autant.

Le sort de l'ours fut réglé du même coup. Il aurait la vie sauve, mais ne serait pas relâché à Ukonjärvi. John Matto se contenta de la promesse de l'exiler un jour ou l'autre en Russie, d'où l'on pensait qu'il était originaire.

Eemeli forma le projet de conduire l'animal jusqu'à la mer Blanche. Quand on partirait cet automne porter du matériel supplémentaire — cordes, fil à ravauder les sennes, eau-de-vie et herbes aromatiques — aux pêcheurs d'Ukonjärvi installés là-bas, on pourrait emmener l'ours par la même occasion. Sur les côtes inhabitées de la mer Blanche, il aurait le temps de se remettre de son opération et de faire du lard avant l'arrivée de l'hiver.

L'ex-chef du personnel du nettoyage ferroviaire Taina Toropainen se joignit au groupe. Elle souhaitait elle aussi que Sorjonen opère Eemeli. Elle avait acheté à la pharmacie de l'Hôpital chirurgical les ampoules de kétamine requises, on pourrait les utiliser pour l'anesthésie. La poudre d'amanite tue-mouche associée à de l'éther et à de l'alcool à 90° convenait peut-être à un ours, mais pas à un homme, et aux yeux de Taina, en tout cas, Eemeli ressemblait plus à un humain qu'à un animal. Les ampoules d'anesthésique avaient en outre pour avantage de ne pas exiger de ventilation pulmonaire artificielle du patient. Taina avait aussi rapporté une bobine de fil de nylon extra-fin, destiné à la chirurgie cardiaque. Elle remit le matériel au médecin, qui la remercia avec émotion.

Ce soir-là, Eemeli Toropainen et Seppo Sorjonen allèrent ensemble au sauna. Le chirurgien de campagne frotta le dos de son patient et en profita pour l'ausculter. Ils se contentèrent d'un bain de vapeur pas trop brûlant et parlèrent de sujets graves. Quand ils sortirent du sauna, le corps fumant, ils passèrent jeter un coup d'œil à l'ours, puis rentrèrent dans la salle du manoir. La décision d'opérer était prise. Seppo Sorjonen fit part aux femmes des prescriptions à respecter pour l'alimentation du patient, ce soir-là et le lendemain matin, jour de l'intervention.

Le pontage coronarien du président de la Fondation funéraire se fit dans la salle d'opération de la clinique de Sorjonen, qui était un lieu plus adapté que l'église. La besogne était devenue une routine. On constata qu'un Finlandais n'était guère différent d'un ours, sous la surface. Au premier abord, un ours peut sembler plus velu et plus sauvage, mais sur le plan de la chirurgie interne les disparités sont minimes.

Eemeli se remit plus vite que l'ours de son opération — peut-être parce qu'il était conscient des enjeux et favorablement prédisposé à l'égard du traitement. Quoi qu'il en soit, deux semaines plus tard, Seppo Sorjonen put retirer les fils aussi bien du sternum d'Eemeli Toropainen que de celui de l'ours. Dans ce dernier cas, le geste exigeait un certain courage, car le patient tenta de mordre son

chirurgien. Le bâillon que lui appliqua Horttanainen l'empêcha cependant de mettre son projet à
exécution.

Les opérés étaient maintenant en état de partir
pour leur long voyage vers la mer Blanche. On se
mit à nouveau à plusieurs pour porter l'ours dans
un chariot, auquel on attela deux bœufs. On empila
dans un second chariot des douves de tonneau, du
matériel de pêche, du goudron, de l'eau-de-vie et
d'autres marchandises de première nécessité. Outre
Seppo Sorjonen, Taneli Heikura, Tuirevi Hillikainen et quelques francs-tireurs, les membres de l'expédition comptaient cette fois parmi eux Severi
Horttanainen, dont les mauvais souvenirs de Russie
s'étaient estompés avec le temps.

Des années plus tôt, on avait convoyé la bombe H
à travers les forêts, mais la paix étant revenue et les
chariots devant transporter deux malades du cœur,
on décida pour l'occasion de choisir un chemin
plus facile. On prit d'abord la route de Sotkamo,
d'où l'on continua vers Kuhmo et la frontière. Les
Ukonjärviens avaient conservé le droit de la franchir à leur guise, depuis l'époque de l'avant-poste
du mont Murto. La douane de Vartius avait brûlé
pendant la guerre, la barrière pendait ouverte, de
la mousse poussait sur la route. Les rails de la voie
ferrée menant à la mine de Kostomoukcha étaient
couverts d'une épaisse couche de rouille. Un adju-

dant vêtu d'un uniforme usé sortit du sauna de la douane épargné par les flammes, heureux de voir ses premiers voyageurs depuis des années. Il était le seul représentant officiel de l'Europe dans ce coin reculé du monde.

« Je vous en prie, pour ce qui me concerne, vous pouvez entrer librement en Russie », déclara-t-il obligeamment. Il jeta un rapide coup d'œil au chargement et remplit un formulaire sur lequel il aurait même mis un coup de tampon s'il avait trouvé l'objet en question dans le fouillis de sa cabane. Devant le spectacle de l'ours grincheux assis dans l'un des chariots, le garde-frontière s'interrogea cependant sur ce que les règlements douaniers pouvaient bien stipuler à ce sujet. Les directives de la Communauté européenne étaient muettes. Pour les animaux morts, l'exportation n'aurait posé aucun problème, ils étaient considérés comme de la viande, mais l'ours était vivant. Les bœufs, aussi vivants fussent-ils eux aussi, pouvaient franchir la frontière, car il s'agissait d'animaux de trait, et donc d'animaux domestiques. Mais un ours ? Ce n'était ni un animal de trait, ni un animal domestique, ni un animal de compagnie. L'adjudant le regarda d'un air perplexe. Le plantigrade, peu soucieux de son propre intérêt, grogna d'un air menaçant dans sa direction.

« Si on le tuait sur place, le règlement serait

respecté», suggéra le garde-frontière. Mais Eemeli Toropainen se refusait à abattre son camarade d'hôpital pour de simples motifs bureaucratiques. On régla le problème en inscrivant le plantigrade sur le manifeste de douane en tant qu'artiste, en déplacement à titre d'ours de cirque.

On acquitta pour lui un droit de passage d'un demi-litre d'eau-de-vie aux herbes, que l'adjudant décida de boire personnellement. L'Union européenne ne lui avait pas versé de salaire de tout l'été.

L'objectif des Ukonjärviens était de poursuivre leur route dans les chariots à bœufs, mais le garde-frontière, après avoir goûté aux droits de douane, eut une idée pour faciliter le voyage. Il se trouvait à l'aiguillage de la voie de Kostomoukcha quelques wagons de marchandises et boggies rouillés, vestiges d'un trafic minier autrefois intense. L'adjudant pensait qu'en remplaçant les roues des chariots par des boggies, de manière à pouvoir circuler sur les rails, le trajet jusqu'à la mer Blanche s'effectuerait sans effort.

On ne savait pas à quel État appartenait le matériel ferroviaire, mais le fonctionnaire était prêt à le céder gratuitement, en échange d'un ou deux litres d'eau-de-vie. Il donna aussi un coup de main pour mettre le chargement sur les rails.

Le lendemain matin, le train de chariots était

prêt à poursuivre sa route. Sur la voie de chemin de fer, un seul bœuf suffisait à tirer le convoi. On laissa les autres à Vartius. L'adjudant promis d'envoyer un message à Ukonjärvi afin qu'on vienne les chercher.

L'attelage progressait sans mal sur la ligne de chemin de fer. L'ours se tenait dans le premier chariot, avec le tonneau de goudron et le reste des marchandises, Eemeli Toropainen et ses compagnons dans le second. Le mouvement, lent et régulier, offrait aux malades du cœur le meilleur confort possible. Les talus étaient envahis par la végétation, la voie rectiligne traversait des tourbières et des forêts profondes. L'ours, dans son compartiment réservé, regardait lui aussi le paysage. Ses instincts sauvages commençaient à se réveiller. Il humait l'air, par moments, la truffe vibrante.

On arriva à Kostomoukcha tard dans la soirée. La ville était déserte, la plupart des immeubles avaient brûlé pendant la guerre, il ne restait plus que de noirs squelettes des bâtiments de la mine. On laissa le bœuf manger et se reposer. Pour l'ours, on cueillit un plein seau de cèpes, trouvés derrière le quai de chargement du minerai.

Au matin, on reprit la route. Les rails menaient maintenant vers le sud-est. Deux jours plus tard, on parvint à Ledmozero, à la jonction de la ligne conduisant au nord, à Iouchkozero. On envisageait de poursuivre dans la même direction jusqu'à la voie ferrée de Mourmansk. Il fallut toutefois y renoncer car le passage était rendu impossible, non loin de là, par un long convoi de plus de vingt wagons-lits. En l'examinant de plus près, on vit qu'il s'agissait d'un train sanitaire de la Troisième Guerre mondiale. Les voitures avaient été pillées, la locomotive était hors d'usage. Il restait quelques traces des blessés transportés : des ossements et de petits tas de vêtements sur des brancards. Les plus gravement atteints étaient morts sur place, abandonnés dans le train. Deux garçons qui traînaient près de la gare racontèrent aux Ukonjärviens que des ponts de chemin de fer s'étaient effondrés à Andronova gora et plus loin au sud-est. Le tragique convoi était resté piégé avec ses passagers dans les forêts de Carélie orientale.

On tenta de manœuvrer les aiguillages de la jonction ferroviaire de Ledmozero, et l'on réussit après quelques efforts à faire passer les chariots tirés par le bœuf sur les rails menant vers le nord.

La région était riche en lacs et en rivières. On voyait çà et là des ruines d'anciens hameaux caréliens. Il restait même quelques villages intacts et habités. À Tchirka-Kem, des vieux, des vieilles et surtout des enfants accoururent voir le convoi. L'ours n'éveilla guère de curiosité, on en avait déjà vu, mais le bœuf utilisé comme locomotive suscita de nombreuses questions. Était-ce la coutume en Finlande ? Le train à traction bovine semblait désespérément lent. En même temps, c'était mieux que rien. On n'avait pas vu de trafic ferroviaire en Carélie depuis les années de guerre.

On trouva à acheter dans les fermes du lait et du fromage, ainsi que du poisson pour l'ours. La plupart des villageois ne voulaient pas croire que la Troisième Guerre mondiale fût terminée. On demanda aussi à l'expédition si on avait vu la comète, en Finlande, et ce qu'on en pensait. La fin du monde était-elle proche ? Les Ukonjärviens répondirent qu'on ne savait rien d'aucune comète, à l'Ouest, et qu'on ne voulait d'ailleurs rien en savoir.

La voie de chemin de fer se terminait à Iouchkozero. Il y avait sans doute jadis eu là un complexe industriel, dont il ne restait plus que des hangars à toit de tôle, vides, et des immeubles effondrés. Mais la rumeur de l'arrivée de l'étrange convoi l'avait précédé, car il y avait au terminus de la ligne quelques curieux venus des alentours. Les sources du Kem n'étaient pas loin, et l'on apprit de la bouche des habitants de la région que le fleuve était navigable jusqu'à la mer Blanche, les barrages des usines hydroélectriques avaient été bombardés pendant la guerre et même les saumons étaient revenus.

On installa un campement et on se lança dans la construction de deux radeaux destinés à descendre le Kem. On enchaîna l'ours à un gros pin et on demanda à la population locale de garder ses chiens attachés afin de ne pas l'irriter inutilement. Quelques villageois vinrent prêter la main à la fabrication des radeaux en rondins. Le bœuf s'avéra très utile, on lui fit tirer les grumes jusqu'au bord du fleuve. Pour finir, on le troqua contre de la nourriture et il put enfin se reposer dans l'étable d'une ferme.

Les gens du coin savaient que les Ukonjärviens avaient un camp de pêche sur la côte de la mer Blanche. Les Finlandais possédaient plusieurs bateaux à voile avec lesquels ils pouvaient naviguer jusqu'à la mer de Barents. On leur achetait de l'huile de baleine pour alimenter les lampes.

Les radeaux mesuraient sept mètres de long sur deux de large. Faire embarquer l'ours fut une rude besogne et l'aide des villageois ne fut pas de trop. L'animal, malgré la muselière et les sangles de cuir qui le ligotaient, se débattait sauvagement. À la force de sept hommes, on réussit malgré tout à le hisser à bord et à l'attacher solidement au bâti de pin. Sur le premier radeau, on chargea en plus de l'ours le tonneau de goudron et le reste des marchandises. L'équipage, constitué de quelques francs-tireurs, fut placé sous le commandement de la pasteure doyenne aux armées Tuirevi Hillikainen. Les autres membres de l'expédition embarquèrent sur le second radeau, avec pour capitaine Taneli Heikura.

La descente en radeau à travers les forêts, sur le large fleuve aux eaux claires roulant vers la mer Blanche, fut un pur moment de bonheur. Les couleurs d'automne flamboyaient, les bouleaux des rives du Kem déployaient leurs teintes orangées. On pêchait pour se nourrir des poissons en tout genre, et même quelques saumons. Dans les rapides, la vitesse se faisait souvent vertigineuse, les vagues se brisaient sur le pont des radeaux, l'ours garait ses fesses, il n'aimait pas avoir le poil mouillé. Tuirevi Hillikainen et Taneli Heikura maniaient la perche, la sueur au front, maintenant les embarcations dans le lit du courant. Le fleuve était heureusement profond et elles ne touchèrent pas une seule fois les rochers.

Pour faire la cuisine, on allumait du feu sur un foyer de pierres, à l'avant du radeau. Quand la fumée, à l'occasion d'un méandre, atteignait les yeux de l'ours, il se mettait à éternuer et à grogner d'un air mauvais. Sur le vaste fleuve, les moustiques n'étaient pas gênants, il y avait du vent et on était déjà en automne. Que demander de plus ! Les radeaux naviguaient au fil de l'eau même la nuit, mais on ne descendait quand même les rapides qu'en plein jour.

La fumée des feux sentait l'ombre grillé, la lune

montait dans le ciel froid de Carélie, de lointains rapides s'annonçaient par un sourd grondement. Eemeli Toropainen était allongé à l'avant du radeau, laissant sa ligne de pêche traîner paresseusement dans les tourbillons du fleuve. Il retourna la planchette de pin sur laquelle cuisaient quelques poissons, cloués par des baguettes de bois. Il n'avait plus aucune douleur dans la poitrine, grâce au chirurgien de campagne Seppo Sorjonen, qui dormait à l'autre bout du radeau. Le Kem décrivait un coude, offrant à la vue son lit argenté, sous le vaste firmament où brillait étrangement une comète à longue chevelure.

C'était donc vrai ! Un éventail étincelant s'étirait sur la voûte étoilée du ciel telle l'écharpe oubliée d'une déesse ou la cape de lumière d'une sylphide. Eemeli réveilla ses compagnons endormis et leur montra la comète. On la remarqua aussi sur le radeau voisin, même l'ours ouvrit l'œil, et tous contemplèrent stupéfaits l'étrange phénomène céleste. Mais on arrivait aux derniers rapides avant l'estuaire du Kem, le courant aspira les radeaux dans ses remous, des vagues crêtées d'écume les balayèrent, le fleuve noir devint blanc. La comète en forme de demi-cercle resta solidement accrochée au zénith. Elle rayonnait d'un éclat surprenant, avec lequel seul le clair de lune pouvait rivaliser.

Les radeaux passèrent au large de la ville de Kem,

qui s'étendait sur près de dix kilomètres, sur la rive nord du fleuve. La cité, jadis si active, était presque déserte. Seules quelques lumières palpitaient sur la berge et, si on les regardait attentivement, on pouvait voir que ces rares signes de vie provenaient de feux de camp.

Le courant ralentit, les forêts se perdirent dans le lointain, les radeaux des Ukonjärviens avaient atteint la mer Blanche. La houle qui frappait à présent les récifs et les rochers du rivage le confirmait. On mouilla les pierres servant d'ancres et on attendit le matin. Au lever du soleil, l'éclat de la comète pâlit, mais en plissant les yeux, on pouvait encore l'apercevoir. Avait-elle changé de position depuis la nuit ?

Les radeaux se balançaient sur les flots. Plus loin sur la côte, où s'élevait la fumée noire de feux de camp, on entendit claquer quelques détonations. Bientôt, deux barques de pêche rapides s'approchèrent à force de rames. C'étaient de vieilles connaissances, des pêcheurs d'Ukonjärvi. On remorqua les radeaux jusqu'au rivage, on détacha l'ours et on trinqua aux retrouvailles.

41

Le hargneux compagnon d'hôpital d'Eemeli
Toropainen, enfin débarrassé des sangles de cuir
qui le tenaient entravé depuis un mois entier, fit
gauchement quelques pas sur le rivage de la mer
Blanche. Il regarda derrière lui, semblant se demander ce qu'il allait maintenant faire de sa vie. La
liberté le troublait. Mais quand son médecin trai-
tant, le chirurgien de campagne Seppo Sorjonen,
frappa dans ses mains, l'ours revint soudain à la
réalité et partit au galop. Il disparut bientôt dans
les forêts de la côte, et nul parmi les hommes ne
le revit jamais. On lui laissa en cadeau, au bord de
l'estuaire, un demi-quintal de poissons écailleux
avariés.

On remorqua les radeaux d'Eemeli Toropainen jusqu'au camp de base des Ukonjärviens, à
une vingtaine de kilomètres au sud du delta du
Kem. Leurs garennes se trouvaient à mi-chemin
de Biélomorsk, un peu au nord du vieux bourg

de Chouozero. Ils y avaient construit un petit village finlandais en rondins, un chantier naval, des entrepôts, une huilerie de baleine et d'autres installations. L'accueil fut chaleureux. On déchargea les radeaux. On se jeta sur les lettres envoyées par les familles. On goûta de l'eau-de-vie aux herbes et on mit le sauna à chauffer. Pour la première fois depuis des années, Eemeli osa profiter pleinement de son bain de vapeur. Son cœur semblait tenir le choc. Le chirurgien de campagne Seppo Sorjonen dut descendre des gradins quand son patient se mit à brasser l'air brûlant à coup de branches de bouleau.

Eemeli se sentait si bien qu'il décida de passer l'hiver sur la côte de la mer Blanche. On était déjà début octobre, rien d'important n'exigeait sa présence à Ukonjärvi en cette saison. Après Noël, il pourrait aller chasser la baleine dans l'océan Arctique.

La pasteure doyenne aux armées Tuirevi Hillikainen, qui avait de vieux amis dans l'île de Solovki, alla leur rendre visite en bateau. À son retour, elle rapporta les effrayantes prédictions des ermites de Sekirnaïa gora. La comète qui avait fait son apparition dans le ciel et ne cessait de grandir annonçait d'après eux l'approche inéluctable de la fin du monde. Intriguée par les prophéties de ces moines ignorants et stupides, la docte pasteure doyenne aux armées se plongea dans son antique Bible de poche, où elle trouva d'innombrables preuves de l'Apocalypse à venir. Tous ces présages étaient expliqués en détail dans l'Ancien Testament.

Severi Horttanainen trouvait ces craintes risibles. Parler de fin du monde relevait du délire, à ses yeux. Il fallait être idiot, en plus, pour croire que l'on aurait su prédire il y a des milliers d'années, dans la Palestine primitive, l'apparition d'une comète. Cela dit, l'Apocalypse pouvait survenir, il s'en moquait, il était déjà vieux, et qui plus est célibataire. Il avait bien assez vécu.

Il n'y avait pas de radio au camp de base, et on ne disposait d'aucune information scientifique sur le phénomène. Une nuit, Eemeli trouva pourtant Severi Horttanainen lui-même au bord de la mer, en train de mesurer la hauteur de la comète au-dessus de l'horizon. Il tenait à la main un sextant de pêcheur, qu'il maniait le front creusé de profondes rides soucieuses.

« Je prenais juste quelques mesures, à tout hasard », se défendit-il.

Les nuits comme celles-là, les pensées d'Eemeli Toropainen revenaient plus souvent que d'habitude à Ukonjärvi. Il avait là-bas sa femme, son manoir, un fils sur le point de se marier — une commune entière sur laquelle il avait pris l'habitude de veiller.

Le début de l'hiver fut plus rude que la moyenne. Les rivières du district de Kem gelèrent et les baleines se firent rares. Eemeli envoya des bateaux à l'embouchure du Ponoï, dans la presqu'île de Kola, avec l'ordre de ramener une vingtaine de rennes de trait. Les Ukonjärviens établis là-bas devaient aussi revenir au camp de base avec la flottille. Eemeli lui-même prit la tête d'une équipe chargée de fabriquer des pulkas et des traîneaux légers. Quand les bateaux furent de retour avec leur cargaison, Eemeli fit nourrir les rennes et décharger les tonneaux de saumon. Il ordonna de tirer les embarcations vides sur le rivage, à l'aide de tourniquets, à dix mètres au-dessus du niveau normal de la mer. Il pensait qu'à cette hauteur elles seraient à l'abri si la comète provoquait une montée des eaux.

Dans le ciel, l'astre se faisait de plus en plus grand et menaçant. Fin octobre, quand la couche de neige fut assez épaisse, Eemeli Toropainen donna le signal de l'évacuation du village de la mer Blanche et du retour en Finlande. On remplit les pulkas et les traîneaux de poisson et d'huile de baleine et on attela les rennes. En caravane, on gagna le Kem et, sur la glace du fleuve, on partit au galop vers l'amont.

Le voyage à travers la taïga enneigée prit trois semaines. Les rennes supportaient bien la fatigue et trouvaient partout assez de lichen pour se nourrir. On s'arrêtait pour la nuit dans des hameaux caréliens, quelques rennes épuisés finirent à la casserole, on troqua dans des fermes de l'huile de baleine contre des fromages. On tenta aussi d'acheter de l'eau-de-vie, mais il n'y en avait pas à vendre. Beaucoup de gens, même orthodoxes, demandaient à la pasteure doyenne aux armées Tuirevi Hillikainen de prier pour que la comète s'en aille. Face au péril, un prêtre luthérien valait bien un pope.

Il régnait une étrange inquiétude, qui augmentait au fil du temps. La nuit, les Ukonjärviens veillaient autour du feu, évaluant la position de la comète. Eemeli devait bien avouer que la peur le gagnait lui aussi. Il ne servait à rien de s'attarder dans ces forêts, et il ordonna de forcer les étapes. Sa commune avait besoin de son chef.

À la douane de Vartius, on retrouva le même adjudant qu'à l'aller, qui avait quelques informations sur la comète. Il avait reçu deux semaines plus tôt une lettre de l'Institut d'astrophysique militaire, à Berlin, qui jugeait le phénomène inoffensif. Toutes les autorités, et donc aussi le garde-frontière oublié dans la misère à Vartius, étaient invitées à tranquilliser la population en lui expliquant que les inquiétudes inspirées par la comète n'étaient que des superstitions ridicules. L'adjudant lui-même doutait de la sincérité de ces propos — les grosses légumes de l'état-major européen ne tenaient de toute façon jamais parole. En prévision de la fin du monde, il s'était creusé un abri dans un talus de sable, derrière son sauna.

Eemeli Toropainen fit cadeau au garde-frontière, pour compléter ses réserves de vivres, de trois rennes épuisés par le voyage. Le reste du trajet, sur les grandes routes glacées de Finlande, se fit en quelques jours.

À Ukonjärvi, tout allait bien. Aucun signe de panique n'était perceptible, on coupait du bois de chauffage dans la forêt, on tirait la senne sur le lac Laakajärvi. Les retrouvailles avec Taina furent pleines de tendresse.

«Alors te voilà revenu à la maison, et en vie», se réjouit-elle.

Le présage de l'Apocalypse n'avait pas disparu pour autant. La comète brillait d'un éclat de plus en plus vif et emplissait presque tout le ciel. On pouvait maintenant la voir à travers les nuages, et elle éclairait le paysage même la nuit. Tuirevi Hillikainen se mit à célébrer l'office tous les deux jours, et l'église était quasiment toujours pleine. Eemeli ordonna à ses administrés de se confectionner des masques de lin et de stocker de l'eau potable dans les caves. Vachers et vachères devaient dormir à l'étable avec les bêtes afin de les rassurer.

Enfin, au matin du 24 novembre 2023, la cuiller de l'organiste Severi Horttanainen lui tomba de la bouche. La terre trembla, une clarté éblouissante

aveugla ceux qui regardaient le ciel. Tous se ruèrent aux abris, pour autant qu'ils le purent. Eemeli
Toropainen, assis dans la cave de son manoir sur
un tonneau de cent litres de bière, ordonna à Taina
d'ouvrir la bonde. Si c'était la fin du monde, autant
l'accueillir en vidant la barrique.

C'était bien la fin du monde. L'Asie disparut.
L'Europe but la tasse. On n'entendit plus jamais
parler de l'Amérique. Une série de trois grosses
météorites s'étaient détachées de la comète pour
frapper notre coupable planète. Le coup fut rude.
Le pôle Nord se déplaça d'un bloc, déchirant de
son champ magnétique les entrailles de l'humanité.
Puis vinrent l'obscurité, le vent et le brouillard,
qui persistèrent deux jours. Une odeur de lave et
de soufre flottait sur le monde. Il régnait un peu
la même atmosphère que lors des ténèbres de
juin.

Quand la nuit de la fin du monde fit enfin place
à l'aurore, le président de la Fondation funéraire
Eemeli Toropainen sortit de sa cave et regarda le
paysage. Le soleil brillait maintenant sous un autre
angle. Son disque rougeoyait. On entendit bientôt,
en provenance du sud, des cris de volatiles inconnus. Le premier à se poser dans la pinède d'Ukonjärvi fut, dans un cancanement affreux, un flamant
rose au plumage noirci. Il fut suivi d'une troupe
entière d'étranges oiseaux de mer à la queue tris-

tement carbonisée. Ils se perchèrent, l'air malheureux, sur le faîte de l'église.

Des Ukonjärviens venus aux nouvelles commençaient à se rassembler sur la colline de l'église. L'atmosphère était indéfinissable. Rien d'étonnant à cela, quand on vient de vivre la fin du monde. Eemeli Toropainen ne savait que répondre aux questions, si ce n'est que malgré la catastrophe, le village ne semblait guère avoir changé. La radio était muette, le reste de la planète n'émettait plus un bruit, mais Ukonjärvi était intact. Eemeli Toropainen en conclut que l'on pouvait se préparer à fêter Noël comme si de rien n'était.

La période de l'avent fut étrange, car le temps se réchauffa et prit des allures printanières. Les lacs débâclèrent début décembre. Les chatons des saules bourgeonnèrent et les bergeronnettes refirent leur apparition. Les boutons-d'or étaient en fleur. Le soir du réveillon, les enfants chantèrent un vieux noël traditionnel :

Sommes-nous en été en plein cœur de l'hiver
Et les oiseaux bientôt vont-ils faire leur nid ?
Déjà dans le sapin les bougies ont fleuri,
La froide et sombre nuit s'éclaire de lumière.

Le lendemain de Noël, on aperçut les premières hirondelles. Gazouillant de tout cœur, elles se mirent à faire leur nid sous le rebord du toit de l'église. L'herbe verdissait déjà sur la colline. Tout prouvait que le monde était sens dessus dessous, mais le résultat n'était pas si mauvais, en tout cas vu d'Ukonjärvi.

Compte tenu du brusque changement de climat, Eemeli Toropainen décida de remplacer les réjouissances du nouvel an par une authentique Saint-Jean finlandaise. On alluma au bord de l'eau, près de l'église, un bûcher plus haut que d'ordinaire. Venus de tous les hameaux, les habitants de la commune se rassemblèrent autour du feu. On se régala de vendaces en croûte et l'on but de la bière. On parla aussi beaucoup du sort de la planète.

Pour le reste, la belle Saint-Jean d'Ukonjärvi fut conforme à la tradition, si ce n'est que le soleil se coucha avec un décalage de plus de cinquante degrés par rapport à la normale, dans le sens inverse des aiguilles d'une montre, donc au sud-sud-ouest. Après avoir passé une courte nuit d'été sous l'horizon, il se leva, non pas à l'est comme d'habitude, mais presque au nord-nord-ouest. L'ombre de l'église s'étendait sur le lac, alors qu'auparavant, à l'aurore, elle recouvrait le cimetière, dans la direction opposée. Les tombes baignaient à présent dans la lueur de l'aube.

On ne resta pas à s'étonner outre mesure des caprices du soleil de la Saint-Jean. Les Ukonjärviens trouvaient qu'il y avait plus important à faire, dans ce monde, que regarder d'où venait la lumière. Dès le lendemain, ils partirent travailler aux champs, car les semailles attendaient. Il fallait se hâter, c'était déjà le solstice d'été.

Ailleurs en Europe, la situation était tout autre. La fin du monde laisse forcément des traces. À Paris, Montparnasse baignait sous six mètres d'eau. Des poissons de mer nageaient dans les rues et les cafés. Deux morues examinaient d'un œil morne le menu détrempé par les marées d'une brasserie qui proposait du « cabillaud frit pour deux » au prix tout à fait raisonnable de 140 francs.

On était en 2023. Du côté de l'ancien lit de la Seine, on entendit approcher un bruit de moteur étouffé. Une Parisienne ridée surgit de la brume, l'air chagrin, dans une petite barque à l'arrière de laquelle ronronnait un antique hors-bord de marque Arlette. Elle parcourut quelques artères du quartier avant de reprendre la direction de Montmartre. Le brouillard glacé se referma sur elle.

DU MÊME AUTEUR

Aux Éditions Denoël

LE LIÈVRE DE VATANEN, 1989 (Folio n° 2462)

LE MEUNIER HURLANT, 1991 (Folio n° 2562)

LE FILS DU DIEU DE L'ORAGE, 1993 (Folio n° 2771)

LA FORÊT DES RENARDS PENDUS, 1994 (Folio n° 2869)

PRISONNIERS DU PARADIS, 1996 (Folio n° 3084)

LA CAVALE DU GÉOMÈTRE, 1998 (Folio n° 3393)

LA DOUCE EMPOISONNEUSE, 2001 (Folio n° 3830)

PETITS SUICIDES ENTRE AMIS, 2003 (Folio n° 4216)

UN HOMME HEUREUX, 2005 (Folio n° 4497)

LE BESTIAL SERVITEUR DU PASTEUR HUUSKONEN, 2007 (Folio n° 4815)

LE CANTIQUE DE L'APOCALYPSE JOYEUSE, 2008 (Folio n° 4988)

LES DIX FEMMES DE L'INDUSTRIEL RAUNO RÄME-KORPI, 2009

Composition Utibi
Impression Novoprint
à Barcelone, le 05 octobre 2009
Dépôt légal : octobre 2009

ISBN 978-2-07-039859-1./Imprimé en Espagne.